台灣文學百年顯影

施懿琳、中島利郎、下村作次郎、黃英哲、
黃武忠、應鳳凰、彭瑞金◎合著

出版序言

自一九八七年戒嚴令解除之後，台灣社會逐步邁向一個自由民主的開放社會，受到這股風氣的影響，台灣本土意識日漸成型，十多年來的台灣文學研究也終於呈顯出百花齊放的氣象。

近年來，台灣文學系的設立已在大學中蔚爲風潮，並逐步增加中；而且，這股風潮甚至延燒到日本，在日本的大學中，有關台灣文學的課程與研究，儼然已漸漸形成一種新的研究潮流，研究水準也不斷在提升中。

台灣文學研究之所以能有如此繁盛的氣象，其轉捩點要追溯到一九九四年十一月，在清華大學舉辦的「賴和及其同時代的作家——日據時期台灣文學國際學術研討會」；三天的研討會上，來自日本、美國、德國的學者與台灣學者共聚一堂，一共發表了三十九篇論文，盛況空前；研討會的成果後來集結成書，即《復甦的台灣文學》（日文版，東京·東方書店，一九九五年）。但是其成功的背後，實際上是因爲有一群自日治時期便非常活躍的台灣作家的參與，而葉石濤先生可說是這群活躍的台灣文學家中最具代表性的作家。他於戰前即已開始發表作品，戰後對於創作更加執著，發表了無數的小說與評論，孜孜不倦地爲台灣文學的提升與薪傳貢獻心力，尤其是寫於戒嚴時期的《台灣文學史綱》，可說是一部既踵承前人的研究成果，又開創書寫新領域的台灣文學通史專書，在海外享有極高的聲譽。

台灣文學的研究，如果沒有這些先驅者的努力，今天也就無法結出如此豐碩的果實。在全球化的今日，學術研究當然也順應全球化的趨勢，研究對象更加的豐富與多元，並有跨界的研究態勢，去年六月在日本名古屋國際會議廳舉行的日本台灣學會年會上有一場專就「佐藤春夫與台灣文學」作深入的討論，便是一例。此外，隨著台灣文學史料的陸續出土，也爲台灣文學研究挹注了新的養分，根據這批新史料所撰寫成的論文，呈現出前所未有的精緻細密，深化了台灣文學研究範疇。

確實，台灣文學研究已經日漸專門與深化，然而，研究台灣文學入門之基礎專書卻付之闕如。截至目前，爲了理解台灣文學的歷史全貌與戰後衍化，雖有葉石濤的《台灣文學史綱》與彭瑞金的《台灣新文學運動四十年》，以及陳芳明正奮力筆耕的《台灣新文學史》，但是這些著作都具有相當濃厚的專門性，基於此種緣故，我們特意爲愛好文學的一般讀者們編輯一本關於台灣文學的「入門書」，這本入門書的編輯方針，不僅要有益於一般讀者，更希望也爲學者專家們開啓嶄新的研究視野。基於此種認知，我們編輯了一本以照片文本爲主，佐以文字解說的「視覺性」台灣文學史。

本書所刊出的照片在尋找過程中，受到台、日學者們鼎力相助，其中一些新出土的珍貴照片，還是第一次公開，因此特別具有意義。在此，我們特別感謝國立文化資產保存研究中心的提供與協助。此外，在調查資料時，日本交流協會日台交流中心二○○一年度「歷史研究者交流事業」也給予編者相當大的協助，在此一併致謝。

本書是爲了讓更多人貼近台灣文學而編輯，若有掛一漏萬之處，還請讀者不吝指正。

最後，感謝王信小姐、李敏勇先生、黃力智先生、鄭炯明醫師、鍾鐵民先生、文訊雜誌社、山海文化雜誌社、吳三連台灣史料基金會在照片提供上的協助。

著者　施懿琳
下村作次郎
中島利郎
黃英哲
黃武忠
應鳳凰
彭瑞金（依編寫章節順序排列）

二○○三年十月

目次

第一章

乙未割台與台灣文學

1.台灣民主國

甲午戰爭，清廷戰敗，於乙未年(一八九五年)簽定「馬關條約」，將台灣割讓給日本。十多年後，晚清文人梁啓超經過馬關，寫下了這樣的詩：「明知此是傷心地，亦到維舟首重回。十七年中多少事，春帆樓下晚濤哀。」春帆樓是當年簽下割台條約的地方，這個標記是所有台灣人心中的創痛。

爲了表明不願成爲日本臣民的決心，一八九五年五月，台島紳民共議，成立「台灣民主國」，以藍地黃虎旗爲國旗。擁護最後一任台灣巡撫唐景崧爲總統，以黑旗軍統帥劉永福爲大將軍、台灣進士丘逢甲爲義軍統領，矢志抗日。然而，當北白川宮能久親王率領日本近衛師團攻陷基隆、獅球嶺，直逼台北城時，「不得已，暫允視事」的唐景崧於六月六日趁夜潛逃；不久，本土文人丘逢甲亦接著遁走。十月十九日，日軍佔有麻豆庄，台南城岌岌不保，原先誓言與台人共生死的劉永福，亦在仕紳的勸說下離台。爲時五個月的台灣民主國，至此崩潰瓦解。對於主其事者未能與台人共生死，時人有許多批評，尤其是唐景崧受到的指責最多，比如李鶴田的〈詠割台〉：「同立唐尊爲民主，冀保此民守此土。方驚柴紹氣如龍，誰料齊侯行似鼠。」對於唐景崧的言行不一，對於他的「鼠竄」而去，尤有深責。

2.文人的抗日血淚

雖然，民主國爲時甚短，幾位領導者也多失信於民。但是，這五個月期間，還是有許多義勇之士爲台灣而犧牲流血：北埔秀才姜紹祖、苗栗秀才吳湯興、頭份秀才徐驤；新楚軍的統領楊載雲、擔任劉永福幕僚的吳彭年……都以文人的身分，分別在新竹的尖筆山、苗栗的頭份、彰化的八卦山與日軍激戰，終究爲保台而犧牲生命。

這些慘烈的抗日經過，在當時文人，如：洪棄生、吳德功、王松筆下，或以詩、或以文，記下斑斑血痕。試看洪棄生的《瀛海偕亡記》所載：「……吳湯興手一槍，束褲草履，麾義民出禦，而所帶三十人爲行人所擠，不得進，繞出城戰死。」至於吳德功《讓台記》，則載吳彭年事：「吳彭年在市仔尾橋頭督戰，見山上已豎日旗，勒馬由南壇督兵欲再上山，兵士欲翼之而奔，吳堅執不肯。山上銃子如雨下，身中鎗傷墜馬而死。李士炳、沈福山皆戰死於東門外，彰化人悲之。」又寫了〈哀季子歌〉來歌詠吳彭年的忠烈事蹟：「延陵季子眞奇英，雍雍儒將願請纓。統率黑旗鎮中路，桓桓虎旅號七星。糧秣輜重斷接濟，軍校枵腹呼癸庚。矧兼同寅不協恭，滿腔忠悃謀罔成……巨礮雷轟力劈山，榴彈雨下響匉訇。身中數鎗靡完體，據鞍轉戰莫敢攖。血濺衣襟溘然逝，凜凜面色猶如生。君不見壯士五百人，就義從田橫。人居世上誰無死，泰山鴻毛權重輕。慷慨激烈殉知己，至今婦孺咸知名。」

1.台灣民主國

▲日本馬關春帆樓。一九八五年（乙未年），清廷於甲午戰爭中敗給日本，在馬關春帆樓簽下割讓台灣的「馬關條約」。

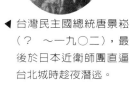

◀台灣民主國總統唐景崧（？ ～一九〇二），最後於日本近衛師團直逼台北城時趁夜潛逃。

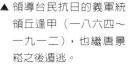

▲領導台民抗日的義軍統領丘逢甲（一八六四～一九一二），也繼唐景崧之後遁逃。

◀台灣民主國國旗——藍地黃虎旗。

2.文人的抗日血淚

◀ 具有強烈漢族意識的鹿港詩人洪棄生（一八六七～一九二九），他的《瀛海偕亡記》記載了吳湯興的抗日事蹟。

▶ 自署「滄海遺民」的新竹詩人王松（一八六六～一九二九）。

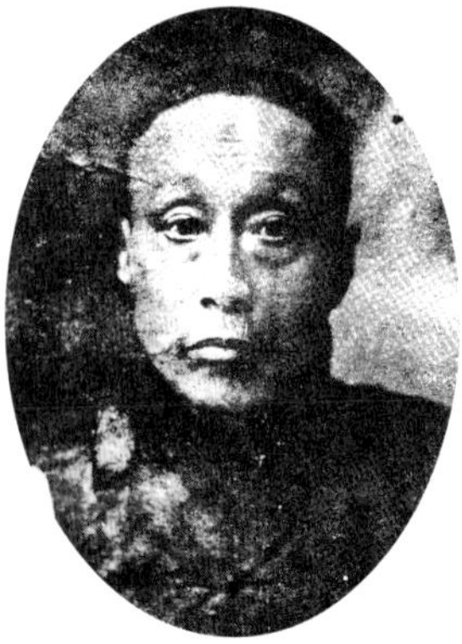

▲ 充滿棄地遺民矛盾的彰化文人吳德功（一八四九～一九二三），他的《讓台記》記載了吳彭年的抗日義行，<哀季子歌>則歌詠吳彭年的忠烈事蹟。

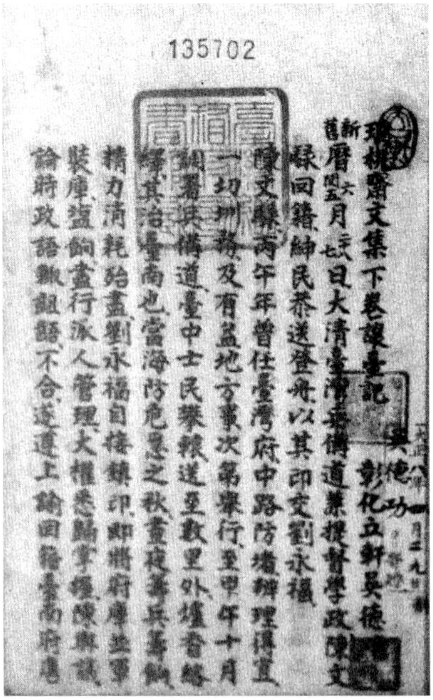

135702

瑞桃齋文集下卷 讓臺記 彰化立軒吳德功

新舊曆閏五六月廿六七日大清臺灣兵備道兼提督學政陳文
騄回籍，紳民恭送登舟，以其印交劉永福
陳文騄丙午年曾任臺灣府中路防堵，辦理得宜，
一切洋務，及有益地方事，次第舉行。至甲午年十月
調署兵備道。臺中士民攀轅送至數里外，爐香絡
繹。其治臺南也，當海防危急之秋，晝夜籌兵籌餉，
精力消耗殆盡。劉永福自接藩印，即將府庫並軍
裝庫、鹽餉盡行派人管理，大權悉歸掌握。陳與議
論時政，語輒齟齬，不合，遂連上諭回籍。臺南府憲

▲ 吳德功的《讓台記》內頁。

◀為保衛台灣而犧牲於彰化的苗栗秀才吳湯興。

▲征台的日軍將領——北白川宮能久親王。

第二章

台灣總督與漢詩人

日本統治台灣的五十年間，殖民地最高的行政單位是台灣總督府，最高領導人是台灣總督。在歷任的台灣總督當中，以一八九八年就職的第四任總督兒玉源太郎最關心文化政策，當時有爲數不少的日本在台任職官員對漢詩文有相當的素養。後來更在兒玉總督與民政長官後藤新平的倡導下，籌辦了「饗老典」、「揚文會」，同時積極地鼓倡詩社的組成以及吟詩活動，嘗試從文化層面來攏絡台灣的知識份子。

1.饗老典

兒玉總督於一八九八年六月開始，至一九〇〇年十二月，共有四次分別在台北、彰化、台南、鳳山地區舉行「饗老典」。所謂的「饗老典」，就是宴請八十歲以上的長者，慶賀他們的長壽。表示新執政者還是依循漢人傳統，對年長者極度恭敬之意。後來第二次與第三次饗老典的致辭、謝辭，以及台灣文人因應「慶饗老典徵詩文」而寫的作品，都由台灣總督府編輯成《慶饗老典錄》（兒玉源太郎編）。

2.揚文會

爲了能夠「集本島科舉俊秀之生平議論，以成治台良策，並能振興文運、教化風俗」，兒玉總督於一九〇〇年三月十五日，在台北的淡水館，邀請了全台近一百五十位進士、舉人、秀才參加「揚文會」，當日實際與會者有七十二位。「揚文會」這個名字則是取自於唐玄宗的詩句——「振武威荒服，揚文肅遠墟」，希望藉由文學活動，表現執政者「禮賢下士」的治台態度。「揚文會」的本會設在台北，另外在台北、台中、台南、宜蘭、澎湖等地設有分會。原則上，本會每三年召開一次大會，而分會則是每年都舉行小型集會。有關設立當時的情況，在《台灣揚文會策議》（一九〇一年十一月十三日，台灣總督府發行）以及＜揚文會記事＞（《台灣總督府民政事務成績》第七篇附錄）裡都有詳細記載。

3.詩社的創設及台日人士漢詩酬唱

從一八九五年統治台灣開始，日本當局就相當積極地透過漢詩的寫作和吟詠，與台灣漢詩人建立良好的關係。一八九七年，清代原有的傳統詩社，比如台南的「浪吟社」、新竹的「竹梅吟社」都在日人和台人的共同努力下，重新組織起來。至於邀請台灣詩人，前往官邸，與日本長官進行漢詩酬唱，則是要從兒玉總督開始。

一八九九年六月，兒玉總督召集島內詩人墨客，在新建立的別邸「南菜園」開吟詩大會，並於翌年刊行《南菜園唱和集》（籾山衣洲編）。接著，行政長官後藤新平也在他的書房「鳥松閣」招集詩會，並於一九〇六年刊印《鳥松閣唱和集》（尾崎秀眞編），漢詩氣運更是日益高漲。一九二一年第八任總督田健治郎邀請了九十餘位漢詩人，在官邸吟詩作對；當天所作的詩詞，後來收錄在同年十一月發行的《大雅唱和集》（鷹取田一郎編）。之後，第九任內田嘉吉總督與第十一任上山滿之進總督，也分別於一九二四年和一九二七年邀集台灣詩人共相唱和，而有《新年言志》、《東閣倡和集》等詩集。

這樣柔性的拉攏，對當時的台灣社會產生了一定程度的影響。雖然，台人武力抗爭還是持續進行，但是，部分認清自己現實處境的仕紳文人，在無可如何的困局下，終究選擇了與日人保持友好互動的方式，我們從當時留下來的詩文作品裡，可以看到面對日本殖民者，台灣文人仕紳們說了些什麼？他們如何說？當我們閱讀這些作品時，必須要先掌握、了解那個時代的氛圍，才不致於曲解或過度詮釋這些詩文的意涵。

1.饗老典

◀ 第四任台灣總督兒玉源太郎（一八五二～一九〇六）倡導籌辦了「饗老典」、「揚文會」，以及「詩會」，想藉此從文化層面來攏絡台灣的知識份子。他是歷任總督當中，最關心文化政策的最高領導者。

◀一八九九年四月九日及十一月五日，總督兒玉源太郎分別在彰化、台南舉行「饗老典」，宴請八十歲以上的長者，以詩文慶賀他們的長壽，之後更將這兩場饗老典與會者的詩文，由台灣總督府編輯成《慶饗老典錄》（兒玉源太郎主編）。

▶一八九九年，兒玉源太郎總督召集島內詩人墨客，在新建立的別邸「南菜園」成立詩會，並於翌年發行《南菜園唱和集》（籾山衣洲編）。

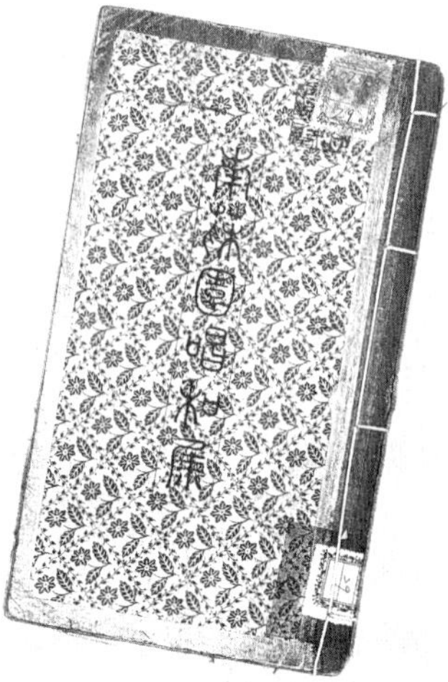

2.揚文會

▲ 為了能夠「集本島科舉俊秀之生平議論，以成治台良策，並能振興文運、教化風俗」，兒玉總督於一九〇〇年三月十五日，在台北的淡水館邀請全台進士、舉人、秀才參加「揚文會」，並於淡水館後園合影。

◀揚文會會場。

3.詩社的創設及台日人士漢詩酬唱

▲ 一九二一年十月，全島詩人大會在台北盛大舉行，當時受總督田健治郎之邀，前往官邸吟詩作對的九十餘位漢詩人在官邸前合影。

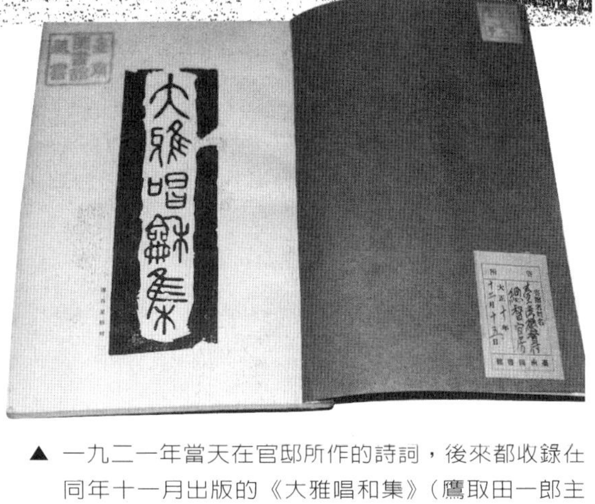

▲ 一九二一年當天在官邸所作的詩詞，後來都收錄在同年十一月出版的《大雅唱和集》(鷹取田一郎主編)。

◀ 第八任台灣總督田健治郎（一八五五～一九三〇）是第一位文官總督，相當重視與台灣文人的互動。

◀ 兒玉源太郎總督的得力助手——民政長官後藤新平（一八五七～一九二九），他繼兒玉總督之後，在自己的書房「鳥松閣」召集詩會，並於一九〇六年刊印《鳥松閣唱和集》（尾崎秀真編），使得當時漢詩氣運更是日益高漲。

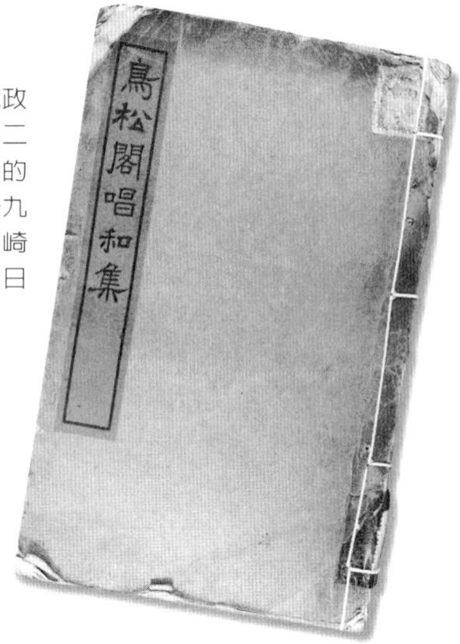

▶《鳥松閣唱和集》的封面。

▲ 參加一九三二年三月二十日全島聯吟大會的詩人們，在台北大龍峒孔廟前合影。

東閣倡和

東閣倡和集

青厓先生來游乃擇十一月念八邀三臺名流設
筵於東門官邸有作粲正

蕉庵 上山 滿

有客南游駕大鵬三臺秋氣正清澄超羣風格陶元亮
憂國文章杜少陵杖履連旬探勝槩壺觴一日會吟朋
最欣賢俊如星聚酬唱同挑五夜燈。

次蕉庵總督瑤韵

青厓 國分高胤

老榕垂翼似雲鵬高閣延賢霄漢澄迂叟功名欽涑水

東閣倡和集

▲▶ 一九二七年，第十一任總督上山滿之進也邀集台灣詩人共相唱和，並編輯成《東閣倡和集》（豬口安喜編）。

▲ 一九三七年四月四日，參加全島漢詩聯吟大會的詩人們於台北蓬萊閣拍攝的紀念照片。

第三章

日治時期 台灣三大詩社

第二章敘述的重點是在日本執政者刻意鼓倡下，台灣漢詩文活動的情形。至於，由台灣文人自主性地，希望藉由詩社的創設，保有漢文化的種苗，作爲台灣人的發聲管道，則是要以櫟社作爲觀察的指標。

一九〇二年，台灣中部文人創立「櫟社」；一九〇六年，台灣南部文人創立「南社」；一九〇九年，台灣北部的文人創立了「瀛社」。三大詩社的創立，凝聚了台灣傳統文人的創作能量。不僅詩社本身有社內的課題、擊缽吟；他們也努力地以三大詩社爲核心，再擴散增生更多的小型詩社，進一步編織成全台性的聯吟網絡。一九二一年十月，由瀛社主導的全島詩人大會在台北盛大舉行。從此以後，台灣五州便各自輪流擔任一年一度全島詩人大會的主辦者。根據尾崎秀眞的記錄，在一九三四年左右，台灣約有九十八個詩社，其繁盛景象爲台灣有史以來所未曾有。

詩社林立，帶來了蓬勃的生機，但也因爲它的普遍推廣，帶來庸俗化、淺薄化的危機。一九二四年留華青年張我軍挑起新舊文學論戰，便是在這樣的文學環境下產生的。我們將在後面的章節裡，對此作進一步的說明。

在這裡要特別一提的是，日治時期最具批判性格與抗議精神的，要屬以霧峰林家爲主導的「櫟社」。櫟社是由林獻堂的堂兄林痴仙和姪子林幼春等，於一八九八年發起，一九〇二年正式成立，首任社長爲苑裡文人蔡啓運。創社之初，櫟社社員原本是抱著比較消極的態度參與，這從他們自命爲「櫟」——沒有用的樹木，可以揣知。可是，由於他們與當時的台灣政治組織「台灣文化協會」(簡稱「文協」)同樣以霧峰林家爲活動的中心，成員之間彼此吸納、影響的結果，櫟社社員有的加入「文協」(比如林幼春)；「文協」成員有的則加入櫟社(比如林獻堂)，因此帶動了櫟社成員的民族意識與對時事的關心。再加上流亡日本的梁啓超（一八七三～一九二九），於一九一一年應林獻堂之邀訪台。來台期間，梁啓超爲台灣人介紹許多新思想，也爲台灣人指示了望向世界的窗口，開啓了嶄新的視野。他告訴台灣知識份子，目前中國無暇顧及台灣，因此台灣只能自求多福。此外，他也勉勵台灣舊儒勿以

「文人」終其身，要積極地透過政治文化抗爭，追求台人的權益。這對櫟社整個思考與發展的方向，產生極大的影響。

1.櫟社

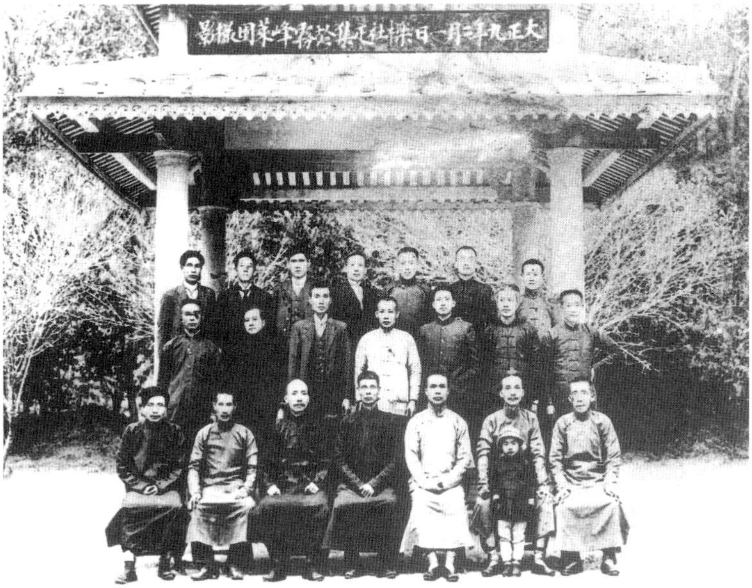

◀一九○二年，由林獻堂的堂兄林痴仙和林幼春等人在台中霧峰成立「櫟社」，首任社長為苑裡文人蔡啓運。此圖為櫟社成員在霧峰的萊園聚會時合影（一九○二年二月一日）。

▲集結櫟社成員作品的《櫟社第一集》封面。希望藉由詩社的創設，保有漢文化的種苗。

序

櫟社既設之二十載樹碑萊園又集同人之詩而刊之將以示諸後嗟乎櫟爲無用之材也詩亦無用而眷眷於此者何也文運之盛衰人物之消長朋簪之聚散道義之隆污均於是在何可以其無用也而棄之先是戊戌之歲林子癡仙始倡是社和者十數人越七載余居大墩邀入社余固無用之材也又無用詩幸而得從諸君子後以扶持風雅則余何敢以不材也而自棄海桑以後士之不得志於時者競逃於詩以寫其侘傺無聊之感一倡百和南北並起其奔走而疏附者社以十數而我櫟社屹立其間左縈右拂蜚聲騷壇文運之存賴此一綫人物之蔚炳於一時詩雖無用而亦有用之日莘莘學子又何可以其不材也而共棄然而林子往矣林子非棄材也而以此自韜迫懷道義睠念朋簪余雖無用期與我同人共承斯志請以此集爲息壤

壬戌仲秋臺南連橫序於萊園

▲連橫（雅堂）為《櫟社第一集》所寫的「序」。

▲林獻堂（一八七七～一九五六），是日治時期台灣文化及民主運動的先驅，台灣文化協會的主導人物。

▲一九一一年，流亡日本的梁啓超來台灣，前往霧峰拜訪林獻堂；在他停留期間，經常與櫟社詩人一起吟詩作對。此圖為梁啓超於一九一一年二月與櫟社成員合影；前排左起第五位即為梁啓超。

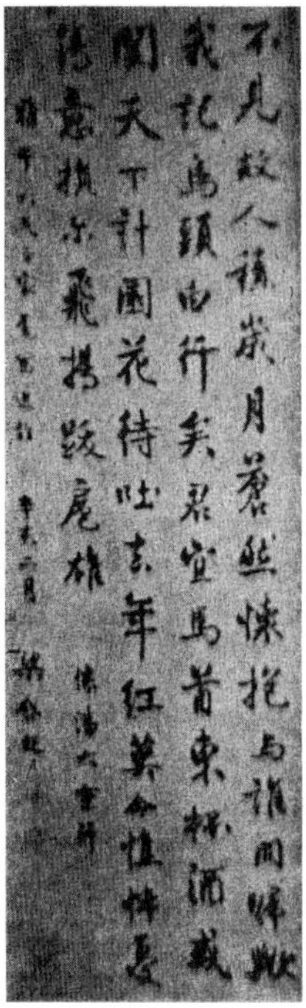

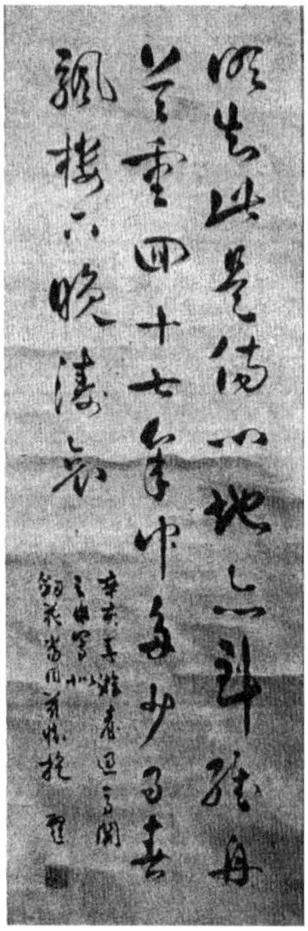

◀梁啓超贈送給連橫的詩。

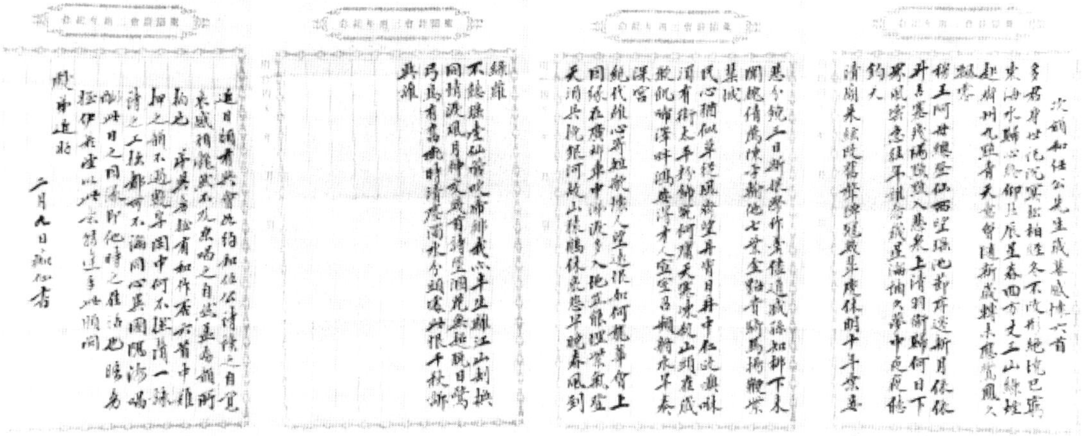

▲櫟社的林痴仙（一八七五～一九一五）與梁啓超的酬唱之作。

▲梁啓超從神戶及北京寄給林獻堂的信件封面。梁啓超的建議對林獻堂日後從事台灣文化及民主運動影響頗深。

2.南社

◀一九〇六年，台灣南部文人創立「南社」，此為南社成員合影。（黃天橫先生藏）

◀南社嬉春圖。（黃天橫先生藏）

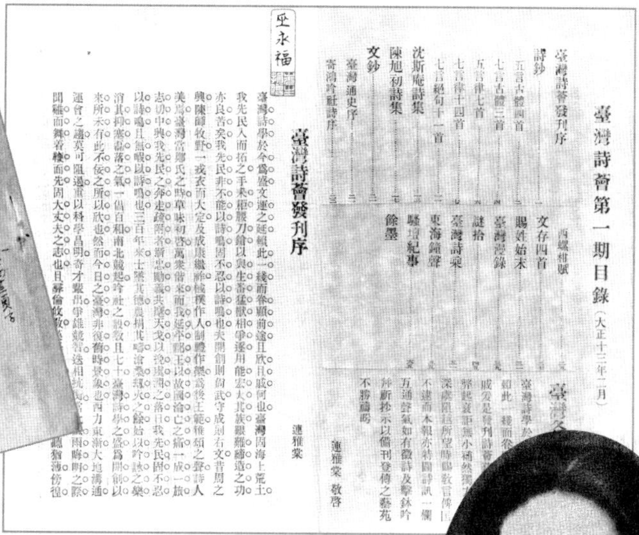

臺灣詩薈第一期目錄（大正十三年二月）

臺灣詩薈發刊序

連雅棠

臺灣詩學。於今爲盛。文運之延。賴此一綫。而奮顧前途。且欣且戚。何也。臺灣固海上荒土。我先民入而拓之。手耒耜。腰刀銃。以與生番猛獸相爭逐。用能宏大其族。艱難締造之功。亦良苦矣。我先民非不能以詩鳴。固不忍以詩鳴也。夫開創則尙武。守成則右文。昔周之興。陳師牧野。一戎衣而大定。及成康繼體。作人制作。樂爲後王範。雅頌之聲。詩人美焉。臺灣當鄭氏之時。草昧初啓。萬衆偕來。而我延平郡王。以故國淪亡之痛。一成一旅。志切中興。我先民之奔走疏附者。漸忠勵義。共麾天戈。以挽虞淵之落日。我先民固不忍以詩鳴。且無暇以詩鳴也。三百年來。士墜其德。農喪其疇。滄桑劫火之餘。始以吟詠之樂。消其抑塞磊落之氣。一倡百和。南北競起。吟社之設。數且七十。臺灣詩學之盛。爲開創以來所未有。此不佞之所以欣也。然而今日之臺灣。非復舊時景象。悲西力東漸。大地溝通。運會之趨。莫可阻遏。重以科學昌明。奇才輩出。爭雄競智。迭相抗衡。[illegible]風雨晦明之際。聞雞而舞。著鞭而先。固大丈夫之志也。且彝倫攸斁。[illegible]聽猶薄彷徨。

臺灣[illegible]
臺灣詩學於[illegible]
紹此一綫而奮[illegible]
戚爰是發刊詩薈[illegible]
葬起衰亦無小補然獨[illegible]
深慮闡起所望時賜教言俾匡
不逮而本報亦特闢詩訊一欄
互通聲氣如有徵詩及擊鉢吟
拜斷抄示以備刊登傳之藝苑
不勝禱盼
連雅棠 敬啓

▲▶ 南社成員連雅堂（一八七八～一九三六）及其主編的《台灣詩薈》封面與發刊序。

第四章

台灣近代文學的創始

台灣的近代文學起始於台灣人自己所創辦的雜誌，這些雜誌包括有台灣留學生在日本創辦的《台灣青年》，其後的《台灣》，以及《台灣民報》跟《台灣新民報》。

1.從《台灣青年》到《台灣新民報》——台灣媒體的興起

《台灣青年》創刊於一九二〇年七月十六日，以留學東京的台灣留學生爲主體，由台灣青年雜誌社發行。一九二二年四月十日，《台灣青年》改名爲《台灣》，之後並刊載了台灣創作小說——追風的<彼女は何處へ？>（她到哪裡去了？），記錄下台灣文學發展的軌跡。而承接其後的《台灣民報》，則創刊於一九二三年四月十五日，並自詡爲「台灣人唯一的言論機關」。《台灣民報》創刊時原本是雙週刊，同年十月改爲十日刊，隔年六月又改爲週刊；到了一九二七年八月一日，已經發行了一百六十九期的《台灣民報》，開始在台灣本島發行，主要內容包括張我軍的評論，以及初期台灣文學的代表性作品，也介紹了海外的文學和五四時期的文學。此外，《台灣民報》也批判日本的統治，並推動台灣議會設置請願運動等社會運動，充分發揮輿論的力量，可以說是當時台灣知識階層的代表性雜誌。一九三〇年三月二十九日，《台灣民報》與大東信託開始業務上的合作，並從第三〇六期開始改名爲《台灣新民報》，一九三二年四月十五日改爲日報；這意味著新聞媒體從此在台灣生根，也確立了媒體在台灣社會中的角色。《台灣新民報》的最高發行量曾達五萬份。

2.初期的評論

台灣的文學活動從評論性文章開始，而當時刊登在《台灣青年》創刊號上，由陳炘所作的<文學與職務>一文，就是首開風氣的作品。陳炘在該文中主張文學肩負著改造社會的使命，並認爲文學會影響社會風氣。另外，曾經親身經歷五四文學革命的黃呈聰和黃朝琴，則分別在《台灣》發表了<論普及白話文的使命>與<漢文改革論>等兩篇文章，受到相當的重視；他們主張台灣的書面用語，應效法中國採用北京官話；這項主張引發了新舊文學論爭，也讓台灣作家開始用北京話作爲文學用語，與日語抗衡。而眞正的台灣文學文藝評論，則要等到文藝雜誌《フォルモサ》（福爾摩沙）創刊前後才開始，以一九三三年末由劉捷所寫的＜一九三三年的台灣文學界＞爲起點。

3.初期的創作

追風用日語所寫、連載於《台灣》雜誌上的＜她到哪裡去了？——給年輕煩惱的姊妹＞，是台灣頗爲早期的創作小說。這篇作品採用寫實手法，相當深入地描寫受困於封建制度下的台灣女子，如何失去自我的心路歷程。追風的本名是謝春木，彰化二林人，從東京高等師範學校畢業後便擔任《台灣民報》的主筆。至於其他的創作作品，則有無知的＜神秘的自制島＞及施文杞的＜台娘悲史＞等，不過這些作品都是批判日本統治的寓言小說，作家本身也只是曇花一現，並沒有繼續推陳出新，也沒有爲日後的台灣文學運動帶來什麼影響。

以上就是台灣近代文學創始初期的大致情況，然而當時無論是在文藝評論或是創作方面，都沒有出現所謂的專業作家或文藝家，眞正文學大家的出現，則要等到第六章所要介紹的賴和出現之後。

1.從《台灣青年》到《台灣新民報》——台灣媒體的興起

THE TÂI OÂN CHHENG LIÂN

臺灣青年

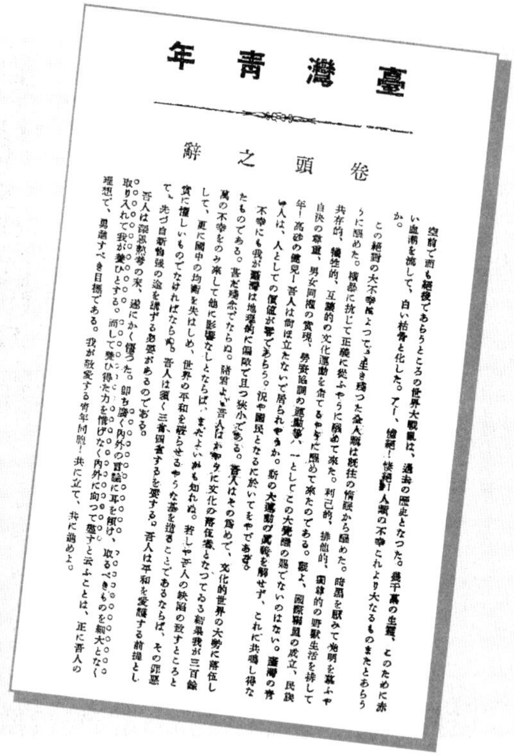

臺灣青年

卷頭之辭

空前で而も絶後であらうところの世界大戰亂は、過去の歴史となつた。幾千萬の生靈、このために赤い血潮を流して、白い枯骨と化した。アー、慘絶！悽絶！人寰の不幸これより大なるものまたとあらうか。

この絶對の大不幸によつてこそ生き残つた全人類は既往の惰眠から醒めた。暗黒を厭みて光明を慕ふやうに醒めた。横暴に抗じて正義に從ふやうに醒めて來た。利己的、排他的、獨尊的の野獸生活を排して共存的、犠牲的、互讓的の文化運動を企てるやうに醒めて來たのである。觀よ、國際聯盟の成立、民族自決の尊重、男女同權の實現、勞資協調の運動等、一としてこの大覺醒の賜でないのはない。臺灣の青年！高砂の健兒！吾人は尚ほ立たないで居られやうか。斯の大運動の眞義を解せず、これに共鳴し得ない人は、人としての價値が零であらう。況や國民となるに於いてをやであるぞ。不幸にも我が臺灣は地理的に偏陂で且つ狹小である。吾人はその爲めに、文化的世界の大勢に落伍したものである。甚だ殘念でならぬ。諸君よ、吾人はお互に文化の落伍者となつてゐる結果我が三百餘萬の不幸をのみ來して他に影響なしとならば、まだよいかも知れぬ。若しや吾人の缺陷の致すところとして、更に國中の均衡を失はしめ、世界の平和を破らせるやうな基を造ることであるならば、その罪惡實に擢しいものでなければならぬ。吾人は須く三省四省するを要する。吾人は平和を愛護する前提として、先づ自新自強の途を講ずる必要があるのである。

吾人は深思熟考の末、遂にかく悟つた。卽ち廣く内外の言論に耳を傾け、取るべきものを細大となく取り入れて我が養ひとする。而して養ひ得た力を惜げなく内外に向つて盡すと云ふことは、正に吾人の理想で、勇進すべき目標である。我が敬愛する青年同胞！共に立て、共に邁めよ。

▲▶《台灣青年》創刊號（一九二〇年七月十六日）及其卷頭語，是一份以東京的台灣留學生為主體的雜誌。

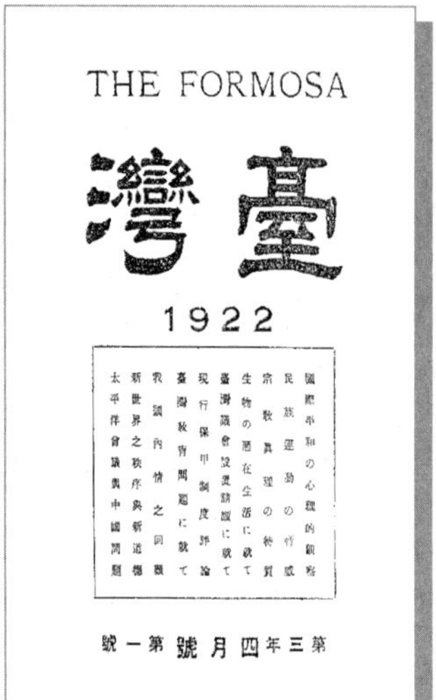

THE FORMOSA

臺灣

1922

國際平和の心理的觀察
民族運動の性質
宗教眞理の特質
生物の現在生活に就て
臺灣議會設置請願に就て
現行保甲制度評論
臺灣教育問題
我國內情之回顧
新世界之秩序與新道德
太平洋會議與中國問題

第三年四月號 第一號

◀一九二二年四月十日，《台灣青年》改名為《台灣》。

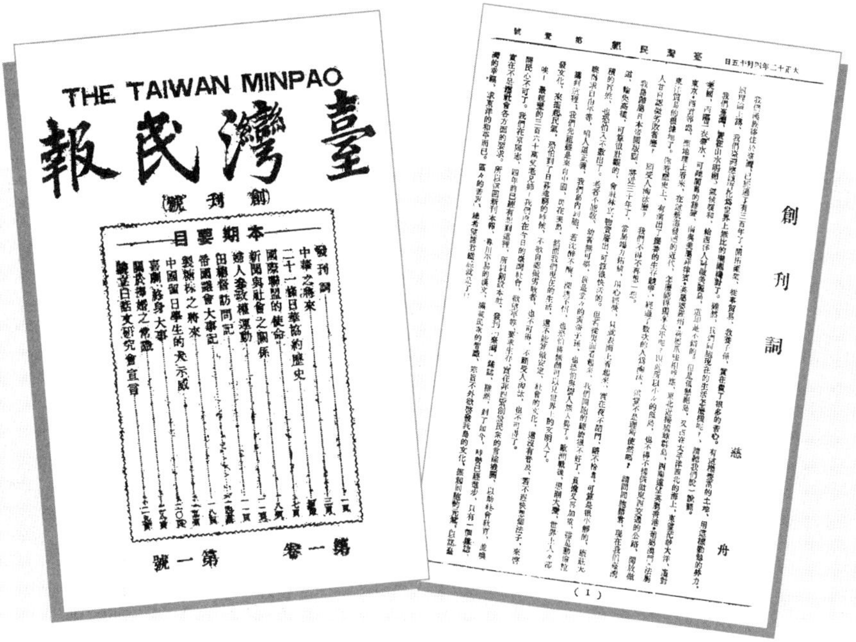

THE TAIWAN MINPAO

臺灣民報

（創刊號）

本期要目

發刊詞
中華之將來
二十一條日華協約歷史
國際聯盟的使命
新聞與社會之關係
婦人參政權運動
田總督訪問記
帝國議會大事記
製糖株之將來
中國留日學生的大示威
臺灣島內大事
關於結婚之常識
臺灣白話文研究會宣言

第一卷 第一號

大正十二年四月十五日　臺灣民報　第壹號

創刊詞

慈舟

▲《台灣民報》創刊號（一九二三年四月十五日）以及林呈祿（慈舟）所題的創刊詞。《台灣民報》是當時台灣知識階層的代表性刊物，自詡為「台灣人唯一的言論機關」，後來更與台灣文化協會共同推動「台灣議會設置請願運動」等社會運動，充分發揮輿論的力量。

▲《台灣民報》創刊時的成員，右起蔡惠如、黃朝琴、黃呈聰、林呈祿、陳逢源、蔡式穀、蔡培火、蔣渭水；可說是集合了當時重要的台灣菁英。

臺灣民報

祝民報島內發刊

大東信託株式會社

臺北茶商公會

臺灣製糖公司

大有物產株式會社

林合成商行

瑞泰合資會社

民報島內發刊所感

民報島內發刊對臺灣社會運動之影響

朱兆莘改稱南京政府代表

▲一九二七年八月二十一日，已經發行了一百六十九期的《台灣民報》，開始在台灣本島發行。

◀《台灣民報》的發送情景（攝於一九二五年一月六日）。

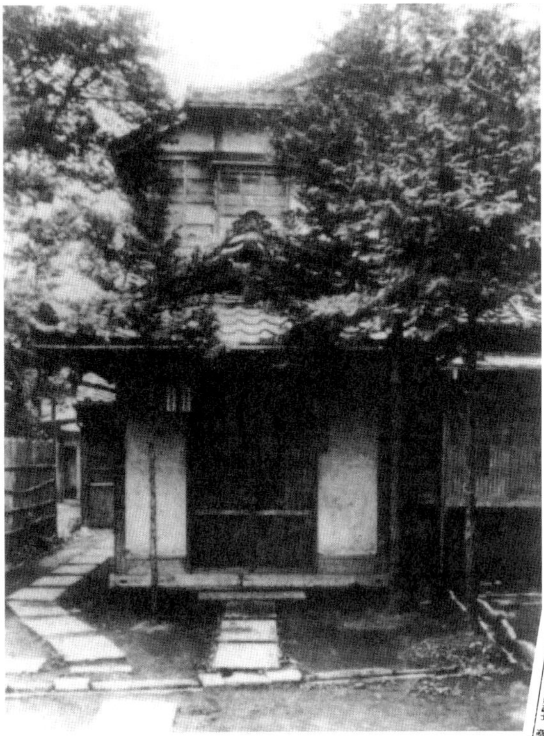

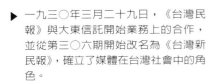

▲台灣雜誌社，位於東京市牛 込區若松町一三八番地（《台灣民報》在七十一期之前由台灣雜誌社發行，七十二期之後才改由台灣民報社發行）。

▲林獻堂及台灣新民報社的成員合影（時間約在一九三〇年之後）。

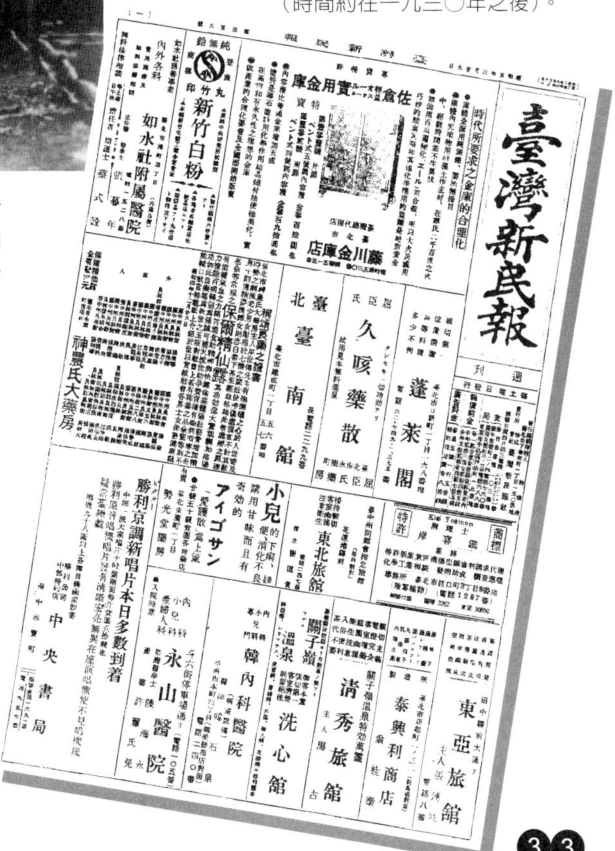
臺灣新民報

週刊

時代所要求之金庫的合理化

佐倉式實用金庫

藤川金庫店

蓬萊閣

久咳藥散

臺南館

新竹白粉

如水社附屬醫院

保爾精仙露

神農氏大藥房

東北旅館

小兒

アイゴサン

勝利京調新唱片本日多數到着

中央書局

永山醫院

韓內科醫院

洗心館

清秀旅館

泰興利商店

東亞旅館

▶一九三〇年三月二十九日，《台灣民報》與大東信託開始業務上的合作，並從第三〇六期開始改名為《台灣新民報》，確立了媒體在台灣社會中的角色。

臺灣新民報

社告

本報的日刊 四月十五日起發行

臺灣新民報社

將發行日刊的

本社之新陣容

編輯營業印刷各局部署人員均已整備

看 請

われらが新民報の日刊準備既に完成

いよいよ次號より日刊

緊張せる社內の空氣

◀▼一九三二年四月十五日，《台灣新民報》改為日報。

2.初期的評論

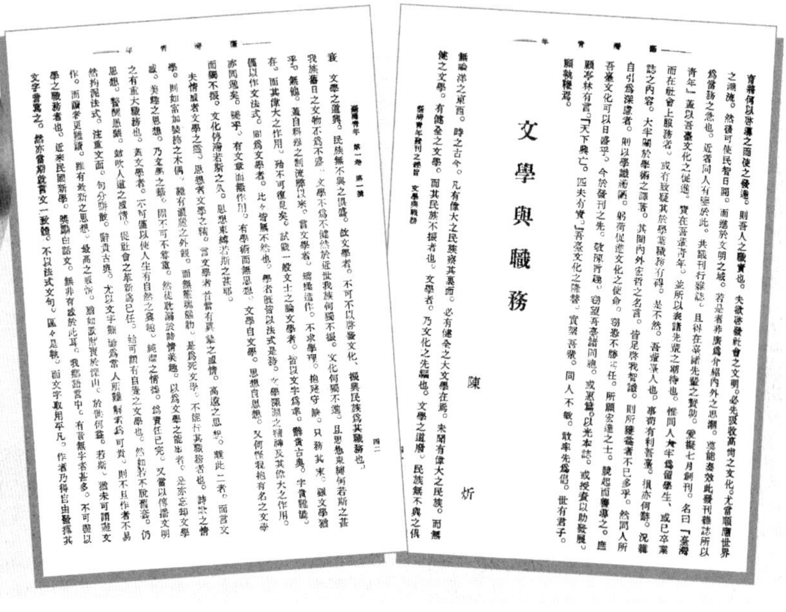

育將何以啓導之而使之發達。則吾人之職責也。夫欲啓發社會之文明。必先吸收高尚之文化。尤當順應世界之潮流。然後可使民智日開。而進於文明之域。若是者非廣爲介紹內外之思潮。莫能奏效。此發刊雜誌所以爲當務之急也。近者同人有鑒於此。共議刊行雜誌。且得在京諸先輩之贊助。爰擬七月創刊。名曰「臺灣青年」蓋以吾臺文化之促進。實在吾輩青年。並所以表諸先輩之期待也。惟同人大半爲留學生、或已卒業而在社會上服務者。或有致疑其於學業職務有碍。是不然。吾輩漢人也。事苟有利吾臺。損亦何辭。況雜誌之內容。大半關於學術之論著。其間內外宏哲之名言。皆足啓我智識。則所獲益者不已多乎。然同人所自引爲深慮者。則以學識譾陋。躬荷促進文化之使命。竊恐不勝其任。所願宏達之士。競起而嚮導之。庶吾臺文化可以日盛乎。今於發刊之先。敢陳芻蕘。竊望吾臺諸同胞。或惠篇。以光本誌。或授資以助發展。顧亭林有言。「天下興亡。匹夫有責。」吾臺文化之隆替。實繫吾儕。同人不敏。敢率先爲倡。世有君子。願執鞭焉。

文學與職務

陳炘

無論洋之東西。時之古今。凡有偉大之民族。察其裏面。必有健全之大文學在焉。未聞有偉大之民族。而無健全之文學。有健全之文學。而其民族不振者也。文學者。乃文化之先驅也。文學之道廢。民族無不與之俱

臺灣青年發刊之趣旨　文學與職務

臺灣青年　第一卷　第一號　　四二

衰。文學之道興。民族無不與之俱盛。故文學者。不可不以啓發文化、振興民族爲其職務也。我族舊日之文物不爲不盛。文學不爲不健。然於近世我族何獨不振。文化何獨不進。且思想束縛何若斯之甚乎。無他。蓋自科舉之制流弊以來。言文學者。矯揉造作。不求學理。抱殘守缺。只務其末。雖文學猶存。而其偉大之作用。殆不可復見矣。試觀一般文士之論文學者。皆以文字爲準。辭貴古奧。字貴雕鏤。僅以作文法式。目爲文學者。比々皆然也。學者既皆以法式是務。文學深淵之精神及其偉大之作用。亦同泯矣。噫乎。有文章而無作用。有學術而無思想。文學自文學。思想自思想。又何怪我抱有名之文學而竟不振。文化停滯若斯之久。思想束縛若斯之甚耶。

夫情感者文學之髓。思想者文學之精。言文學者首當有真摯之感情。高遠之思想。離此二者。而言文學。則如富加裝飾之木偶。雖有濃艷之外觀。而無靈魂驅勒。是爲死文學。不能行其職務者也。詩家之情感。美麗之思想。乃文學之華。固不可不尊重。然徒耽溺於詩情美趣。以爲文學之能事者。是亦忘却文學之有重大職務也。蓋文學者。不可僅以使人生有自然之美趣。純潔之情操。爲責任已完。又當以傳播文明思想。警醒愚蒙。鼓吹人道之感情。促社會之革新爲已任。始可謂有自覺之文學也。然如若不脫舊套。仍然拘泥法式。注重文面。句分駢散。辭貴古奧。尤以文字艱澁爲常人所難解者爲可貴。則不且作者不易作。而讀者更難讀。雖有嶄新之思想。最高之感情。猶如藏財寶於深山。於世何益。若斯、猶未可謂盡文學之職務者也。近來民國新學。獎勵白話文。無非有感於此耳。我鄉語言中。有音無字者甚多。不可盡以文字書寫之。然亦當期就言文一致體。不以法式文句。區々是執。而文字取用平凡。作者乃得自由發揮其

▲▶陳炘（一八九三～一九四七）及其發表於《台灣青年》創刊號上的＜文學與職務＞一文，是早期由台灣人所寫的重要文學評論。

▲▶ 黃呈聰（一八八六～一九六三）在一九二三年二月一日發表於《台灣》第四卷第一號的＜論普及白話文的新使命＞一文，主張台灣的書面用語，應效法中國採用北京官話。

▲▶ 黃朝琴（一八九七～一九七二）在一九二三年二月一日及二日發表於《台灣》第四卷第一號及第四卷第二號的＜漢文改革論＞與＜續漢文改革論＞二文，同樣主張台灣的書面用語，應效法中國採用北京官話。

3.初期的創作

◀▶追風（本名謝春木，一九〇二～一九六九）及其小說<她到哪裡去了？>（發表於《台灣》第三卷第四號～第三卷第七號，一九二二年七月十日～十月六日，共連載四次）。

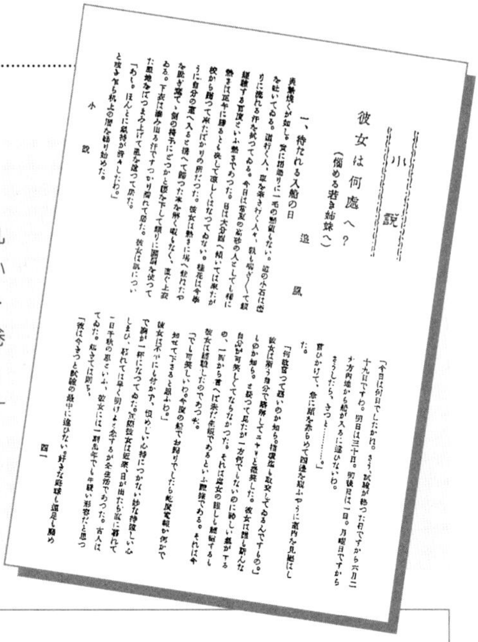

小說

彼女は何處へ？

（悩める若き姉妹へ）

追風

一、待たれる入船の日

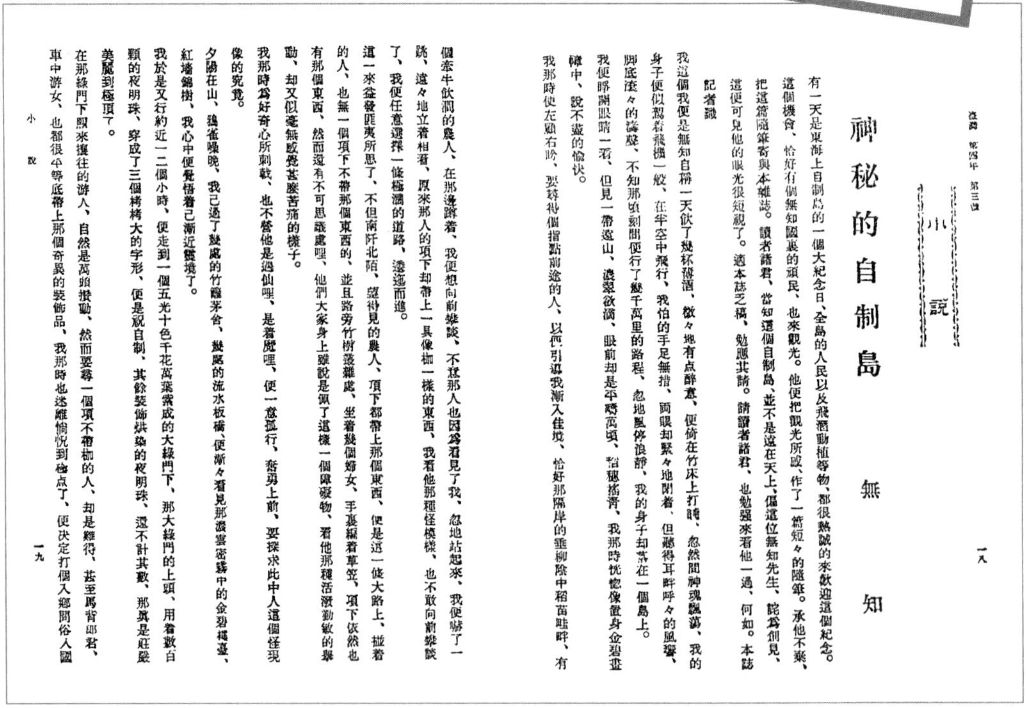

臺灣 第四年 第三號　一八

小說

神秘的自制島

無知

有一天是東海上自制島的一個大紀念日、全島的人民以及飛潛動植等物、都很熱誠的來歡迎這個紀念。這個機會、恰好有個無知國裏的頑民、也來觀光。他便把觀光所感、作了一篇短々的隨筆。承他不棄、把這篇隨筆寄與本雜誌。讀者諸君、當知這個自制島、並不是遠在天上、偏這位無知先生、詫爲創見、這便可見他的眼光很短視了。適本誌乏稿、勉應其請。請讀者諸君、也勉強來看他一過、何如。本誌記者識

我這個我便是無知自稱一天飲了幾杯醇酒、微々地有点醉意、便倚在竹床上打睡、忽然間神魂飄蕩、我的身子便似駕着飛機一般、在半空中飛行、我怕的手足無措、兩眼却緊々地閉着、但聽得耳畔呼々的風響、脚底滾々的濤聲、不知那頃刻間便行了幾千萬里的路程、忽地風停浪靜、我的身子却落在一個島上。我便睜開眼睛一看、但見一帶遠山、濃翠欲滴、眼前却是平疇萬頃、稻穗搖青、我那時恍惚像置身金碧畫幛中、說不盡的愉快。

我那時使左顧右盼、要尋得個指點前途的人、以便引導我漸入佳境、恰好那隔岸的垂柳陰中稻苗畦畔、有個牽牛飲澗的農人、在那邊躊着、我便想向前攀談、不意那人也因爲看見了我、忽地站起來、我便嚇了一跳、遠々地立着相看、原來那人的項下却帶上一具像枷一樣的東西、我看他那種怪模樣、也不敢向前攀談了、我便任意選擇一條極濶的道路、逶迤而進。

這一來益發匪夷所思了、不但南阡北陌、望得見的農人、項下都帶上那個東西、便是這一條大路上、摭着的人、也無一個項下不帶那個東西的、並且路旁竹樹叢雜處、坐着幾個婦女、手裏編着草笠、項下依然也有那個東西、然而還有不可思議處哩、他們大家身上雖說是佩了這樣一個障礙物、看他那種活潑勤敏的舉動、却又似毫無感覺甚麼苦痛的樣子。

我那時爲好奇心所刺戟、也不管他是遇仙哩、是着魔哩、便一意孤行、奮勇上前、要探求此中人這個怪現像的究竟。

夕陽在山、鴉雀噪晚、我已過了幾處的竹籬茅舍、幾處的流水板橋、便漸々看見那濃雲密靄中的金碧樓臺、紅墻錦樹、我心中便覺悟着已漸近靈境了。

我於是又行約近一二個小時、便走到一個五光十色千花萬葉紮成的大綵門下、那大綵門的上頭、用着數百顆的夜明珠、穿成了三個楷楷大的字形、便是祝自制、其餘裝飾烘染的夜明珠、還不計其數、那眞是莊嚴美麗到極頂了。

在那綵門下眾來攘往的游人、自然是萬頭攢動、然而要尋一個項不帶枷的人、却是難得、甚至馬背郎君、車中游女、也都很平等底帶上那個奇異的裝飾品、我那時也迷離惝怳到極点了、便決定打個入鄉問俗入國

小說　一九

▲無知的<神秘的自制島>一文，發表於《台灣》第四卷第三號，一九二三年三月十日。

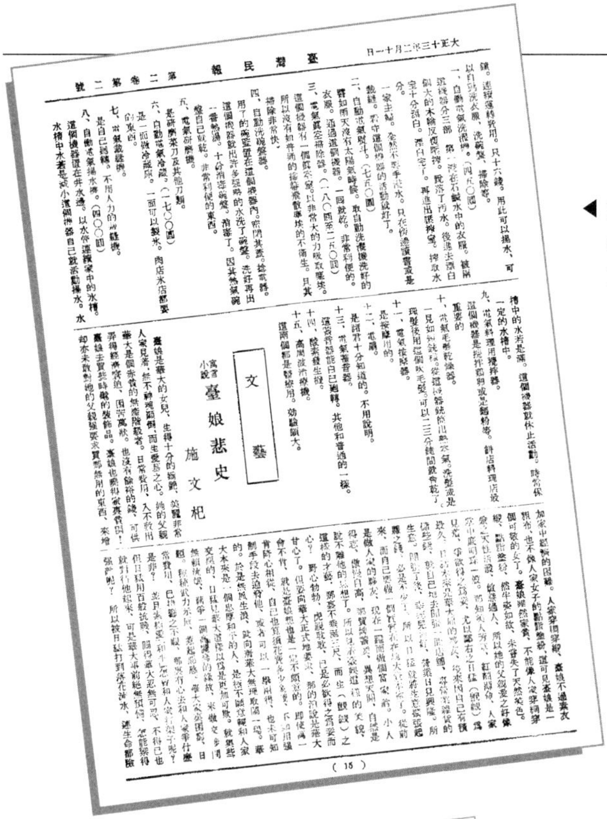

◀ 施文杞的寓言小說＜台娘悲史＞，發表於《台灣民報》第二卷第二號，一九二四年二月十一日。

▼ 楊雲萍的＜光臨＞一文，發表於《台灣民報》第八十六號，一九二六年一月一日。

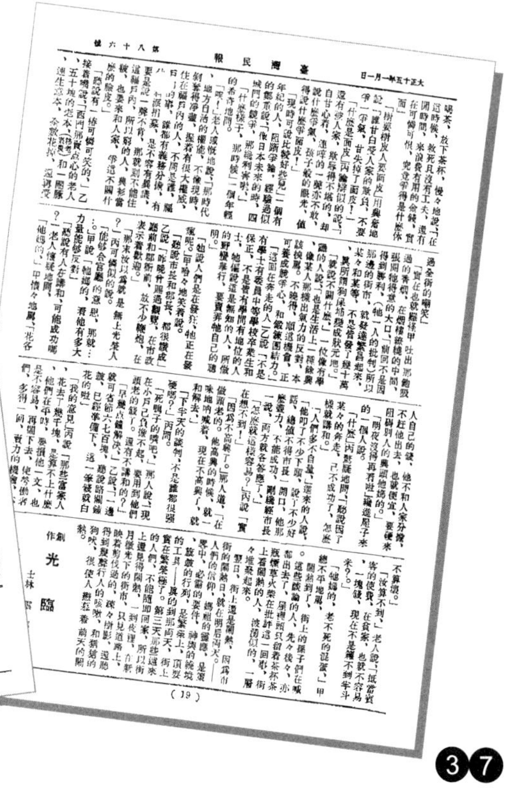

第五章

新舊文學論爭與張我軍

張我軍（一九〇二～一九五五）是將中國五四文學運動的情況介紹到台灣的第一人；他是台灣板橋人，曾於一九二四年短暫停留北京十個月，深受五四運動的影響，多次在《台灣民報》上發表帶有五四色彩的新詩及文學評論。回台後，除了積極在《台灣民報》上介紹魯迅、郭沫若等中國新文學作家的動向之外，也持續發表了批評台灣舊文壇的評論性文章。此舉不但點燃了他與台灣舊文人之間的「新舊文學論爭」，更確定了台灣新文學的方向。但是，張我軍的這些評論，都是將台灣新文學定位在中國文學之下，並沒有考慮到台灣當時仍受日本統治的政治現實，也沒有考慮到台灣的特色，是他最大的偏頗。

1.新舊文學論爭

一九二四年十一月二十一日，張我軍用「一郎」的筆名在《台灣民報》上發表了＜糟糕的台灣文學界＞一文，開始抨擊台灣舊文壇。隨後，林獻堂在《台灣詩薈》第十期發表文章反駁張的說法，張也立刻發表了＜為台灣文學界一哭＞作為回應。緊接著，擁護舊文學的鄭軍我、悶葫蘆生、蕉麓也分別在《台灣日日新報》、《台灣新聞》等發表文章抨擊，而以蔡孝乾、前非、懶雲為首的新文學派也不甘示弱地在《台灣民報》上發表文章反擊，引發了一連串筆戰。直到一九二五年，新文學漸佔優勢，這場論爭才漸趨平息。三〇年代之後，台灣文學論爭的焦點轉移，討論主題變成「鄉土文學及台灣話」。

2.在北京時的張我軍

張我軍曾於一九二四年短暫停留北京，就讀於北京師範大學夜間補校學習漢文，並在此覓得日後的終身良伴羅心鄉。然而，當時生活費已所剩無幾的他，卻不得不暫時跟情人道別；在回台的船程中，他將對情人的思念化為一首首動人的詩篇，成為日後台灣首部新詩集單行本《亂都之戀》的前身。

一九二六年六月，他與羅心鄉有情人終成眷屬，並前往北京定居，直到日本戰敗後的一九四六年才回台。同年（一九二六年）八月十一日，張我軍前去拜訪住在北京的魯迅，除了將四份連載有自己翻譯山川均《弱小民族的悲哀》文章的《台灣民報》致贈給魯迅之外，並陳述了自己對於中國對台灣採取不聞不問態度的不滿。

定居在北京的張我軍，剛開始先以留學生身分就讀於北京師範大學國文系，隨後與同爲台灣留學生的友人一同發行了《少年台灣》，一心希望改造台灣。畢業之後，張我軍除了在大學教授日語之外，也相繼出版了由他翻譯的日本文學作品、文藝評論、日語學習書以及社會科學方面的著作，爲他博得「上海魯迅，北京張我軍」的名號。中日開戰後，他更與當時暫居在北京的北大教授周作人結爲知己。

一九四二年十一月，張我軍以華北代表的身分，出席第一屆大東亞文學者大會，才首度踏上日本的土地。

1.新舊文學論爭

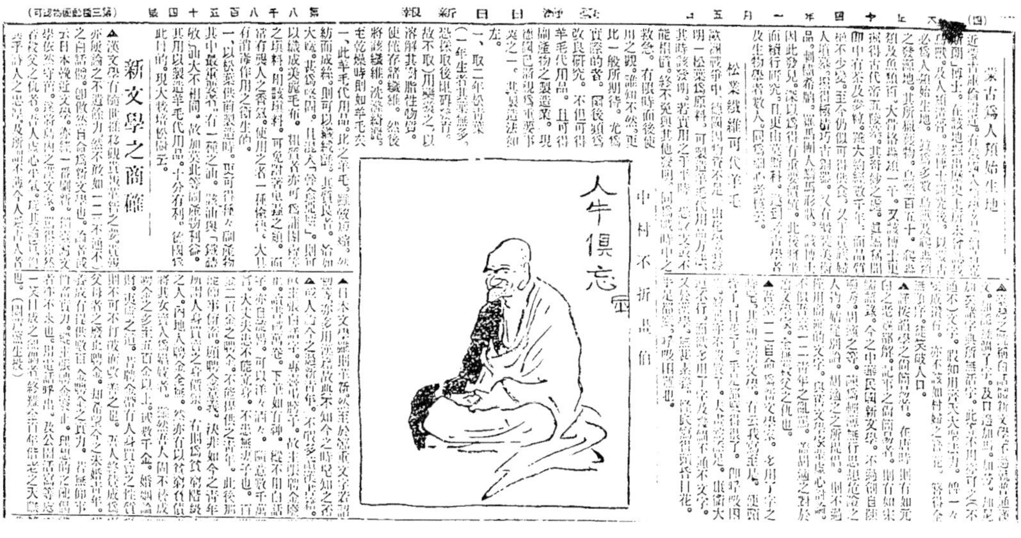
臺灣日日新報　第八千八百五十四號　（第三種郵便物認可）

蒙古爲人類始生地

松葉纖維可代羊毛

人牛俱忘

新文學之商榷

▲ 悶葫蘆生批判張我軍的文章，發表於《台灣日日新報》第八千八百五十四號，一九二五年一月五日。

THE TAIWAN MINPAO

臺灣民報

本期題目

糟糕的臺灣文學界

希望撤廢取締學術講習會的惡法

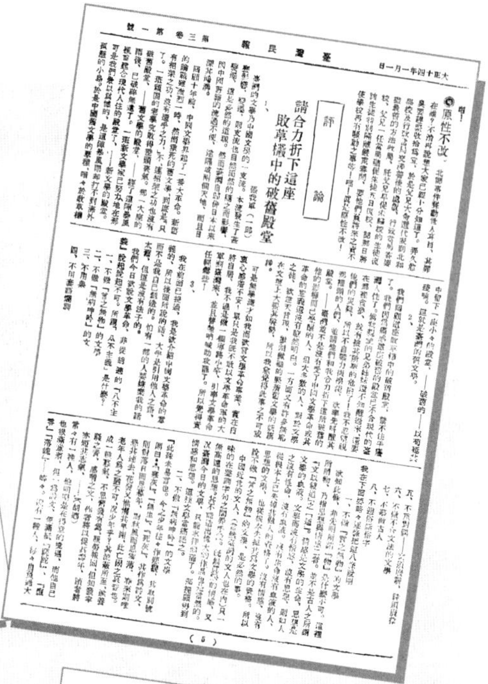
評論

請合力拆下這座敗草欉中的破舊殿堂

張我軍

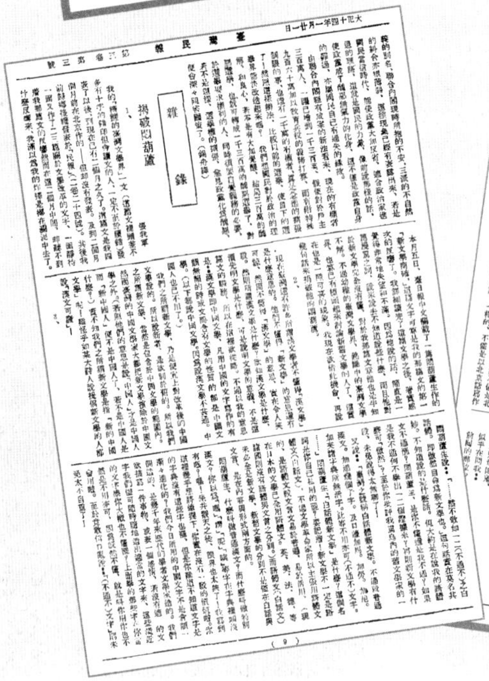
雜錄

揭破悶葫蘆

張我軍

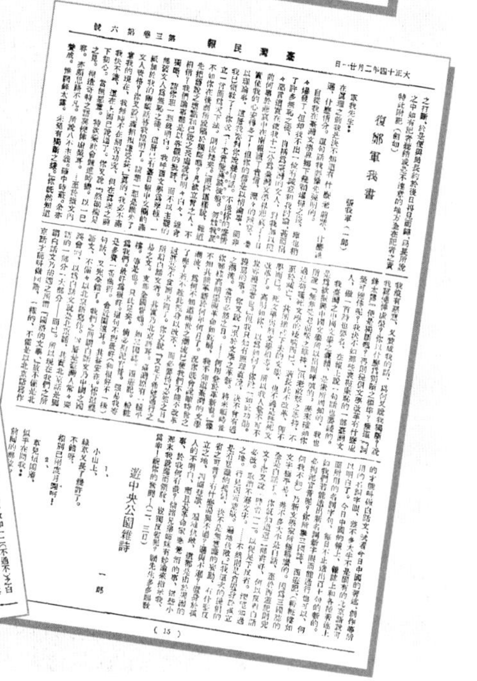
遊中央公園雜詩

▲張我軍發表於《台灣民報》上，有關台灣文壇的批判性文章。

第八十九號　臺灣民報　大正十五年一月廿四日

雜錄

讀臺日紙的『新舊文學之比較』

懶雲

不論什麼事、無過於比較研究的趣味、所以這種工作我很不厭倦、猶其是這種著作、很能吸引我熱烈的歡迎、但我向來的態度總不能捨去先入的主見、能夠虛心地、以比較其長短、推求其優劣、很是抱憾、雖然一点々、少帶自信、就是至少亦能斂抑幾分意氣、不敢孤着感情議論、只在擁護、自己所認爲美好的而已、若有人譏誚我說「這是沒有能力、可以排擊所認爲惡劣者、的消極態度」那我亦只有承受着罷、三、四兩天、臺日紙有這一篇論文、因爲是平生的所好、就詳細讀過了幾番、遂生出以下的文字

一、新文學運動、純然是受着西學的影響而發動的、所以有点西洋氣味、是不能否認、又且受着時代的洗鍊尚淺、業績猶未完成、也是事實、她的標的、是在舌頭和筆尖的合一、當然這也說是模倣、但各樣的學術、多由時代的要求、因着四圍的影響、漸次變遷、或是進化或是退化、新文學亦在此要約之下、循程進化的、其行跡明瞭可睹、所以欲說是創作、寧謂之進化、較爲適當

若說新文學中、沒有創作品、還在少具文學知識的人們、自能判斷、不用多說、橫書與直書的分別、在現狀下的新文學、尙沒有橫書的必然性、但將來音字採用的時候、就有橫書的必要了、到那時、這項怕就是、頂要緊的比較点了

二、舊文學的工具、本來不十分完備、且其對像在士的階級——所謂讀書人——不屑與民衆——文盲——發生關係、所以只能簡潔、亦自不妨簡潔典重、新文學的工具雖尙未完備、比較多些一点、且以民衆爲對像、不能不詳細明白、自然在舊文學者眼中、就覺其冗長了、所謂認識自我、不過是先秦、楚辭、漢賦、唐、宋、大家的一種便套而已。又講洋氣極重、這恐是神經過敏的異常感覺、不知新文學的趨向

是要把說話、用文字來表現再少加剪裁修整、便其合於文學上的美、這樣若還染有洋氣、就是漢文化的破產、漢人種的不肖

不能怨尤了、至謂用ABC來代甲乙丙、這純由作者個人、習慣上和便宜上所生的結果、於本質沒有關係、自然沒有做比較標準的價値、用顯對偶已有極詳細的討論在前了、不用我說

三、既往時代的舊文學、自有其存在的價値、不在所論之列只就現時的作品(臺灣)而言、有多少能認識自我、能爲自己說話、能與民衆發生關係、不用說、是言情、是寫實、是神秘、浪漫、是……大多數——說歹聽一点——不過是受人餘睡的「痰盦」罷

由來文學就是社會的縮影、所謂可異的新文學家的所『主、』不就是、現社會待解決、頂要緊、的問題嗎?在這種社會裡、生活着的人們、能夠滿足地、優遊自得、嘯咏於青山綠水之間、醉歌於月白花香之下、怕只有舊文學家罷?唉!幸福的很!欣羨的很!

至於描寫的優劣、在乎個人的藝術手腕、不因新舊的關係、昔同一成熟完美的作品、我敢斷定新的、較有活氣、較有普遍性、較易感人、較易克完、文學的使命

一事還須別說幾句、就是音字的併用、在現狀下、有許多、沒有文字、可表現的話語、這那在佛典輸入時代、舊文學曾有過一番經驗、那時有無新造的字、固不能知、大部分是用固有的字音、來翻譯梵語、有的另加口傍、以別於本來的字義、但到現在不僅意義不明、不明何體的所在也有、翻譯可勿說、只像「欸乃」的讀做「矮靄」、如此且尙不能明白、必待講解、始知是行船時、船夫一種的呼喊、又像山歌的餘音(如曖呦兮)、種々樂具的聲音、不用音字、是不能表現、所以一篇文章中、挿有別種的文字

是進化的表識、若嫌洋字有牛油臭、已有注音字母的新創、儘可應用

苦力也是人、也有靈感、他們的吶喊、不一定比較詩人們的呻吟、就沒有價値、中西人的會聲已是既有的事實、把牠描寫出

(11)

▲ 賴和對於新舊文學論爭的觀點，發表於《台灣民報》第八十九號，一九二六年一月二十四日。

▲ 一九八七年六月，由中國遼寧大學出版的《亂都之戀》（此書初版於一九二五年十二月二十八日，由《台灣民報》的台灣分部出版）。

▶ 新婚燕爾的張我軍夫婦，攝於板橋林家花園，約攝於一九二六年。

2.在北京時的張我軍

◀ 一九三三年時的張我軍。

▲ 張我軍與夫人羅心鄉攝於北京自宅前。

▲ 張我軍北京故居現況。

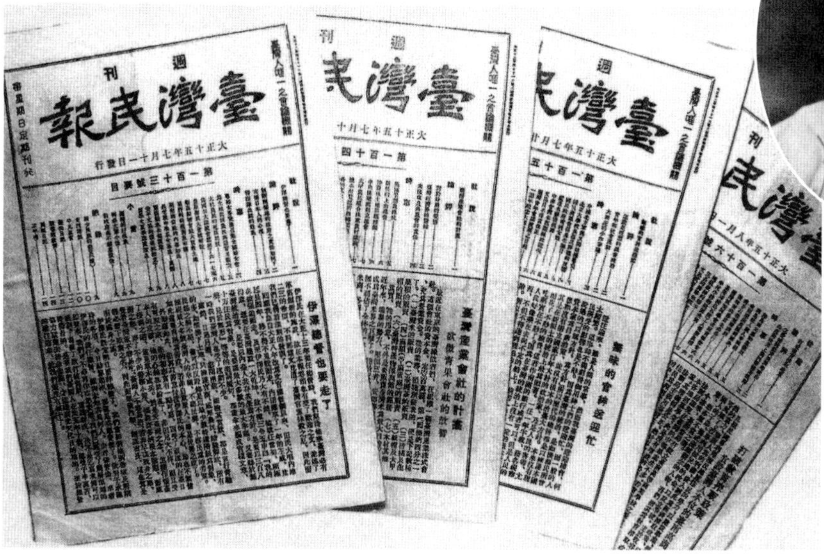

▲ 鲁迅（本名周樹人，一八八一～一九三六）。

▲ 一九二六年八月十一日，居住在北京的張我軍前去拜訪魯迅，並贈送他四份《台灣民報》（第一一三～一一六期，現收藏於北京魯迅博物館）。

◀ 北大教授周作人（一八八五～一九六七），是張我軍在北京時的知己好友。

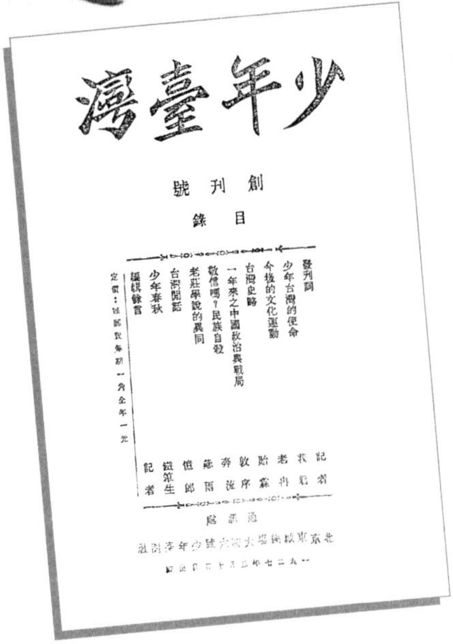

少年臺灣

創刊號

目錄

發刊詞	記者
少年台灣的使命	我軍
今後的文化運動	老冉
台灣史略	貽霖
一年來之中國政治與戰局	敦序
敬信嗎？民族自殺	奔流
老莊學說的異同	薌雨
台灣閒話	憶郎
少年春秋	鐵筆生
編輯餘言	記者

定價：[illegible]一角全年一元

通訊處

北京東城[illegible]號少年臺灣社

一九二七年三月十五日出版

▲ 一九二〇年代居住在北京的台灣「四劍客」，左起張我軍、連震東、洪炎秋、蘇薌雨，他們後來共同創辦了《少年台灣》。

◀ 張我軍與洪炎秋等人為了「台灣人的思想改造」而創刊的《少年台灣》（一九二七年三月十五日）。

第六章

賴和——台灣新文學之父

不知從何時起，大家開始尊稱賴和（一八九四～一九四三）爲「台灣新文學之父」以及「台灣的魯迅」，可能是淵源於戰前漢文作家王詩琅、朱點人及楊守愚等人稱他爲「養育之親」、「保母」，到了戰後便衍生出這樣的尊稱。

戰後賴和的文采之所以受到台灣文學界的重視，首要歸功於梁景峰發表了＜賴和是誰＞這篇文章（《夏潮》，一九七六年九月）。一九九四年，爲了紀念賴和百年誕辰，特別在清華大學舉辦了名爲「賴和及其同時代的作家——日據時期台灣文學國際學術會議」的國際研討會。至於賴和的相關著作，目前除了一九九四年發行的《賴和研究資料彙編》及林瑞明主編的《賴和漢詩初編》之外，二〇〇〇年又發行了《賴和手稿集》（共五冊），以及由林瑞明主編的《賴和全集》。

1.賴和的登場

根據楊雲萍的說法，認爲賴和的＜鬬鬧熱＞以及自己的＜光臨＞這兩篇作品，是台灣新文學最早的創作小說，而且早在戰前被禁的《台灣小說選》（李獻璋編）的序言中即曾表示了上述看法。（後來這篇序言又在一九四六年九月發行的《台灣文化》創刊號上，以＜台灣新文學運動的回顧＞爲標題重新發表）。

賴和雖然深受中國現代文學影響，但是他比有「中國近代文學之父」的魯迅年輕十三歲，而他於一九二六年發表的＜鬬鬧熱＞，也比魯迅於一九一八年發表在《新青年》上的＜狂人日記＞晚了八年。

於是，賴和就這樣以《台灣民報》（日後改稱爲《台灣新民報》）作爲主要舞台，帶領台灣白話新文學運動邁向新的紀元。

2.賴和與漢詩

賴和幼年時曾進入小逸堂接受黃悼其先生的指導，打下深厚的漢學基礎，日後不但在漢詩領域相當活躍，也曾跟古月吟社的日本漢詩人交流。致力於賴和漢詩研究的林瑞明說：「賴和是台灣文學史上新舊過渡期的人物。」身爲過渡時期的人物，賴和無論是在漢詩或新文學上，都留下優秀的作品。陳虛谷曾讚揚賴和的文學說：「賴和若是生在唐代，他的文名想必會在唐詩三百首中出現；若是生在現代中國，想必會跟魯迅齊名。」（＜哭懶雲社兄＞）但是賴和在生前，只發表過＜劉銘傳兩首＞等十四首漢詩。

3.台灣新文學的確立
—賴和的生平及作品

日治時期代表台灣人言論的媒體《台灣民報》及《台灣新民報》，是賴和主要的作品發表園地；他的作品大多是用漢文寫成的白話小說，小說雜文加起來共發表了二十三篇，在當時的台灣漢文作家中不容小覷。

王詩琅在＜賴懶雲論＞（《台灣時報》，一九三六年八月）一文中提到：「他（賴和）對弱勢族群寄予同情，看到貧苦人家的生活就會忍不住嘆息，是一位不折不扣的人道主義者。」正如王詩琅所描述的，賴和的文學也充滿了對統治者及對其逢迎諂媚者的批判。此外，賴和的這種情操也表現在他的行醫風格上，使他深受當地居民的景仰與信賴；他過世後，當地居民將他供奉在高雄的城隍廟中，傳為一段佳話。

賴和的＜豐作＞主要是描寫糖廠及蔗農之間的農民組合運動，這篇作品後來由楊逵譯成日文介紹到日本，並被選錄在《文學案內》的「朝鮮、台灣、中國新銳作家集」中。

4.漢文作家的面貌

當時的台灣文學有兩大主流，一個是漢文文學，另一個是日文文學，雖然日後也有台灣語文學的存在，但並不足以形成三強鼎立的局面。

目前為大家所熟知，曾在台灣文學史上活躍的漢文作家共有十七位，相信隨著研究的進展，將會有更多的作家浮上檯面。

這些漢文作家的文學活動，大多只限於日治時代，但是在七七事變之後，台灣全面進入「皇民化」時期，漢文作家也就被迫停筆。

在日治時代，漢文作家因種種因素而無法貫徹自己的文學事業，但是令人不解的是，在戰後「國語」由日語改成漢語之後，照理說應該重露生機的漢文作家卻依然保持沉默，這到底是爲什麼？的確是台灣文學史上一個令人百思不解的謎。

1.賴和的登場

▲ 賴和（一八九四～一九四三），被稱為「台灣新文學之父」，他以《台灣民報》作為主要舞台，帶領台灣白話新文學運動邁向新的紀元。

▲ 就讀於台灣總督府醫學校時的賴和。

▲ 一九二〇年代的賴和。

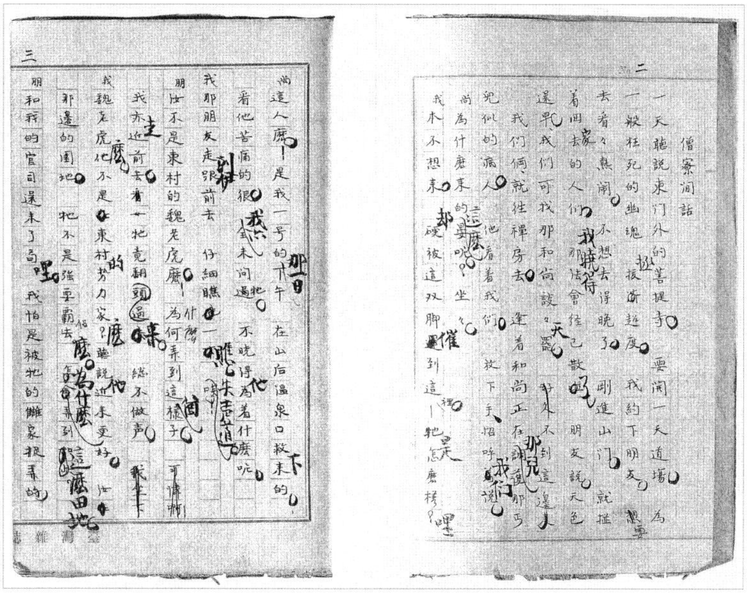

◀賴和寫於一九二三年九月十五日的<僧寮閒話>手稿，未發表。

▼賴和的散文<無題>，一九二五年八月二十六日發表於《台灣民報》第六十七號。

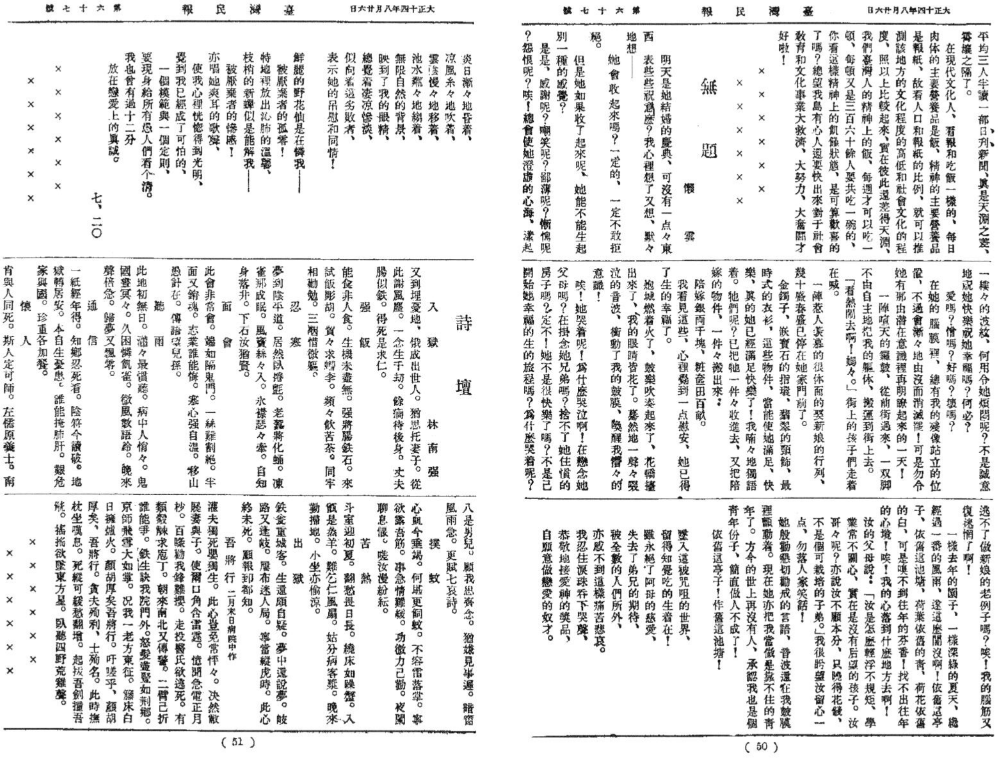

大正十四年八月廿六日　臺灣民報　第六十七號

平均三人半讀一部日刊新聞、眞是天淵之差、霄壤之隔了。

在現代文化人、看報和吃飯一樣的、每日肉体的主要營養品是飯、精神的主要營養品是報紙、故看人口和報紙的比例、就可以推測該地方的文化程度的高低和社會文化的程度、照以上比較起來、實在彼此還差得天淵、我們臺灣人的精神上的飯、每週才可以吃一頓、每頓又是三百六十餘人要共吃一碗的、你看這樣精神上的飢餓狀態、是可算歡喜的了嗎?總望我島有心人還要快出來對于社會教育和文化事業大救濟、大努力、大奮鬪才好啦!

× × × × × × × × × ×

無題　懶雲

明天是她結婚的慶典、可沒有一点々東西表些些祝意麼?我心裡想了又想、默々地想——

她會收起來嗎?一定的、一定不敢拒絕。

但是她如果收了起來呢、她能不能生起別一種的感覺?

是是、感謝呢?嘲笑呢?鄙薄呢?慚愧呢?怨恨呢?唉!總會使她澄淸的心海、漾起一縷々的波紋、何用令她煩悶呢?不是誠意地祝她快樂祝她幸福嗎?何必?

愛嗎?憎嗎?好嗎?壞嗎?

在她的腦膜裡、總有我的殘像站立的位置、不過會漸々地由沒而消滅罷!可是勿令她有那由潛在意識裡再明瞭起來的一天!

一陣喧天的鑼鼓、從前街過來、一双脚不由自主地扢我的軀体、搬運到街上去。

「看熱鬧去啊!媽々。」街上的孩子們走着在喊。

一陣惹人羡慕的很体面的娶新娘的行列、幾十盛春盛已停在她家門前了。

金鐲子、嵌寶石的指環、翡翠的頸飾、最時式的衣衫、這些物件、當能使她滿足、快樂、眞的她已經滿足快樂了!我喃々地獨語着。牠們呢?已把牠一件々收進去、又把陪嫁的物件、一件々搬出來:

陪嫁銀両千塊、粧奩田百畝。

我看見這些、心裡覺到一点慰安、她已得了生的幸福了。

炮城燃着火了、鼓樂吹奏起來了、花轎擡出來了、我的眼睛皆花了。驀然地一聲々啜泣的音波、衝動了我的鼓膜、喚醒我懵々的意識!

唉!她哭着呢!爲什麼哭泣啊!在戀念她父母嗎?在掛念她兄弟嗎?捨不了她住慣的房子嗎?定不!她不是很快樂了嗎?不是已開始她幸福的生的旅程嗎?爲什麼哭着呢?逃不了做新娘的老例子嗎?唉!我的腦筋又復迷惘了啊!

一樣去年的園子、一樣深綠的夏天、總經過一番的風雨、遂這麼閒沒啊!依舊這亭子、依舊這池塘、荷葉依舊的青、荷花依舊的白、可是嗅不到往年的芬香!找不出往年的心境!唉!我的心落到什麼地方去啊!

汝的父母說:「汝是怎麽輕浮不規矩、學業常不關心、實在是沒有后望的孩子。汝哥々呢?亦說汝不顧本分、只曉得花錢、不是個可栽培的子弟。」我很盼望汝留心一点、勿落人家笑話!

她般勤懇切勸戒的言語、音波還在我鼓膜裡顫動着。現在她亦把我當做是靠不住的青年了。方今的世上再沒有人、承認我也是個青年份子、簡直做人不成了!

依舊這亭子!作舊這池塘!

墜入這被咒咀的世界、
留得知覺吃的生着在!
雖永絕了阿母的慈愛、
失去了弟兄的期待、
被全數的人們所外、
亦感不到這樣痛苦悲哀。
我忍住淚珠呑下哭聲、
恭敬地接愛神的奬品、
自願意做戀愛的奴才。

(50)

大正十四年八月廿六日　臺灣民報　第六十七號

炎日漸々地昏着、
涼風糸々地吹着、
雲陰慢々地移着、
池水粼々地綳着、
無限自然的背景、
映到了我的眼精、
總覺着凄涼慘淡、
似向着這劣敗者、
表示她的吊慰和同情!

鮮麗的野花仙是在憐我——
被厭棄者的孤零!
特地裡放出沁肺的溫馨、
枝梢的新蟬似是能解我——
被厭棄者的慘感!
亦唱她爽耳的歌聲、
使我心裡恍惚得到光明、
覺到我已經成了可怕的、
一個模範與一個定則、
要現身給所有戀人們看个淸。
我也曾有過十二分
放在戀愛上的眞誠。

七、二〇

× × × × × × × × × × × × ×

詩壇

入獄　林南強

又到埋憂地、俄成出世人。猶思托妻子。從此謝風塵。一念生千刼。餘痌待後身。丈夫腸似鉄。得死是求仁。

強飯

能食非人食。生機未盡無。強將腸鉄石。來試飯彫胡。貿々求蠐李。頻々飲苦茶。同牢相勸勉。三酌惜微軀。

忍寒

夢到陰平道。居然臥搭氊[?]。老蠶將化蛹。凍雀那成眠。風竇絲々入。氷襟瑟々牽。自知身落井。下石汝猶賢。

面會

此會非常會。端如隔鬼門。一絲難割絕。半面又銷魂。志業誰能悔。寒心強自溫。移山愚計在。傳語囑兒孫。

聽雨

此地初無日。瀟々最慣聽。病中人悄々。鬼國晝冥々。久困憐飢雀。微風數語鈴。晚來聲倍急。歸夢又飄零。

通信

一紙經年得。知鄉忍死看。陰符今讀破。地獄轉居安。本自生憂患。誰能掩肺肝。艱危家與國。珍重各加餐。

懷人

肯與人同死。斯人定可師。左儒原義士。南八是男兒。願我思齊念。猶嫌見事遲。暗窗風雨急。更賦七哀詩。

撲蚊

心血今垂竭。何堪更飼蚊。不容雷落掌。寧欲露吾筋。事急情難緩。功微力己勤。夜闌聊息偃。嗟汝漫紛紜。

苦熱

斗室迎初夏。翻愁晝日長。繞床如蹀蟹。入甑是烝羊。難乞仁風扇。姑分病客漿。晚來勤掃地。小坐亦偷涼。

出獄

鉄瓮重城客。生還頗自疑。夢中還說夢。岐路又逢岐。屢布迷人局。寧當縱虎時。此心終未死。願報郅都知。

吾將行　二月末日病院中作

灌夫獨死嬰獨生。此心豈免常怦々。決然歠踐妻與子。使爾口角含雷霆。憶聞急電正月杪。百喙勸我鋒難攖。走投醫氏欲逃死。有類穀觫求庖丁。朝來南北又傳警。二臂己折誰能爭。鉄生訣我院門外。怒髮盡豎如荊卿。京師飛雪大如掌。況我一老方東征。豨床白日擁爐火。顏胡厚矣吾將行。吁嗟乎、顏胡厚矣、吾將行。貪夫殉利、士殉名。此時撫枕坐嘆息。死縱可緩愁翻增。起拔吾劍撞吾膝[?]。搖搖欲墜東方星。臥聽四野荒雞聲。

× × × × × × × × × × × × ×

(51)

大正十四年十二月二十日　臺灣民報　第八十四號

阿Q在這刹那、便知道大約要打了、赶緊抽緊筋骨、聳了肩膀等候着、果然、拍的一聲、似乎確鑿打在自己頭上了。

「我說他！」阿Q指着近傍一個孩子、分辯說。

拍！拍拍！

在阿Q的記憶上、這大約要算是生平第二件的屈辱。幸而拍拍的響了之後、于他倒似乎完結了一件事、反而覺得輕鬆些、而且「忘却」這一件祖傳的寶貝發生了効力、他慢慢的走、將到酒店門口、早已有些高興了。

但對面走來了靜修庵的小尼姑。阿Q便在平時、看見伊也一定要唾罵、而況在屈辱之後呢！他於是發生了回憶、又發生了敵愾了。

『我不知道我今天爲什麼這樣晦氣、原來就因爲見了你！』他想。

他迎上去、大聲的吐一口唾沫

『咳、呸！』

小尼姑全不睬、低了頭只是走。阿Q走近伊身旁、突然伸出手去摩着伊新剃的頭皮、獃笑着、說：

『禿兒！快回去、和尚等着你……』

『你怎麼動手動脚……』尼姑滿臉通紅的說、一面赶快走。

酒店裏的人大笑了。阿Q看見自己的勳業得了賞識、便愈加興高采烈起來：

『和尚動得、我動不得？』他扭住伊的面頰。

酒店裏的人大笑了。阿Q更得意、而且爲滿足那些賞鑒家起見、再用力的一擰、才放手。

他這一戰、早忘却了王胡、也忘却了假洋鬼子、似乎對於今天的一切「晦氣」都報了讐、而且奇怪、又彷彿全身拍拍的響了之後、更輕鬆、飄飄然的似乎要飛去了。

『這斷子絕孫的阿Q！』遠遠地聽得小尼姑的帶哭的聲音。

『哈哈哈！』阿Q十分得意的笑。

『哈哈哈！』酒店裏的人、也九分得意的笑。（待續）

覺悟的犧牲（寄二林的同志）

懶雲

一

覺悟下的犧牲、
覺悟地提供了犧牲、
唉！這是多麼難能！
牠們誠實的接受、
使這不用酬報的犧牲、
轉得有多大的光榮！

二

弱者的哀求、
所得到的賞賜、
只是橫逆、摧殘、壓迫、
弱者的勞力、
所得到的報酬、
就是嘲笑、謫罵、詰責。

三

使我們汗有得流、
使我們血有處滴、
這就是說——強者們！
慈善同情的發露、
憐憫惠賜的恩澤、

四

哭聲與眼淚、比不得、
激動的空氣、瀉瀾的流泉、
風是會靜、泉是會乾、
究竟亦終於無用。
雖說最后的生命
算來亦不值錢。

五

可是覺悟的犧牲、
本無須什麼報酬、
失掉了不值錢的生命、
還有什麼憂愁？

六

因爲不値錢的東西、
非以能堅決地擲去、
有如不堪駛的渡船、
只當做射擊的標誌。

七

我們只是行屍、
肥々膩々！留待與、

◀ 賴和所寫的白話詩＜覺悟的犧牲（寄二林的同志）＞，一九二五年十二月二十日發表於《台灣民報》第八十四號。

▼ 一九二三年十二月十六日，賴和因「治警事件」被捕入獄，於隔年一月七日獲釋。

2.賴和與漢詩

（第三種郵便物認可） 昭和六年四月廿五日

漢詩界

歡迎投稿

凡欲投稿本欄者、無論古近各體詩歌、請直接寄交霧峯林幼春先生處

讀罷珠崖對有感 莊 禮 耕

珠崖無故棄蠻夷。博引繁徵盡飾辭。近代重虛依樣畫。瓣香合拜賈捐之。

讀賈誼列傳 同 人

無情湘水弔堪哀。絳灌如何亦忌才。鵩鳥賦成憂不返。那知宣室又徵回。

病中偶成 新竹 鄭 指 薪

病逾數月閉門中。瘦骨崚嶒怯曉風。欲捧茶湯手偏顫。不聞呼喚耳成聾。坐長依榻如新婦。行必支筇愧老翁。只幸多情來舊雨。朝朝相慰到燈紅。

雪夜 同 人

花飛六出異尋常。到處居然白玉裝。填盡人間不平路。夜來無月自生光。

村居 蕭 獻 三

茅屋接平疇。孤村景色幽。林邊環綠水。樹杪露紅樓。鷺立田千頃。烏啼月一鉤。忘機乘釣去。江上共沙鷗。

曙光

投稿者請直接寄來本社

南國哀歌（上） 安 都 生

所有的戰士已都死去、
只殘存些婦女小兒、
這天大的奇變、
誰敢說是起於一時。
人們所最珍重莫如生命、
未嘗有人敢自看輕、
這一舉會使種族滅亡、
在他們當然早就看明、
但終於覺悟地走向滅亡、
這原因就不容妄測。
雖說他們野蠻無知？
看見鮮紅紅的血
便忘却一切歡躍狂喜、
但是這一番啊！
明明和往日出草有異。
在和他們同一境遇、
一樣呻吟於不幸的人們、
那些怕死偷生的一群、
在這次血祭壇上、
意外地竟得生存、
便說這卑怯的生命、
神所厭棄本無價值、
但誰敢信這事實裡面、
就尋不出別的原因？
「一樣是歹命人！
趕快走下山去」！
這是什麼言語？
這有什麼含義？
這是如何地悲悽！
這是如何的決意！
是怨是仇？雖則不知、
是妄是愚？何須非議、
舉一族自願同赴滅亡、
到最後亦無一人降志、
敢因為犧牲的遺留？
是怎樣生竟不如其死？

臺灣新民報 （第三種郵便物認可） 昭和六年五月二日

漢詩界

歡迎投稿

凡欲投稿本欄者、無論古近各體詩歌、請直接寄交霧峯林幼春先生處

金陵懷古（舊作） 芳 園

一

六朝舉去又南朝。王氣金陵一例消。唯有舊時風物在。板橋明月大江潮。

二

不悉明宮慘不春。孝陵風雨夜飛燐。徒誇虎踞龍蟠地。如此江山付美人。

三

甲帳樓臺無處尋。春灯燕子久消沉。獨留一片秦淮水。長使風流擱古今。

四

傷心一片石頭城。玄武湖邊夕照明。江左又經戎馬後。不單愁殺庾蘭成。

築路吟 吼

一

築路如築城、男婦當徵役、隣村一病翁、羸軀強壓迫！
標札方插成、塡平要頃刻！拾田禁掘土、荷鋤而慘色。
多謝太陽驕、灼倒得稍息！勞人求代勞、靴尖腰間踢、
「逃個不嚴懲、有誰肯戮力？」順痛坦途長、包車碾碎石。

波華 參觀漢籍記（下） 邕齋 黃春成

（一）金陵重訪錄

（四）結論

曙光

投稿者請直接寄來本社

南國哀歌（下） 安 都 生

恍惚有這呼聲、這呼聲、
在無限空間發生響應、
一絲絲涼爽秋風、
忽又急疾地為牠傳佈、
好久已無聲響的山、
也自隆隆地替牠號令。

◀▲賴和以安都生筆名所寫，歌頌霧社事件領導人的白話詩<南國哀歌>，發表於一九三一年四月二十五日、五月二日的《台灣新民報》。

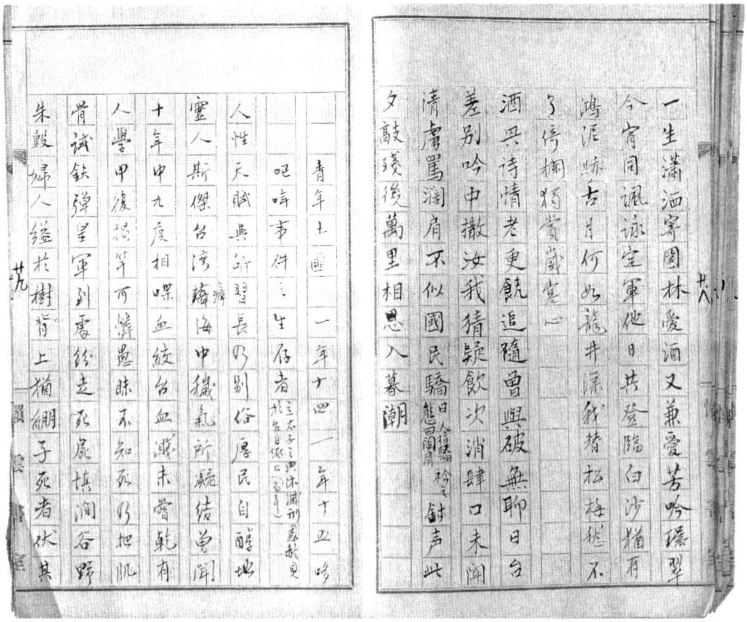

▲▼賴和＜環翠樓送別＞手稿（一九一六年）。

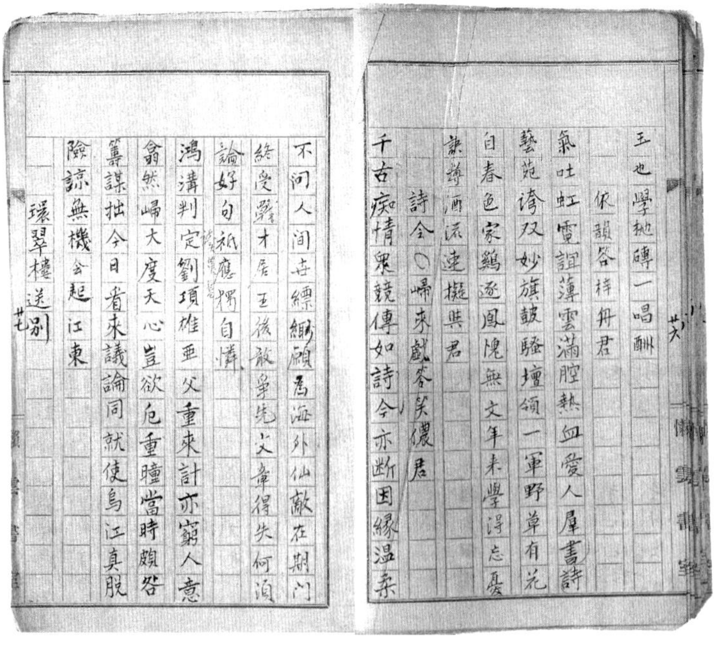

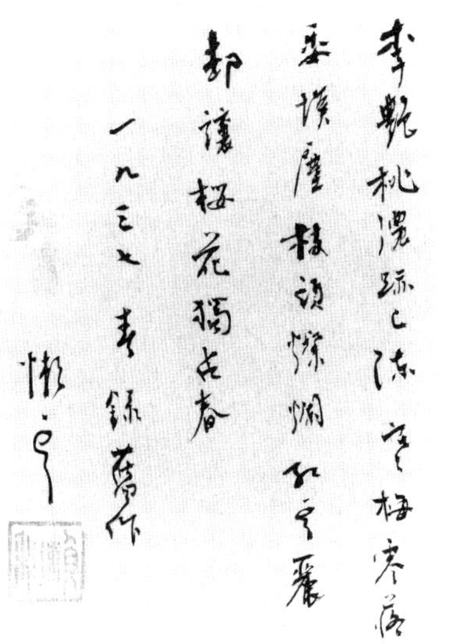

◀ 賴和的手跡。

3.台灣新文學的確立—賴和的生平及作品

鬪鬧熱 懶雲

光臨 懶雲

▲ 賴和的首篇小說<鬪鬧熱>，一九二六年一月一日發表於《台灣民報》第八十六號。

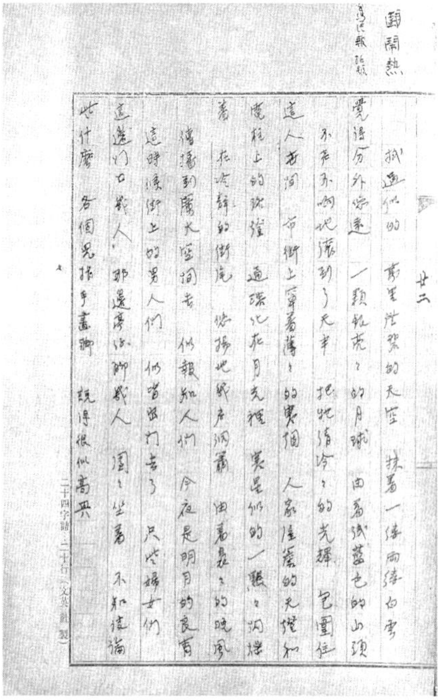

◀＜鬪鬧熱＞的手稿。

▼賴和＜豐作＞的手稿。這篇小說主要是描寫糖廠及蔗農之間的農民組合運動。後來由楊逵譯成日文介紹到日本，並被選錄在《文學案內》的「朝鮮、台灣、中國新銳作家集」中。

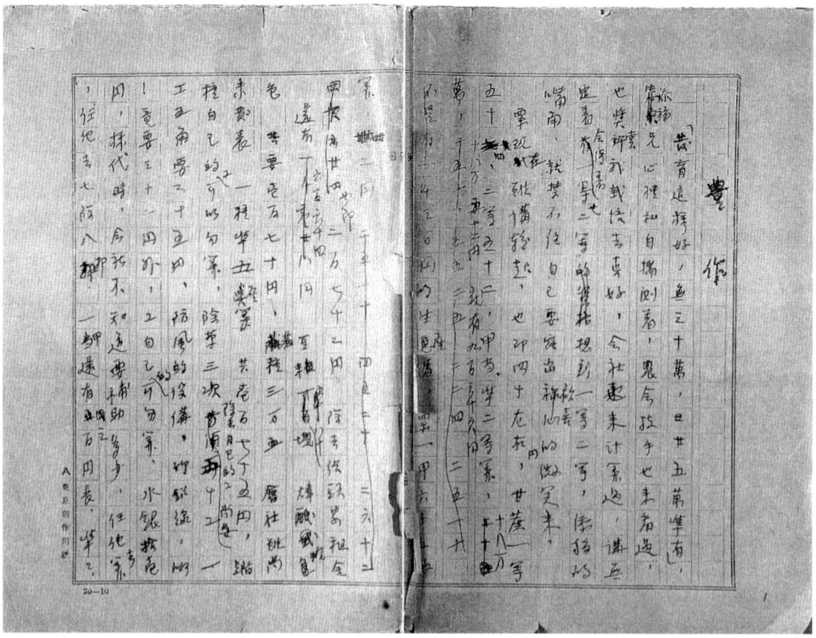

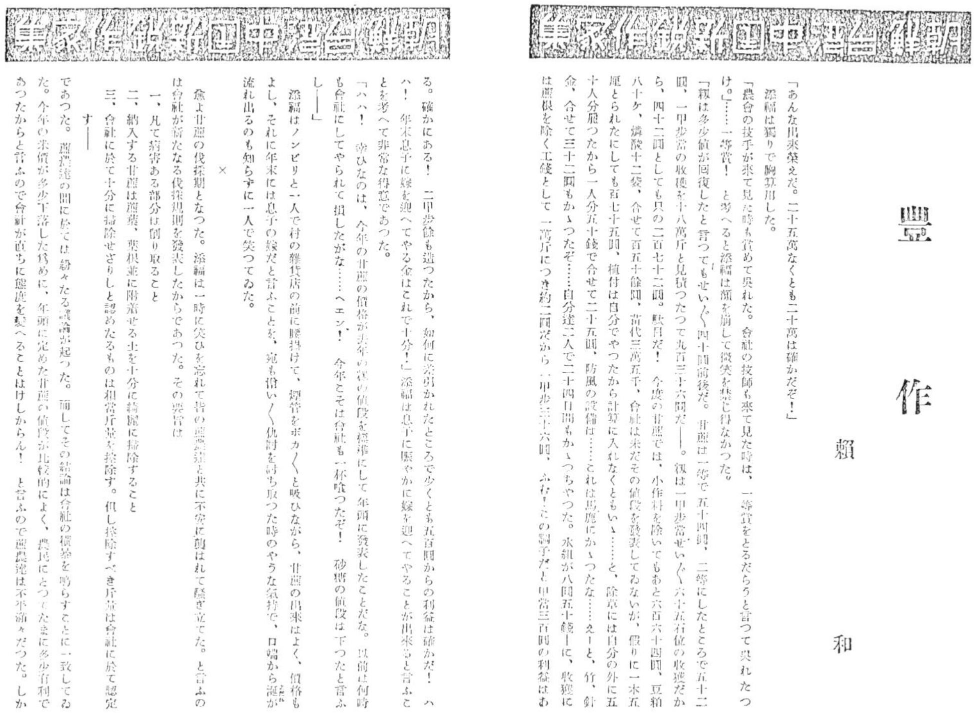

朝鮮台灣中國新銳作家集

朝鮮台灣中國新銳作家集

豐作

賴和

「あんな出來榮えだ。二十五萬なくとも二十萬は確かだぞ！」

添福は獨りで胸算用した。

「農會の技手が來て見た時も賞めて呉れた。會社の技師も來て見た時は、一等賞をとるだらうと言つて呉れたつけ。」……一等賞！ と考へると添福は顏を崩して微笑を禁じ得なかつた。

「籾は多少値が回復したと言つてもせい〴〵四十圓前後だ。甘蔗は一等で五十四圓、二等にしたところで五十二圓、一甲步當の收穫を十八萬斤と見積つたつて九百三十六圓だ——。籾は一甲步當せい〴〵六十五石位の收穫だから、四十二圓としても只の二百七十二圓。駄目だ！ 今度の甘蔗では、小作料を除いてもあと六百六十四圓、豆粕八十ケ、燐酸十二袋、合せて百五十餘圓、苗代三萬五千、會社は未だその値段を發表してゐないが、假りに一本五厘とられたにしても百七十五圓、植付は自分でやつたから計算に入れなくともいゝ……と、除草には自分の外に五十人分雇つたから一人分五十錢で合せて二十五圓、防風の設備は……これは馬鹿にかゝつたな……えーと、竹、針金、合せて三十二圓もかゝつたぞ……自分達二人で二十四日間もかゝつちやつた。水租が八圓五十錢—に、收獲には蔗根を除く工錢として一萬斤につき約二圓だから一甲步三十六圓、ふむ！この調子だと一甲當三百圓の利益はあ

る。確かにある！ 二甲步餘も造つたから、如何に差引かれたところで少くとも五百圓からの利益は確かだ！ ハハ！ 年末息子に嫁を迎へてやる金はこれで十分！」添福は息子に賑やかに嫁を迎へてやることが出來ると言ふことを考へて非常な得意であつた。

「ハハ！ 幸ひなのは、今年の甘蔗の價格が去年の籾の値段を標準にして年頭に發表したことだな。以前は何時も會社にしてやられて損したがな……ヘエン！ 今年こそは會社も一杯喰つたぞ！ 砂糖の値段は下つたと言ふし——」

添福はノンビリと一人で村の雜貨店の前に腰掛けて、煙管をポカ〳〵と吸ひながら、甘蔗の出來はよく、價格もよし、それに年末には息子の嫁だと言ふことを、宛も憎い〳〵仇討を討ち取つた時のやうな氣持で、口端から涎が流れ出るのも知らずに一人で笑つてゐた。

×

愈よ甘蔗の伐採期となつた。添福は一時に笑ひを忘れて皆の蔗農達と共に不安に襲はれて騷ぎ立てた。と言ふのは會社が新たなる伐採規則を發表したからであつた。その要旨は

一、凡て病害ある部分は刈り取ること

二、納入する甘蔗は蔗葉、蔗根並に附着せる土を十分に精細に掃除すること

三、會社に於て十分に掃除せざりしと認めたるものは相當斤量を控除す。但し控除すべき斤量は會社に於て認定す——

であつた。蔗農達の間に於ては紛々たる議論が起つた。而してその結論は會社の横暴を鳴らすことに一致してゐた。今年の米價が多少下落した爲めに、年頭に定めた甘蔗の値段が比較的によく、農民にとつてたまに多少有利であつたからと言ふので會社が直ちに態度を變へることはけしからん！ と言ふので蔗農達は不平滿々だつた。しか

▲一九三六年一月號的《文學案內》刊登由楊逵翻譯的賴和作品＜豐作＞。

▶應社（一九三九年成立）三週年紀念照。前排坐於中間者為賴和，這是賴和在世的最後一張照片。（前排左起陳英方、楊樹德、賴和、陳滿盈、楊木；後排左起楊子庚、吳衡秋、石錫勳、楊添財、楊松茂）

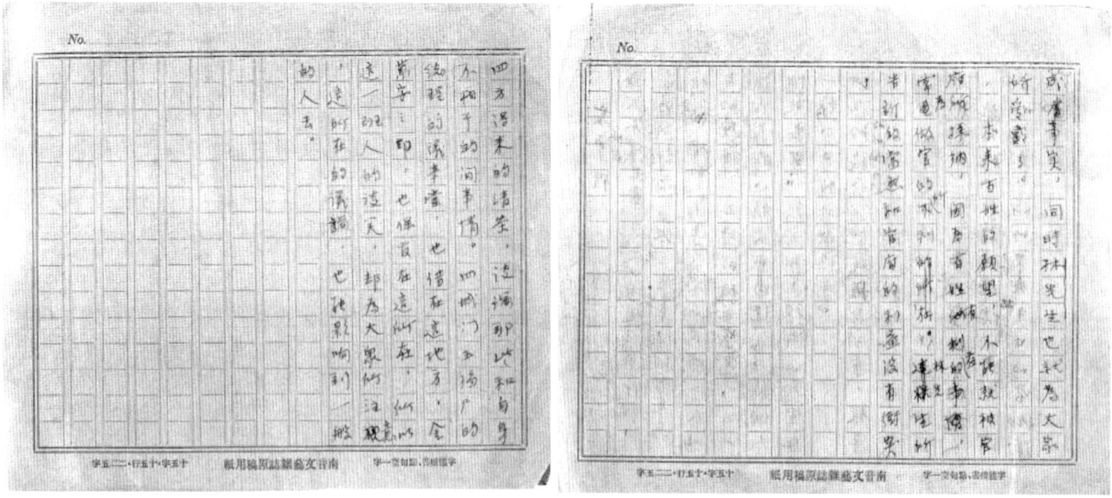

▲《善訟的人的故事》手稿。

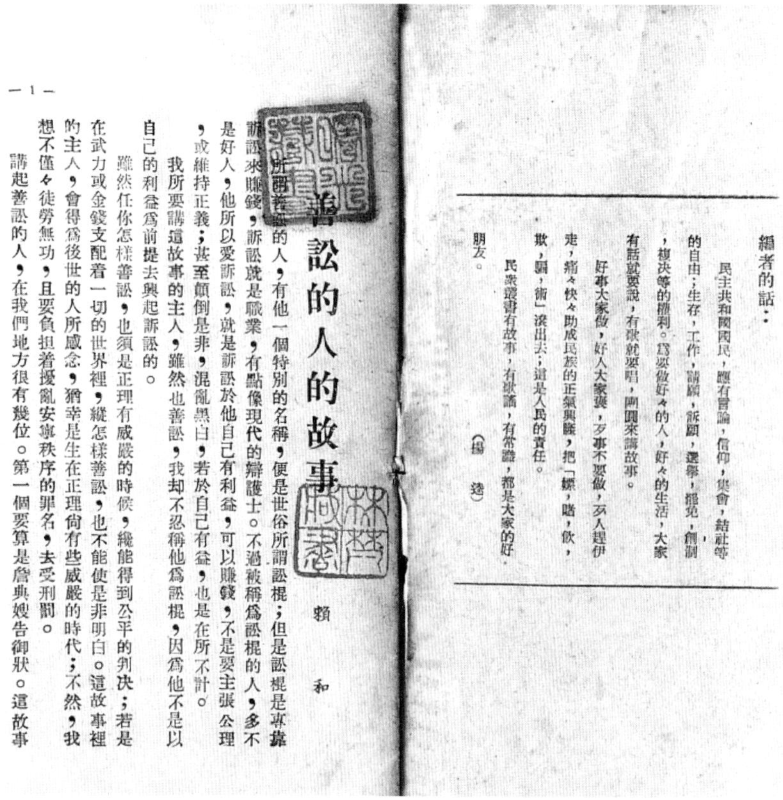

編者的話：

民主共和國國民，應有言論，信仰，集會，結社等的自由；生存，工作，請願，訴願，選舉，罷免，創制，複決等的權利。爲要做好々的人，好々的生活，大家有話就要說，有歌就要唱，兩個來講故事。

好事大家做，好人大家獎，歹事不要做，歹人趕伊走，痛々快々助成民族的正氣興隆，把「嫖，賭，飲，欺，騙，術」滾出去；這是人民的責任。

民衆叢書有故事，有歌謠，有常識，都是大家的好朋友。

（楊逵）

善訟的人的故事

賴和

所謂善訟的人，有他一個特別的名稱，便是世俗所謂訟棍；但是訟棍是專靠訴訟來賺錢，訴訟就是職業，有點像現代的辯護士。不過被稱爲訟棍的人，多不是好人，他所以愛訴訟，就是訴訟於他自己有利益，可以賺錢，不是要主張公理，或維持正義；甚至顛倒是非，混亂黑白，若於自己有益，也是在所不計。

我所要講這故事的主人，雖然也善訟，我却不忍稱他爲訟棍，因爲他不是以自己的利益爲前提去興起訴訟的。

雖然任你怎樣善訟，也須是正理有威嚴的時候，纔能得到公平的判決；若是在武力或金錢支配着一切的世界裡，縱怎樣善訟，也不能使是非明白。這故事裡的主人，會得爲後世的人所感念，猶幸是生在正理尚有些威嚴的時代；不然，我想不僅々徒勞無功，且要負担着擾亂安寧秩序的罪名，去受刑罰。

講起善訟的人，在我們地方很有幾位。第一個要算是詹典嫂告御狀。這故事

—1—

◀單行本《善訟的人的故事》，一九四七年一月十日，民衆出版社出版。

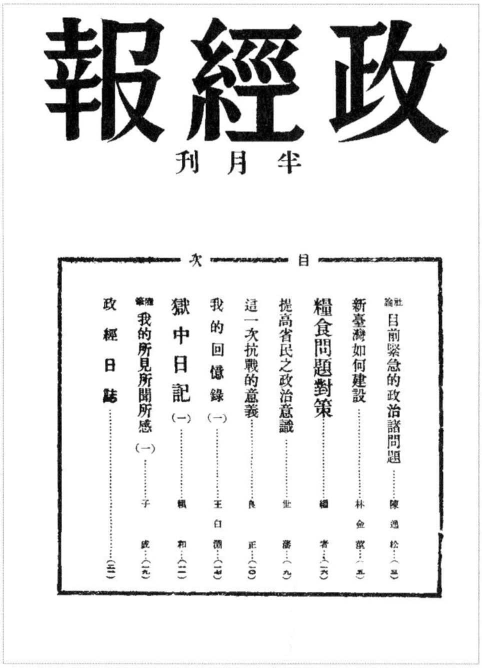

政經報

半月刊

目次

▲ 連載賴和＜獄中日記＞的《政經報》（一九四五年十一月十日～十二月二十五日）。

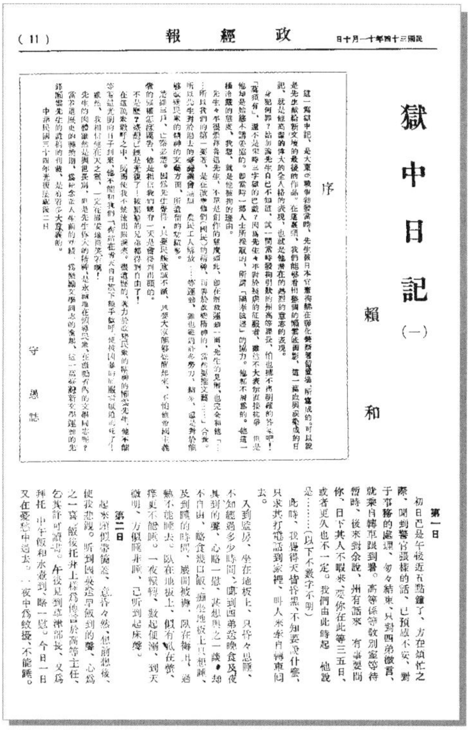

(11)　政經報　民國三十四年十一月十日

獄中日記(一)

賴和

序

這一篇獄中記，是大東亞戰爭勃發當時，先生被日本官憲拘禁在彰化警察署留置場，所寫成的。可以說是先生獻給新文壇的最後的作品。在這裏頭，我們能夠看出整個的憤鬱底面影，這一篇血與淚凝成的日記，就是他高潔的偉大的全人格的表現，也就是他潛在的熱烈的意志的表現。

身犯何罪？姑勿論先生自己不知道，試一問當時發拘引狀的州高等課長，怕他也講不甚明確的答案吧！「莫須有」，還不是宋時三字獄的巴戲？因為先生々平對於殘虐的征服者，雖然不大表示直接抗爭，但是他卻是始終不講妥協的。即當時一部人士所採取的，所謂「陽奉陰違」的協力，他都不屑為的。他這一種冷嚴的態度，我想，就是他被拘的理由。

先生々平很崇拜魯迅先生，不單是創作的態度如此，即在解放運動一面，先生的見解，也完全和他「……所以我們的第一要著，是在改變他們(國民)的精神，而善於改變精神的，當然要推文藝……」合致。所以先生對於過去的議會請願、農民工人解放……等運動，雖也竭盡許多努力，[illegible]，還是對於能夠啟發民衆的精神的文藝方面，所遺留的業績多。

法網三尺，亡秦必楚。因為先生覺得，只要民族意識不滅，只要大家能夠覺醒起來，不怕帝國主義者的強權怎樣嚴苛，他是相信我們總有一天是會得到出頭的。

不是麼？臺灣已經是光復了！被壓迫的兄弟都得到自由了！

在這萬衆歡呼之中，反而使我不禁流出眼淚來。徹遺憾的，盡力於啟發民衆的精神的懶雲先生，他不能等著這光明的日子到來，他不能和我們一齊站在青天白日旗下鼓手歡呼，便被[illegible]死了！

雖然，我相信他在天之靈，一定在還要地微笑著哪！

先生的肉體雖然是與世長別，但是先生偉大的精神，是永遠地在領導民衆，在激勵省內的文學同志呢？

當茲這歷史的轉換期，[illegible]，先生的遺稿的刊載，是有着多大意義的。

中華民國三十四年光復後歲後二日

守愚誌

第一日

初日已是午後近五點鐘了，方在煩忙之際，聞到警官張樣的話，已預感不安，對于事務的處理，匆々結束，只對西弟徵言，就乘自轉車跟到署。高等係等教別室等待暫時，後來對余說，州有話來，有事要問你，日下其人不暇來，要你在此等三五日，或者更久也不一定。我們由此時起　他說是……(以下不數字不明)

此時，我覺得天昏將黑，不知要說什麼，只求其打電話到家裡，叫人來牽自轉車回去。

入到監房，坐在地板上，只昏々思睡，不知經過多少時間，又聽到西弟送晚食及夜具到的聲，心略一慰，甚想與之一談，却不自由，略食幾口飯，痴坐地板上只想睡，及到睡的時間，展開被褥，臥在褥上，過熱不能睡去。臥在地板上，似有風在燄，痒更不能睡。一夜輾轉，數起便溺，到天微明，方假寐非睡，已听到起床聲。

第二日

起來頭似帶箍，意昏々然，但前想後，使我悲觀。听到四弟送早飯到的聲，心爲之一寬，飯後托井上樣爲傳言於高等主任，乞其許可讀書。午後見到赤津部長，又爲拜托　中午飯和水壺到，略一慰。今日一日又在憂愁中過去。一夜中爲蚊擾，不能睡。

▲ 太平洋戰爭爆發後，賴和描述自己被監視逮捕過程的＜獄中日記＞。

◀ ▲《賴和全集》、《賴和手稿集》等與賴和研究相關的文獻。

4.漢文作家的面貌

◀ 蔡秋桐（一九〇〇～一九八四）

◀ 周定山（一八九八～一九七五）

保正伯

秋洞

爭々巧々正々直々排着到靜立在大路邊的木麻黃被那冬夜的風打得施々雪々擺々搖々。在這樹脚邊々看見有一個人手提一個包兒、行向衙門去、那個包兒却被半光半暗的月亮照得不明不白、認不出是什麽東西。來到大人宿舍的後尾門、輕々地敲着門、同時細聲—這是表示恭敬的細聲、不是怕被人听見的細聲—地叫、

「奥サン、奥サン」

奥サン、出來開門一看原來就是保正伯、提一件烏紗帽(オセイボ)來給大人做烏紗帽呢。

保正伯「這些々兒東西、聊表一點烏紗帽的意思、沒有甚麽好的、總是僅々表我一點敬意、奥サン收起來！」

奥サン：「咿耶！咎麽…不時受您大家的好意、那裡着甚麽烏紗帽、正月(指正月元旦)請你即來喰酒！」

保正伯：「多謝々々、奥サン撤楊那啦。」

保正伯提一大包來雖然空手返去、行路却也很活潑、態度也是很得意、像表示着他和大人交陪、是有無上光榮的樣子。

這保正伯大家叫他做李サン、在未當保正之前、是一個流氓、亭仔脚是他的宿舍、猪砧是他的眠床賭博是他的正業、打架是他的消遣、是無惡不作的像庄中有誰人偷刣一隻猪也是一隻羊、他若不知便罷、不幸被他探知、就隨時走去報告大人、宛然是一個偵探。

隣庄他有一個姑母、偷刣一隻死猪、湊巧李サン來到、他的姑母、就恭々敬々地辨到一棹頂叉炒滚々、特別叫他的小孩去店舖、賒來一矸白鹿—他的姑母曉得他和大人有交陪有染些大人氣、愛喰白鹿酒。—來請他、燒酒溫燒李サン也就不客氣坐落去就飲就喰、那位姑母鄰他是自己的後頭侄子、也沒有客氣笑嘻々地手擧一双箸、邀請李サン說：姑母時常請你不到、也沒有甚麼可以請你、湊巧早起死了一隻猪差不多成百斤、叫人幫忙來刣、一塊分伊一塊分汝……這肉骨較好你着食、話講了、那姑母忽然想着什麽似的、有些驚恐的樣子、噯喲！人講你常々去報大人、講人偷刣甚麽咯？這欵事不好！以後是不可那樣、喰一歲着學一歲、咱也沒有做甚麽、看見一千八百也沒關咱的事、你着听我的嘴。

李サン受到姑母的勸解听了有些不稱意、生成是那號子、那容易听了兩句牛話、就得悔悟呢、一碗公肉骨喰了、一矸白鹿也飲乾、正在坐得無意思、却好賭鬼追來咯、心裏捲々坐也坐不得、便辭了他的姑母大步細步向那林投脚的賭場去。身中沒有半文的李サン、無過是做個

▲ 蔡秋桐的＜保正伯＞一文，發表於一九三一年二月二十八日的《台灣新民報》。

旋風

一吼

昂頭傲立的刺竹、露珠像苦淚的簌々傾瀉下來。太陽才暴展着威容、壓射了大地上的生物。奥萬蹲在草簷下、呆然地凝視着車路溝中的那堆牛屎。拖一隻破畚箕、很不甘心般用脚慢々的揩淨。安閑地帶到糞堆去。

「田無一坵、海無一株、有田作到無田、堆那牛屎什麽用？只有那隻破畚箕、少停拾着糞根要用什麽？」奥萬的妻背着兩歲的兒子、忙於束蔗葉、手不停地喃々在說。

奥萬好像全不聞見似的、俯身在糞堆那邊、把汚遍塵垢的雜草、爬掌滿握。

阿巧一邊搬運蔗葉、一邊和負在母親背上的小弟無味地在打趣、很規律地跑出跑入。而後到土角灶那邊、取幾個粗碗置於椅條上說：

「爸！好來食。」

她隨即挑上水桶、向圳頭挑水去了。蓬鬆的頭髮、映射了朝霞、和抖擻的壁露竹葉、顫動地同樣起勁。

狡猾般而奮鋭人家虛僞的光線、把矮窟的裡面、傍若無人地、傲慢的占領去。連竹床裡的小生物、也受他揶揄般迫得蠕動着。兩足急促的伸直、双手向上的展開在抽動着。輕帶微々的响、緩慢地由喉嚨裡的迫上鼻孔才脫出來。粗糙的小指頭很熟練的把兩隻朦朧的眼皮、不斷在揉擦。翻着身跳下床來。對準了尿桶、大聲理他小腹裡的排洩物了。無邪地吟味着一道噴泉、潑々地冲擊的反响餘韻。碎珠般的白泡微翻了一條溝漢、霎時就被包圍了全領土。好像迎神的八醫、團困着正駕的神輿、互相接觸在碾輾的那麽有趣。他白天多要陪他父親和姉姉的辛苦地去拾蒂蓍根、來支持了一家的每天那二頓食。已經燃困的要命。有時看着隣家的

▲ 周定山以「一吼」之名所作的＜旋風＞一文，一九三六年發表於《台灣新文學》，後來遭禁。

◀ 朱點人（一九〇三～一九四九）

◀ 楊雲萍（一九〇六～二〇〇〇）

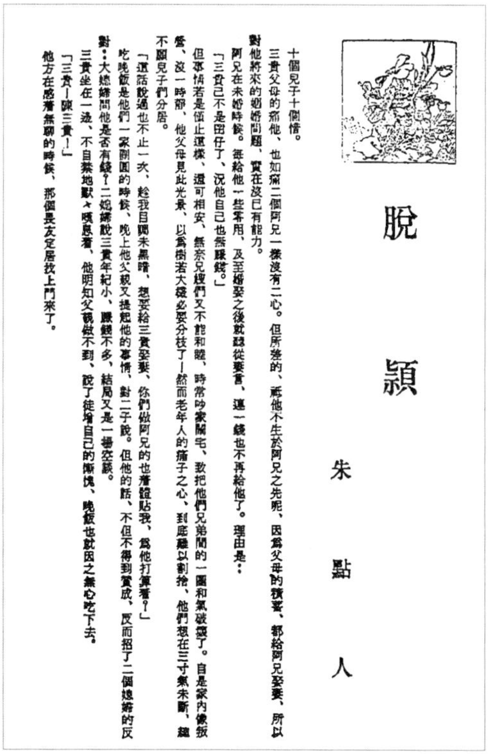

脫穎

朱點人

十個兒子十個惜。

三貴父母的痛他、也如痛二個阿兄一樣沒有二心。但所差的、祇他不生於阿兄之先呢、因爲父母的積蓄、都給阿兄娶妻、所以對他將來的婚姻問題、實在沒已有能力。

阿兄在未婚時候。每給他一些零用、及至婚娶之後就疏從要錢、連一錢也不再給他了。理由是：

「三貴已不是囝仔了、況他自己也無賺錢。」

但事情若是個止這樣、還可相安、無奈兄嫂們又不能和睦、時常吵家鬧宅、致把他們兄弟間的一團和氣破壞了。自是家內像飯甑、沒一時靜、他父母見此光景、以爲樹若大總必要分枝了！然而老年人的痛子之心、到底難以割捨、他們想在三寸氣未斷、趁不願兒子們分居。

「這話說過也不止一次、趁我目睭未黑暗、想要給三貴娶妻、你們做阿兄的也着體貼我、爲他打算看？」

吃晚飯是他們一家團圓的時候、晚上他父親又提起他的事情、對二子說。但他的話、不但不得到贊成、反而招了二個媳婦的反對：大媳婦問他是否有錢？二媳婦說三貴年紀小、賺錢不多、結局又是一場空談。

三貴坐在一邊、不自禁地歎々噫息着、他明知父親做不到、說了徒增自己的慚愧、晚飯也就因之無心吃下去。

「三貴！陳三貴！」

他方在感着無聊的時候、那個長友定居找上門來了。

▲ 朱點人的＜脫穎＞一文，一九三六年發表於《台灣新文學》，後來遭禁。

▲ 楊雲萍詩集《山河》，一九四三年十一月，清水書店出版。

◀ 林越峰（一九〇九～）

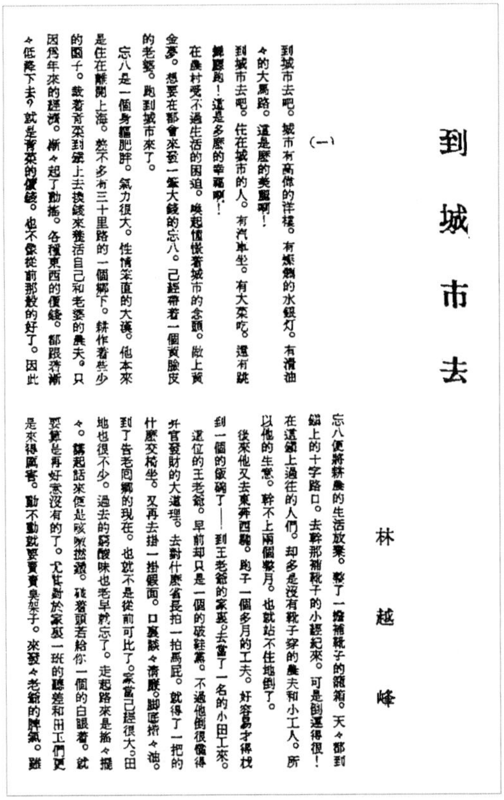

到城市去

林越峰

(一)

到城市去吧。城市有高偉的洋樓。有爍爍的水銀灯。有滑油々的大馬路。這是麼的美麗啊！

到城市去吧。住在城市的人。有汽車坐。有大菜吃。還有跳舞麼跑！這是多麼的幸福啊！

在農村受不過生活的困迫。喚起憧憬着城市的念頭。做上黃金夢。想要在都會來發一筆大錢的忘八。已經帶着一個黃臉皮的老婆。跑到城市來了。

忘八是一個身軀肥胖。氣力很大。性情笨直的大漢。他本來是住在離開上海。差不多有三十里路的一個鄉下。耕作着些少的園子。載着青菜到街上去換錢來養活自己和老婆的農夫。只因爲年來的經濟。漸々起了動搖。各種東西的價錢。都跟着漸々低降下去。就是青菜的價錢。也不像從前那般的好了。因此忘八便將耕農的生活放棄。整了一擔補靴子的籠箱。天々都到鎮上的十字路口。去幹那補靴子的小經紀來。可是倒運得很！在這鎮上過往的人們。却多是沒有靴子穿的農夫和小工人。所以他的生意。幹不上兩個整月。也就站不住地倒了。

後來他又去東奔西馳。跑了一個多月的工夫。好容易才得找到一個的飯碗了——到王老爺的家裏。去當了一名的小田工來。

這位的王老爺。早前却只是一個的破鞋黨。不過他倒很懂得升官發財的大道理。去對什麼省長拍一拍馬屁。就得了一把的什麼交椅坐。又再去掛一掛假面。口裏談々濟厳。脚底搽々油。到了告老回鄉的現在。也就不是從前可比了。家當己經很大。田地也很不少。過去的窮酸味也老早就忘了。走起路來是搖々擺々。講起話來便是咳嗽搖頭。破着頭若給你一個的白眼看。就要算是再好意沒有的了。尤甚對於家裏一班的聽差和田工們更是來得厲害。動不動就要賣賣臭架子。來發々老爺的脾氣。雖

▲ 林越峰的<到城市去>一文，發表於一九三四年十一月的《台灣文藝》。

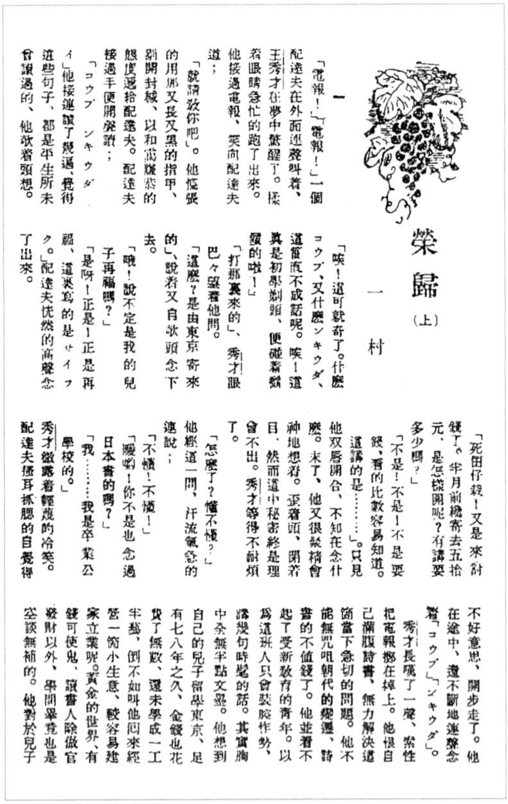

榮歸（上）

一村

一

「電報！」「電報！」一個配達夫在外面連聲叫着、王秀才在夢中驚醒了。揉着眼睛急忙的跑了出來。他接過電報、笑向配達夫道；

「就請致你吧」。他慌張的用那又長又黑的指甲、剔開封緘、以和藹懇恭的態度遞給配達夫。配達夫接過手便開發讀；

「コウブ　シキウダイ」他接連讀了幾遍、覺得這些句子、都是平生所未曾讀過的、他欲着頭想。

「唉！這可就奇了。什麼コウブ、又什麼シキウダ、這簡直不成話呢。唉！這眞是初學剃頭、便碰着鬍鬚的啦！」

「打那裏來的」、秀才眼巴々望着他問。

「這麼？是由東京寄來的」、說着又自欲頭念下去。

「哦！說不定是我的兒子再福嗎？」

「是呀！正是！正是再福、這裏寫的是サイフク。」配達夫恍然的高聲念了出來。

「死田仔殺！又是來討錢了。半月前總寄去五拾元、是怎樣開呢？有講要多少嗎？」

「不是！不是！不是要錢、看的比較容易知道。這講的是……」。只見他双唇開合、不知在念什麼。末了、他又很聚精會神地想着。歪着頭、閉着目、然而這中秘密終是理會不出。秀才等得不耐煩了。

「怎麼了？懂不懂？」

他經這一問、汗流氣急的連說；

「不懂！不懂！」

「噯喲！你不是也念過日本書的嗎？」

「我……我是卒業公學校的。」

秀才微露着輕蔑的冷笑。配達夫搔耳抓腮的自覺得不好意思、開步走了。他在途中、還不斷地連聲念着「コウブ」「シキウダ」。

秀才長嘆了一聲、索性把電報擲在桌上。他恨自己滿腹詩書、無力解決這個當下急切的問題。他不能無咒咀朝代的變遷、詩書的不值錢了。他並着不起了受新教育的青年。以爲這班人只會裝腔作勢、講幾句時髦的話。其實胸中無半點文墨。他想到自己的兒子留學東京、足有七八年之久、金錢也花費了無數、還未學成一工半藝、倒不如叫他回來經營一個小生意、較容易建家立業呢。黃金的世界、有錢可使鬼、讀書人除做官發財以外、學問畢竟也是空談無補的。他對於兒子

▲ 陳虛谷（一八九六～一九六五）以「一村」為筆名所發表的<榮歸>一文，連載於一九三〇年七月十六日～二十六日的《台灣新民報》。

稻熱病

賴賢穎

一、肥料是害人的嗎？

——苦——哇——苦——苦——哇～——

夜是煦和而爽朗的、然而杜鵑來的時候還早啊！那裏來這聲叫？

夜的寶庄是墓般的靜、夢裏的囈語似的這叫喊、却使人們聽了心顫‧‧它使小的噤住哭號、大人們渾身筋骨爲之鬆弛、而在外面走盜的、就彷彿背後給什麼不可知的妖魅跟踪了。膽小的甚至連在白天、也都要感到萬分的恐縮和不安。

祇是狗這類畜牲却與他們底主人們相反、現在牠們不但對這始終如一不變的聲叫、感覺到索然無味、甚且竟有幾分厭煩憎惡了。雖說起初牠們底那好追奇獵異的習性也曾得了狂喜般的滿足。

鄉村的夜晚是夢般寂靜的、然而沒有了狗吠的鄉村的夜、更其是沉靜——幾乎令人要以爲一切全皆死寂了。

——苦——哇——苦——哇——苦——

叫喊是咒語般的地破空而起來着、幾年來如一日不會稍異的一樣的聲音、一樣間歇短促地頻喚着、一聲々就像廢墟上招魂的魔咒、給人們底心上遺下了一層陰翳‧‧它又有如一張幻的弓發射出來的無數愁煩的箭矢、貫穿了那些顆沉鬱的心、使了每個臉上罩籠了永不能去的愁雲。

▲賴賢穎（一九一〇～一九八一）的<稻熱病>一文，發表於一九三六年的《台灣新文學》，後來遭禁。

斷水之後（上）

村老

厝斗在一爭一落、水在一滴々地做響、

「土……緊提來……岸……崩一缺……」撥着水的阿命、氣喘々地喊。

「那一所在？」鋤了一塊泥土的阿樹匆惶地問。

「這搭、幹恁娘啊、免較緊？」是站着歇喘的阿牛說的。

「脚緊（較緊之諧音）手不緊、缺恁某啊、屎啊。（使喚之諧音）會、都祇請你做監督。」憤々不平阿樹說。

厝斗一爭一落、水同樣一滴々在響。

是十月末日的一個下午、雖說今年的氣候都是很溫暖、入冬以來、還經不上三五大寒天、但、一抹黑雲兒在瀰佈着、毛々的細雨在時斷時續地下、比起平日、到也覺得加有幾分凜然的冷氣。

斷水這一個消息、本是從一禮拜前就把人心鬧透了、水倒是直到今天下午三點鐘才斷。但、在兩點多鐘以前、兩邊的堤岸上、却已經站滿了好些人了。雖有幾個是爲聽鬧熱而來的、大半以上、誰說不是心存擒魚、有的揹着網、有的提着籠、有的帶着畚、個々人都勿々欲試、把空氣都弄緊張了。有些個急性兒、竟把這徐々而退的濁水叱死、咆哮着、暴跳着。

砰……有的真有點不耐煩、張開網兒向濁裏摔力就丟。

「大代々。」

「草魚（卽草根竹刺之諧語）攏較猛……」

「幹恁開落外飽、草魚。」

一會、收起網兒、除却三五尾小鯽魚、真的只有一大堆竹刺。

「幹恁娘、合你講草魚你不信……」

「哭爸！」怒氣冲々地抛網的人叱。

哈、哈、哈！站觀的人都笑了。

「眞奇怪、我不信、恁爸抛看啊。」是另個手提魚網的賊子說。

砰……水一圈々擴散着。

「斷的！那較會眞。」

「無可定。」好像對於這一抛、是很有把握的。

「頁、這擺包着大尾。」

收起網來、大家的眼光都耽々地集於一處、咦！失望……。

「和尙較會司公。」

「嘿！奇怪！」側着頭、怪着網、賊子表示詫異：

「幹……今年魚攏走去尕。」

「哈々！鵝……」那一邊、又是一陣哄然。

是一個帶着的賊子阿方提到的。

「喰去風、旋方、好空啊。」大家取笑地哄然。

▲楊守愚（一九〇五～一九五九）以「村老」為筆名所作的<斷水之後>一文，一九三二年三月十九日～二十六日連載於《台灣新民報》。

沒落

王錦江

耀源半醒半睡、輾轉反側在銅床上、鐘也已有一點鐘以上了。昨夜猶不揭地胡鬧過的反動、今天倦怠較常尤甚。惰氣不斷地縈在腦裡、筋骨覺得有些酸、瞼臉裡要起來有些怯、要睡下又睡覺不去、只在牀上翻來覆去。女婢玉仔剛才來叫過幾遍、他却還躊躇不起來。

「耀源！ 快緊起來啦、欠二十分就要十二點了。」

不知道是甚麼時候上樓的諸尼伯、在房外的廳裡喊叫。他每早上總見他老人家叫他、心裡實在有點難過、覺得對他不住、對他慚愧。他這麼大的年紀、破曉的清早、就要爬起來督店員們洒掃、整理、買賣。自己日夜流連酒賭之間、睡到日出三竿還不起來、而且毫不幫忙、有的是奉行故事、欺瞞人眼、甚至要勞到他老人家來叫。雖是他不能洞察自己的心緒、理解自己的苦悶。但是不論如何、這樣不勞而食的額毅、不能說是好的。先前這種感情很鮮烈地苦慮他、他也想克服這感情與頹唐、努力早起幫忙。但這樣殆無寧日在麻雀和珈琲店披樣豪闊到人靜夜深、那裡能夠繼續得

▲ 王詩琅（一九〇八～一九八四）以「王錦江」之名所作的＜沒落＞一文，一九三五年八月發表於《台灣文藝》。

第七章

台灣文學的鼎盛時期

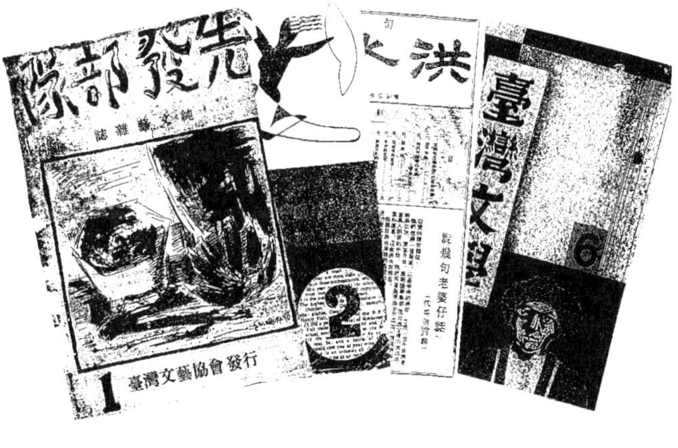

台灣文學的全盛時期為一九三〇年代，這個時期的最大特色是使用的創作語言。從台灣文學草創期開始，作家們就一直採用漢文（北京話）或是日文作為創作的語言，而兩者都有達到一定的水準。但是在進入三〇年代以後，台灣文學面臨巨大的轉型，漢文創作達到巔峰，發表了相當多具影響力的作品。但是在此同時，漢文創作也受到日文文學及台語文學的雙面夾擊，呈現出衰退的現象。三〇年代對於台灣文壇而言，不只是全盛時期，也可以說是收穫豐碩的年代。透過留學生的踴躍鼓吹，台灣受到來自「日本內地」及中國三〇年代文學兩股海外勢力的刺激，並開始了全島性的新文學運動。這可以說是台灣文學最早的國際化時期。

1.鄉土文學論爭及台語論爭

鄉土文學論爭及台語論爭是繼一九二六年新舊文學論爭告一段落之後，另一個在台灣文學史上相當重要的論爭，葉石濤在《台灣文學史綱》（一九八七年）中形容這兩次論爭讓「台灣人開始孕育並建立自主的文學觀念」；論爭的源頭來自於黃石輝在《伍人報》（一九三〇年八月十六日～九月一日）上連載了＜怎麼不提倡鄉土文學＞這篇文章。鄉土文學論爭雖然跟一九三〇年代全球性的文藝潮流脫不了關係，但是它最主要的訴求依然是創作語言的問題，最後比較偏向台語論爭。以往的研究認為鄉土文學論爭是自一九三〇年到一九三二年止，為期兩年，但是最近透過宋宜靜、陳淑容等年輕一代的研究，發現這場論爭其實一直持續到一九三四年。

2.台灣的左翼文學

一九三一年六月三十一日，因受到日本普羅文化（無產階級文化）運動的宣傳機關——「戰旗」的影響，成立了台灣文藝作家協會，並以別所孝二、藤原泉三郎、平山勳等在台日本人為首，於同年八月發行了台灣第一本普羅文學雜誌《台灣文學》。除了日本人之外，另有王詩琅、張維賢、周合源等台灣文學家加入。但是《台灣文學》後來在不斷被查禁的狀況下，全部只發行了六本。

在《台灣文學》發行之前，台灣已有一些雜誌受到普羅文化的影響，像《伍人報》、《明日》、《現代生活》、《赤道》、《新台灣戰線》等，至於確切的情況，則尚待研究發現。

3.留日學生的文學活動

一九二○年代的第一批台灣留日學生，大都以學習實學爲主，其中包括了參加發行《台灣青年》的社會運動家、學醫、學法的人等。相形之下，一九三○年代的第二批留日學生，就以學習文學藝術者居多，後來便以這批留學生爲主，於一九三二年三月二十五日成立了台灣藝術研究會。台灣藝術研究會曾經於一九三三年發行了一本純文藝雜誌《フォルモサ》（福爾摩沙），雖然只發行了三期，但它所代表的意義及帶給台灣文學界的影響，卻是相當深遠，它不但開啓了日本語文學的興盛期，並促成全島性台灣文藝聯盟的團結。

這本雜誌的靈魂人物張文環、吳坤煌等，一直跟東京左翼作家聯盟的雜誌《詩歌》、《質文》保持友好關係，也曾在日本的左翼詩誌《詩精神》上發表他們的作品。另外，他們也在這段時期開始跟詩人雷石榆接觸。

4.台灣作家及「中央文壇」

楊逵的＜新聞配達伕＞（即＜送報伕＞）是首部被刊登在日本文藝雜誌上的台灣作家作品。當這篇作品被一九三四年十月號的《文學評論》選爲第二名時（第一名從缺），賴明弘即在《文學評論》的＜讀者評壇＞中表示：「經過重重困難，雖然比朝鮮作家晚了一年，我輩的台灣作家終於得以在日本文壇出頭。當我在《文評》看到楊逵的名字時，當眞歡喜到無法言語。爲了能在日本文壇出頭，我們都竭盡心力地在努力。」此外，他也提到同爲殖民地的朝鮮作家：「雖然楊逵的創作筆法幼稚，無法與朝鮮作家張赫宙相提並論，但是張赫宙的作品卻無法像楊逵一樣將殖民地的歷史現實描寫得絲絲入扣。」從這段文評當中，我們可以充分感受到當時台灣作家與朝鮮作家競爭的意識。對當時的台灣作家而言，在日本內地的「中央文壇」揚眉吐氣，是他們共同的目標。

1.鄉土文學論爭及台語論爭

▲ 一九三〇年八月十六日～九月一日，黃石輝在《伍人報》上連載了＜怎麼不提倡鄉土文學＞一文，引發三〇年代的「鄉土文學論爭」。

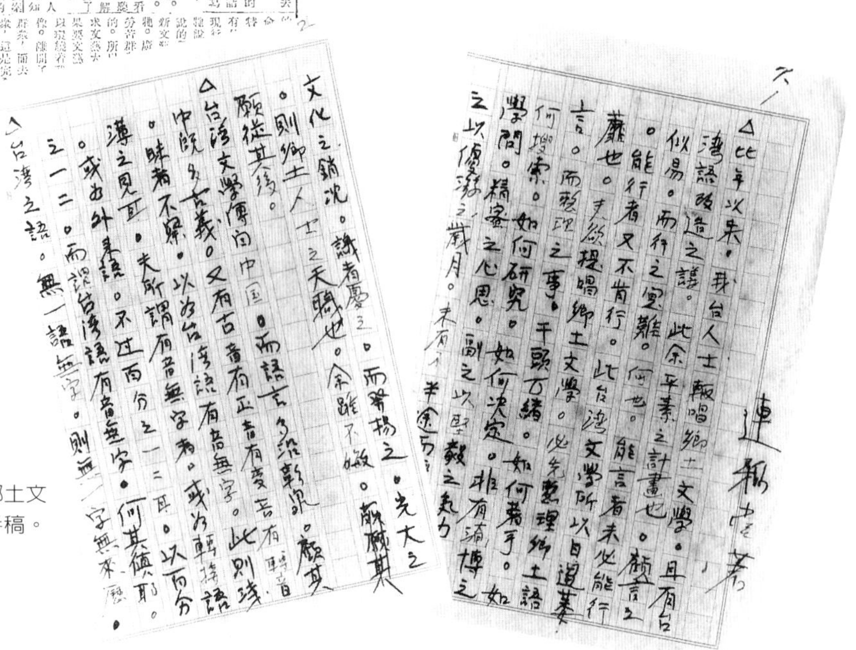

▶ 連橫關於「鄉土文學論爭」的手稿。

再談鄉土文學(一)
黃石輝

▲一九三一年七月二十四日，《台灣新聞》連載黃石輝的＜再談鄉土文學＞一文，共連載九回。

絕對反對建設台灣話文
推翻一切邪說(一)
賴明弘

▲一九三四年二月二日，賴明弘開始在《新高新報》上連載＜絕對反對建設台灣話文——推翻一切邪說＞一文，駁斥鄉土文學派的論點。共連載八回。

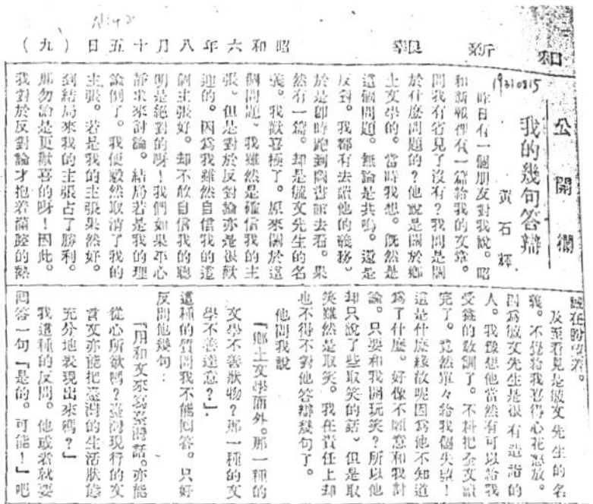
我的幾句答辯
黃石輝

▶一九三一年八月十五日～二十九日，《昭和新報》連載黃石輝的＜我的幾句答辯＞一文。

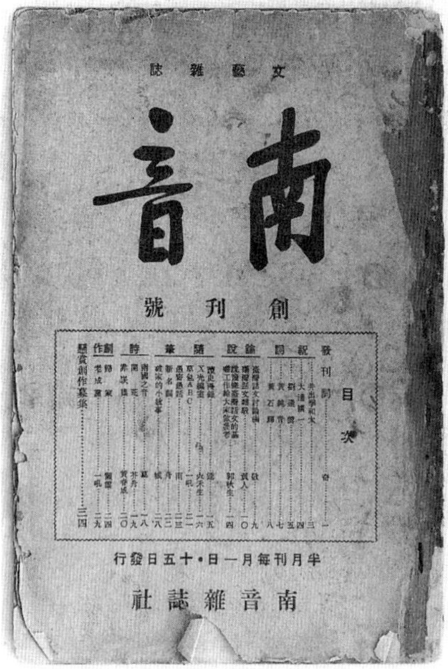

◀一九三二年一月創刊的《南音》雜誌，是當時提倡台灣話文的重鎮。

2.台灣的左翼文學

◀《台灣文學》（共六期，一九三一年八月～一九三二年六月）等雜誌封面。

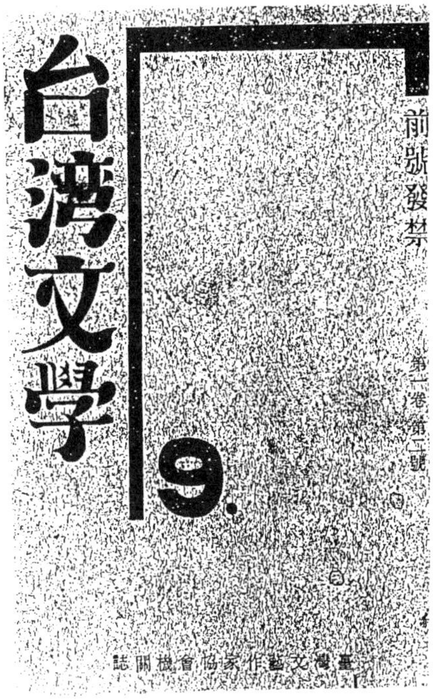

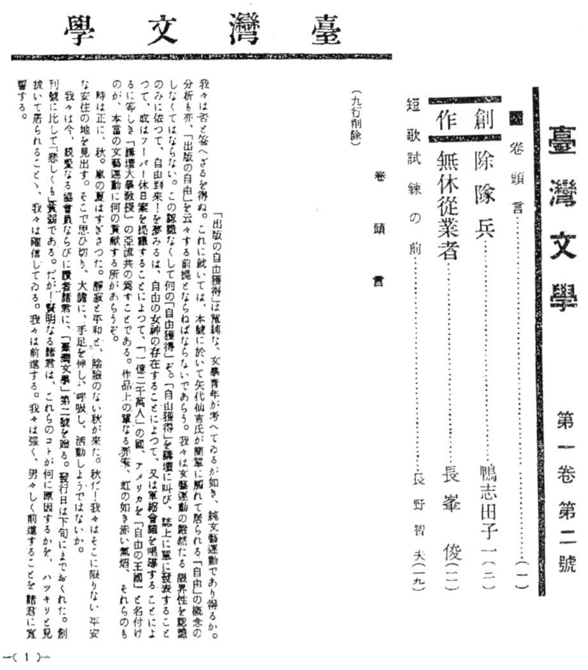

臺灣文學　第一卷第二號

臺灣文學

（九行削除）

卷頭言

「出版の自由獲得」は單純な、文學青年が考へてゐるが如き、純文藝運動であり得るか。我々は否と答へざるを得ぬ。これに就いては、本號に於いて矢代仙吉氏が簡單に觸れて居られる「自由」の概念の分析も亦、「出版の自由」を云々する前提とならねばならないであらう。我々は文藝運動の厳然たる限界性を認識しなくてはならない。この認識なくして何の「自由獲得」ぞ。「自由獲得」を講壇に叫び、誌上に單に發表することのみに依つて、自由到來！を夢みるは、自由の女神の存在することによつて、又は軍縮會議を唱導することによつて、或はフーバー休日案を提議することによつて、「一億二千萬人」の國、アメリカを「自由の王國」と名付けるに等しき「講壇大學教授」の亞流共の爲すことである。作品上の單なる赤色、虹の如き赤い氣焔、それらのものが、本當の文藝運動に何の貢獻する所があらうぞ。

時は正に、秋。嵐の夏はすぎさつた。靜寂と平和と、陰險のない秋が來た。秋だ！我々はそこに限りない平安な安住の地を見出す。そこで思ひ切り、大膽に、手足を伸し、呼吸し、活動しようではないか。

我々は今、親愛なる協會員ならびに讀者諸君に、「臺灣文學」第二號を贈る。發行日は下旬にまでおくれた。創刊號に比して「悲しくも」貧弱である。だが！賢明なる諸君は、これらのコトが何に原因するかを、ハッキリと見拔いて居られることゝ、我々は確信してゐる。我々は前進する。我々は强く、男々しく前進することを諸君に宣誓する。

—（1）—

▲ 被刪了九行前言的《台灣文學》卷頭語（第一卷第二號，一九三一年十月）。

…に組織方針を次の如く決定せり。

…部　美術部　演劇部　音樂部　プロエス部　映畫部
出版部　會計部

機關誌　「臺灣文藝」を刊行す。刊行計畫の具體化する迄の間はニュースを發行す

組　織　左翼團體組織原則に從ひ班組織とし

東洋大學　張文環
中央大學　吳坤煌、林衡植
日本大學　蘇維熊
帝國大學　張木蒼
法政大學　吳鴻甄
日本醫學校　吳坤煌、謝榮華

以上を各學校班責任者とす

東京臺灣文化サークルの活動　昭和七年七月暑中休暇に入るや王白淵は再び上京し、サークルの活動に關し奔走し、七月三十一日吳坤煌、林兌、張文環等と會同し、差當りニュースの發行を行ひ、宣傳活動に進出し、同志を獲得すると同時に機關紙發行資金の募集を行ふべく決定し、ニュース發行擔當者を吳坤煌とし、八月十三日創刊號七十部を作成して在京同志、臺灣人留學生、並に島內同志に頒布せり。

第二回ニュースは吳坤煌の手により八月二十…張文環方に於て編輯會議を開きしが、九月一日反帝デ…加せる葉秋木の檢擧により本組織發覺し、遂に發行に至らざりき。ニュース第一號中の主要記事を左に採錄す

吾々の文化サークルを大きくしよう（フミキ）

吾々の文化サークルは文藝（文學、美術、映畫、音樂、演劇）等に趣味を持ち、臺灣の文化問題に興味を持ちつゝある東京臺灣青年の集りだ。だから文藝に興味を持つ臺灣青年は、誰々皆がサークルに加入すべきである。勿論京都とか岩手とかの如き地方の臺灣青年も加入することを大歡迎する。そして斯くの如き地方の臺灣青年がそこでもサークルを作つたらこの上なきことである。

吾々は人間である以上、殆んど凡ての人が藝術的情緒を持つて、或人は詩を詠じ、或人は小說、創作を書き、又或人は芝居や映畫を好み、或は歌を歌ひ、又繪を描く、斯くの如く各人が彼の藝術を持つてゐる。若し吾々が藝術を失つたら人生の一半は殆んで無味に近いだらう。我サークルは各人の持つてゐる藝術的興味を生長發展させるために、お互に集まつて研究する會である。だが我々は單に面白いからであるばかりではない、更にもう一つ重要なことがある。臺灣青年である以上誰も知つてゐる通り吾々植民地人は本國人よりも多くの苦痛を持つてゐる。吾々は母國人より以上に言論の自由を

第一章　文化運動

…請に努力すべきである。今迄の臺灣は所謂上面ばかり美しく、眞も中には朽骨腐肉を藏する「白い墓」に比すべきであつた。我々は之より文藝を通じて眞の「美しの島」を創造せねばならぬ。　以上

昭和八年三月廿日

臺灣藝術研究會發起人一同

臺灣藝術研究會の活動　昭和八年五月十日本鄉區西竹町張文環經營喫茶店トリオに於て、吳坤煌、王白淵、張文環、巫永福、蘇維熊、施學習、陳兆柏、王繼呂、楊基振、曾石火等十二名會同し、編輯部員の選擧を行ひ、部長蘇維熊、部員張文環、會計施學習、吳坤煌を選出し、研究會機關紙「フォルモサ」發行に關する協議を進め、十八日編輯部員會同して創刊趣意書を作成し、與く之を頒布せり。其創刊趣意書は嚮に發表せる宣言書と殆んど同樣の內容のものなりき。

斯くして張文環、施學習、蘇維熊等原稿の蒐集、發行資金の調達に奔走し、昭和八年七月本鄉四ノ一七平野樹房に於て「フォルモサ」創刊號五〇〇部を印刷し、在京主要新聞社、…館、各會員、島內同志等に頒布したるが、合法無難の刊…の注意を拂ひたる爲、內容に反僞煽動的色彩比較的

六〇

第五　在京學生の日本共產黨系諸組織に於ける活動

四、一六事件檢擧後、從來東京其他に於て、臺灣共產黨東京特別支部の如き組織を置きたるは、組織上の誤謬なりとする議論擡頭し來りしが、此の根據はコミンテルンの組織方針たる「一地域に二系統以上の組織存在すべからざる」に基くものにして、臺灣人左翼分子間に於ても、之が爲めに臺灣人の特別組織を避け、從つて日本共產青年同盟、反帝同盟、全協、赤色救援會、プロレタリア文化聯盟及之に所屬する諸文化團體に參加し、活動する者次第に增加を招くに至れり。

一、日本赤色救援會植民地對策部

昭和六年末頃より在京左翼學生中、保釋出所中の林兌等の影響下に讀書會を持ち、或は在監中の林添進、陳來旺等に對する救援運動を行ふ者次第に增加せる模樣あり、其の主要人物は、共產青年同盟に加盟せる張麗旭（嘉義、帝大生）反帝同盟員葉秋木（屛東）及金澤四高在學時代學內讀書會等…となり、上京後全協に關係せし廖清纒（虎尾）等展會合して臺灣問題を中心に研究に努め、

◀ 關於東京台灣文化圈與台灣藝術研究會的記載（收錄於《警察沿革誌》）。

3.留日學生的文學活動

▲一九三二年三月二十日，留學東京的台灣學生吳坤煌、張文環、蘇維熊、王白淵等，成立了台灣藝術研究會。這是研究會成員合影，攝於一九三二年。

◀台灣藝術研究會於一九三三年七月發行了《フォルモサ》（福爾摩沙）雜誌，開啓了日文文學的興盛期，並帶動全島性台灣文藝聯盟的團結。

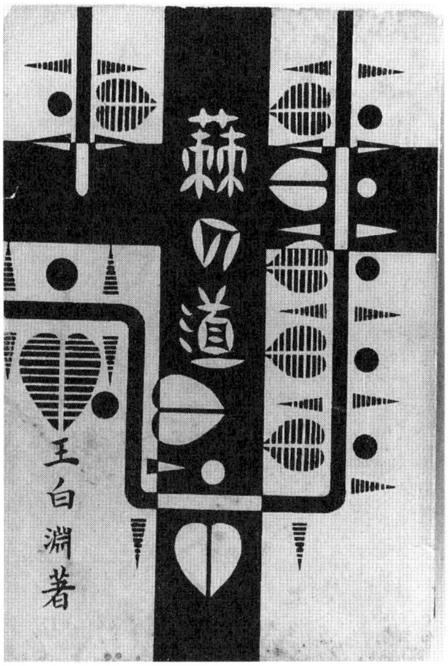

▲ 台灣詩人的首部日語詩集，王白淵的《蕀の道》，一九三一年六月，久保庄書店出版。

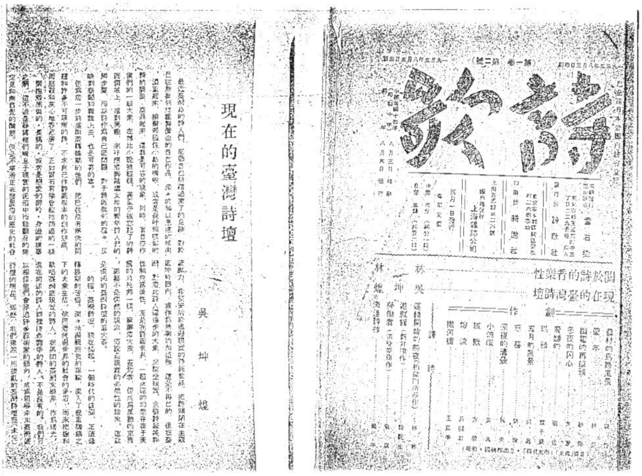

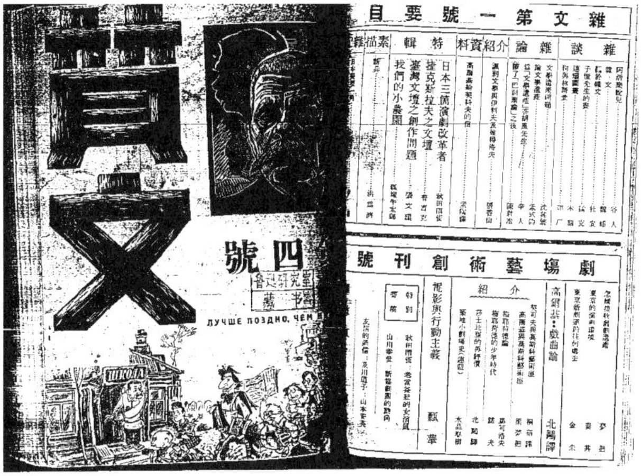

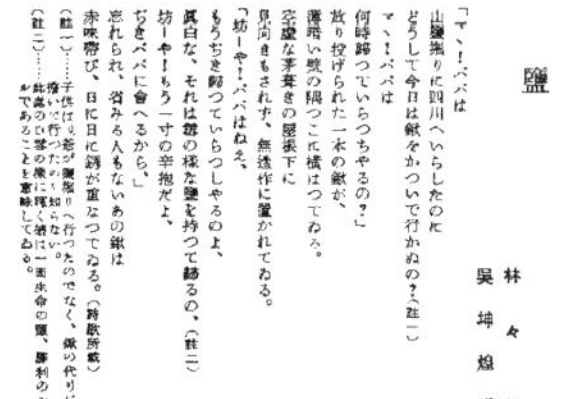

▶ 刊登吳坤煌、張文環作品的《詩歌》、《質文》與《詩精神》雜誌。

4.台灣作家及「中央文壇」

▲ 楊逵

▲ 呂赫若

▲ 龍瑛宗

新聞配達夫（入選第二席）

楊逵

▲ 楊逵的作品＜新聞配達夫＞（即＜送報伕＞），一九三四年十月被《文學評論》雜誌第一卷第八號評選為第二名（第一名從缺），成為首部被刊登在日本文藝雜誌的台灣作家作品。

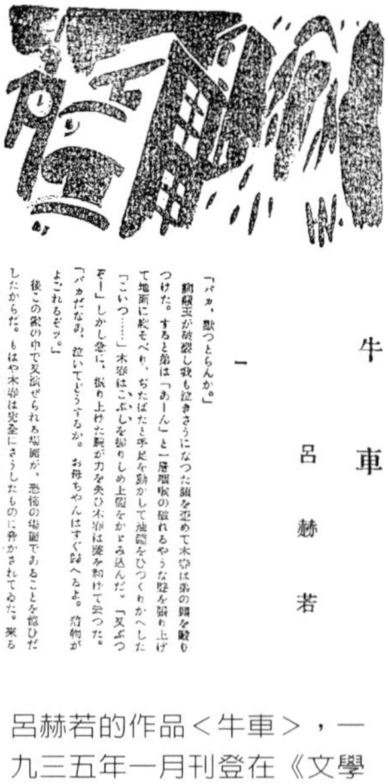

牛車

呂赫若

▲ 呂赫若的作品＜牛車＞，一九三五年一月刊登在《文學評論》第二卷第一號。

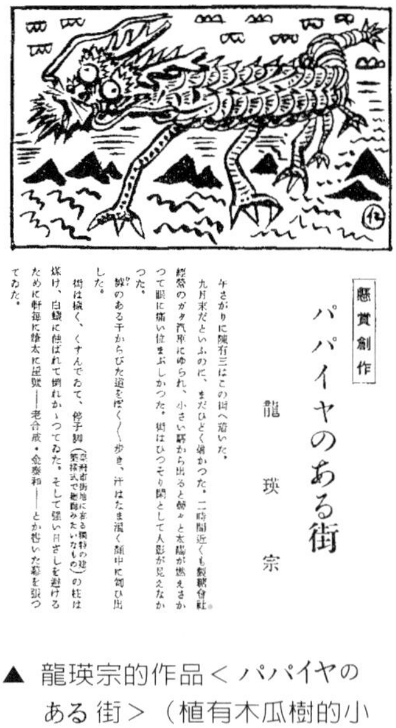

懸賞創作

パパイヤのある街

龍瑛宗

▲ 龍瑛宗的作品＜パパイヤのある街＞（植有木瓜樹的小鎮），一九三七年四月被《改造》雜誌第十九卷第四號評選為佳作。

◀ 朝鮮作家張赫宙的＜餓鬼道＞，一九三二年四月被《改造》雜誌評選為佳作。

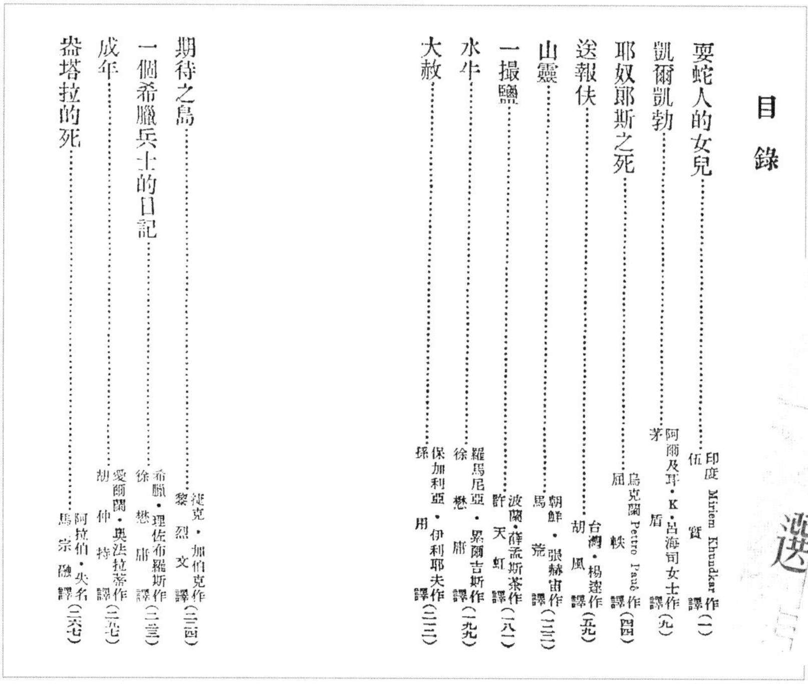

目錄

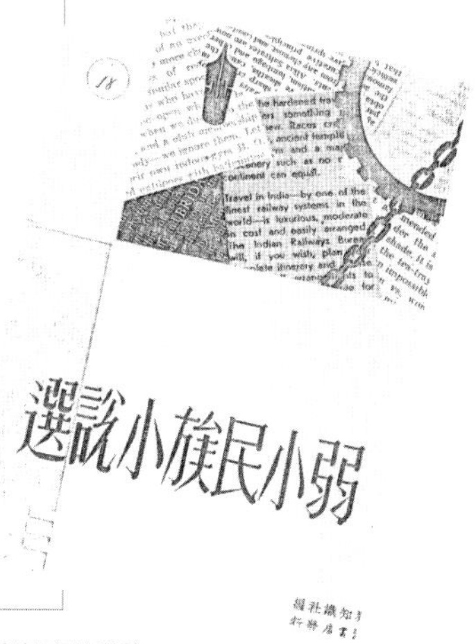

▲ 由當時上海世界知識社編的《弱小民族小說選》（一九三六年五月，生活書店出版），收錄了楊逵的＜送報伕＞與朝鮮張赫宙的＜山靈＞。

第八章

台灣文藝聯盟的成立

台灣文藝聯盟是台灣最早具有全島性規模的文學團體，一九三四年五月六日成立於台中，而在這之前所成立的文學團體，都只具有同人雜誌的規模。一九三三年，因受到台灣藝術研究會在東京成立的激勵，台北也跟進成立了台灣文藝協會，台灣文學有了長足的進展，而台灣文藝聯盟就是在一九三〇年代這種氛圍下應運而生的。這個時期的文學作品，素質上有了相當大的提升，有爲數不少的優秀作品發表於《台灣文藝》上。

1.台灣文藝聯盟的成立

台灣文藝聯盟的第一屆全島文藝大會，於一九三四年五月六日在台中市的西湖咖啡館二樓舉行，由於召開前有先號召愛好文藝的人參加，最後共有八十二人與會。會員推舉黃純青爲主席，並選出賴和（彰化）、賴慶（北屯）、賴明弘（豐原）、何集璧（台中）、張深切（台中）等五位常務委員。

一九三五年八月，又於台中市民館舉行第二屆台灣文藝大會。

2.台灣文藝聯盟的組織

台灣文藝聯盟除了設立本部之外，根據在第一屆全島文藝大會所起草的台灣文藝聯盟章程總則中的第一條規定：「本聯盟稱爲台灣文藝聯盟，置事務所於適當的地方，但是認爲有必要時得設地方分部。」於是在一九三四年八月二十六日於嘉義成立分部，隨後又分別成立了埔里分部、佳里分部、鹿港分部、豐原分部等。一九三五年一月，台灣文藝聯盟更進一步與台灣藝術研究會合作，在東京成立分部，隔年（一九三六年）也在台北成立分部。

3.《台灣文藝》及其刊登的作品

《台灣文藝》創刊於一九三四年十一月五日，內容由漢文專欄及日文專欄組成，屬於月刊；由張星建擔任編輯兼發行人，台中中央書局發行。《台灣文藝》從創刊到一九三六年八月發行終刊號，一共發行了十六期，發行刊數在戰前台灣所發行的新文學文藝雜誌中算是多的。王詩琅很早便指出「《台灣文藝》不只是壽命長，重要的是它幾乎網羅了全台灣的作家」。

刊登於《台灣文藝》的優秀作品包括有懶雲（賴和）的<善訟的人的故事>、楊華的<薄命>、呂赫若的<嵐の物語>（暴風雨傳奇）、翁鬧的<憨爺>（笨爺爺）、王錦江（王詩琅）的<沒落>、張文環的<父の要求>（父親的要求）等。另外，評論性的文章也是大作雲集，包括有張深切與劉捷等關於台灣文學的評論、增田涉的<魯迅傳>，以及賴明弘的<訪問郭沫若先生>等。

1.台灣文藝聯盟的成立

▲ 一九三四年五月六日，台灣文藝聯盟在台中成立，並且舉辦第一屆全島文藝大會，是當時台灣最早具有全島性規模的文學團體。

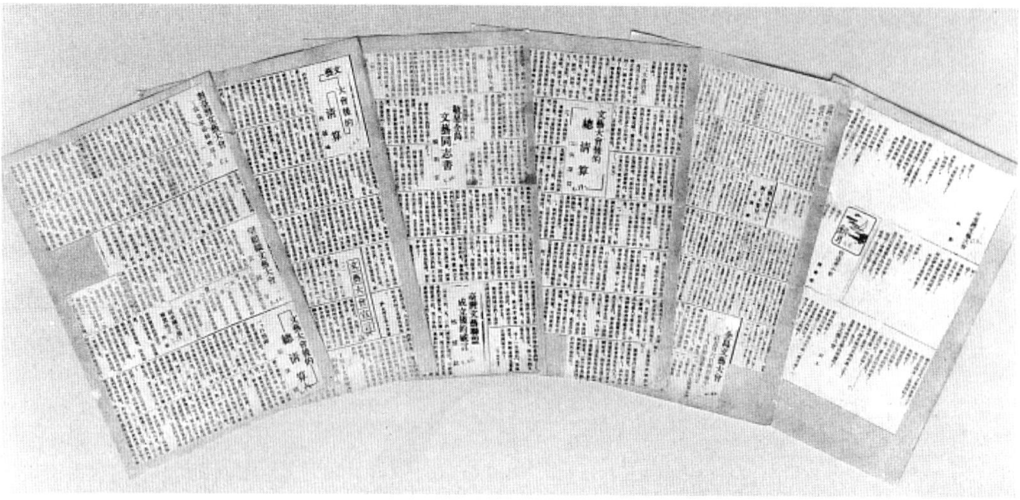

▲ 第一屆全島文藝大會後，張深切、林越峰、賴明弘等人所整理出來的報告。

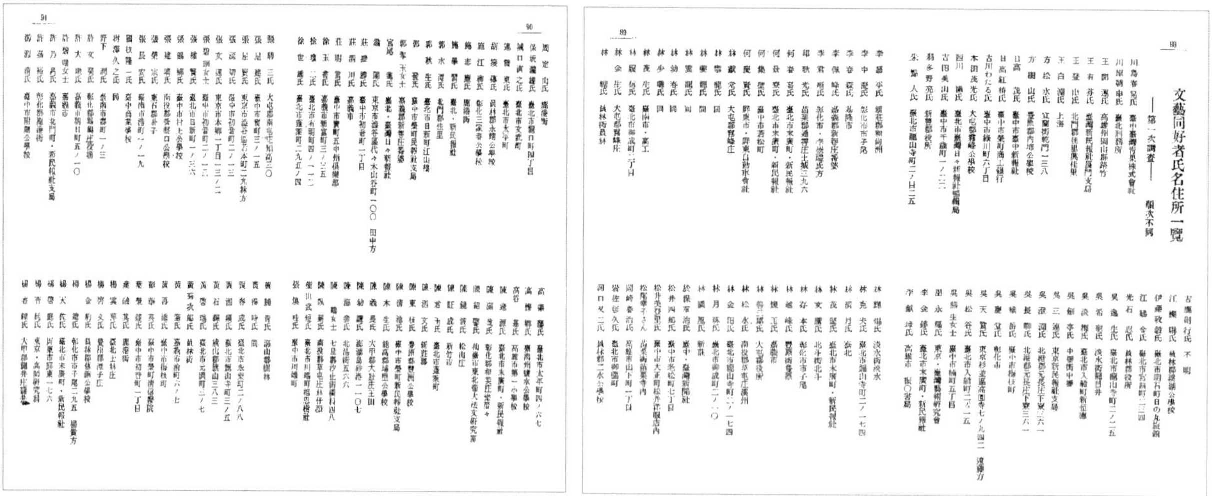

文藝同好者氏名住所一覽

▲ 刊登於《台灣文藝》的文藝愛好者部分名單（總共四百餘名）。

2.台灣文藝聯盟的組織

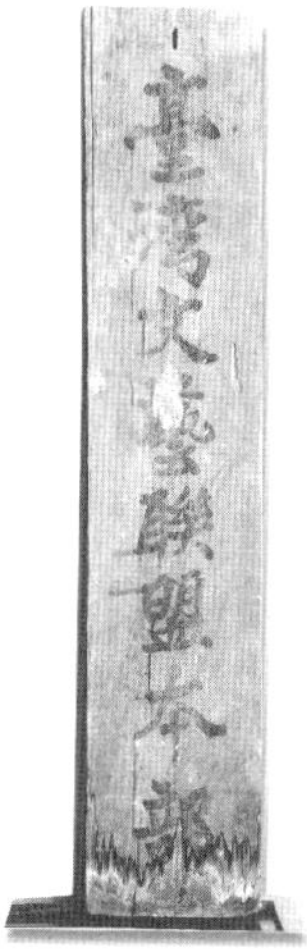

▲ 台灣文藝聯盟本部的看板。

▲ 攝於台灣文藝聯盟本部前的畫家陳澄波照片。陳澄波後來不幸於二二八事件中喪生。

▲ 台灣文藝聯盟的重要成員，左起張深切、楊逵、張深切的妹妹張碧茵、張星建、吳天賞。

▲ 一九九八年一月出版的《張深切全集》。

3.《台灣文藝》及其刊登的作品

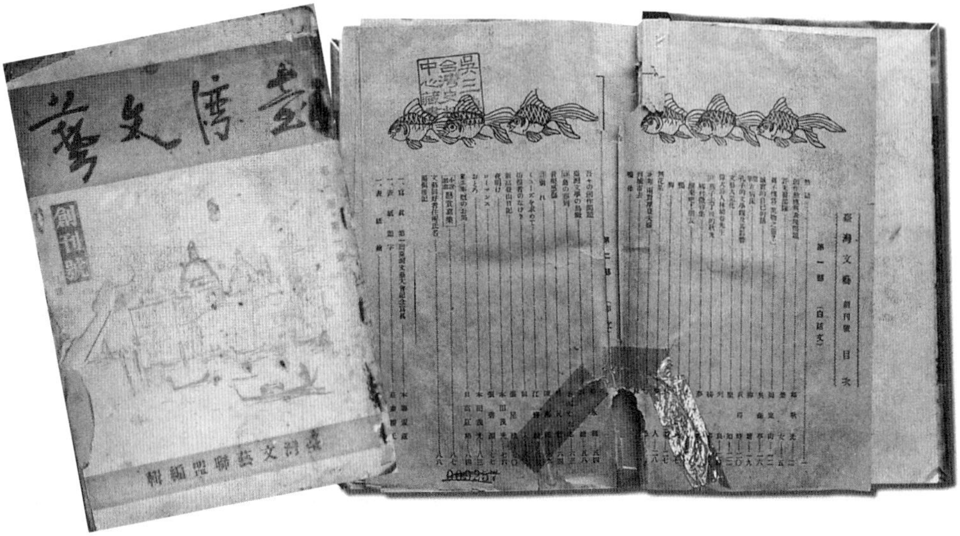

▲ 一九三四年十一月五日，《台灣文藝》創刊，由漢文專欄及日文專欄組成，屬於月刊，由張星建擔任編輯兼發行人，台中中央書局發行。從創刊到一九三六年八月發行終刊號，一共發行了十六期，幾乎網羅了當時全台灣的作家。

山茶花

巫永福

寒む〳〵とした黄昏のガードの影の中に、龍雄は襟を立てゝ待つて居た。腕時計を冷えた空氣の中に突し出すと、龍雄は顏をしかめて、腕時計を振り落さんばかりにして、またコツ〳〵と歩き出した。オーバーの裾が冷たい風にまくられて足に絡むのもうるさくて、龍雄は吸ひつけた煙草をパッと淺の陰の闇へ投げつけると、また一本取り出したが、マッチの焔が一瞬にして何回も風に消されて仲々つかないのが苛立たしく、女のために自分がこんなに苦労して氣長に待つて居たのが不思議に思はれ出した。

龍雄は風にかくれて體を壁に寄りつけてやつと煙草に火をつけたものの、自分が早く來たのが馬鹿々々しく腹が立つのだつた。約束の時間よりも二拾分前に來て待つた自分に腹が立つばかりか、約束の時間を二拾分も過ぎて居るのに、月霞が來ないのも腹が立つことであつた。龍雄はむづ〳〵と神經質な興奮と怒りを覺えるのだが、それでも煙を思ひ切り一吐き吐くとまたコツ〳〵歩き出した。龍雄は歸らうかと思つた。後で手紙で月霞を叱つてやらう。そんなことを思ひながら、コツ〳〵と長いこと歩き、ガードの影の中に立つて街路の店のショウウインドウの飾り付の玩物を見たり、往來するせわしい人達の靴先が空間に動くのを眺めては、始終驛内をすかして見ずには居られなかつた。彼奴が出て來ても知らない振りをして、そつぽを向いて居やうと考へたりして、また自分が他の事に氣を惹かれて居る間に月霞が出て來て自分と行き違へば良いと思ふのだつた。けれども彼は苛立ちながら構內に氣をつけて居た。

龍雄は歸らうかと迷つたりした。或は歸らないで、永久に自分が驛內に氣をつけないで行き違へば苦しみがなくて良いとも思はれた。が龍雄はショウウインドウや人々の靴先の跳動から眼を外らして襟を更にかき寄せると電車道を横切つて驛內の改札口まで來てしまつて居た。瞬間彼は强い一筋の怨恨と怒りが背筋に流れるのを感じた。若しこれで駄目だつたら、歸るまでだと思つた。

龍雄は怒つて居るものの改札口まで出て來ると、空報みらしい滿足と心の躍動を覺えた。併し待つ者の苛立たしい感情をかみしめて居ると、月霞に會ひたい慾望が次第に流れて薄くなつて行くのを彼は感じるのだつた。駄目だと思ひながら、龍雄は慾望が押し流されて行くのを意識した。矛盾した感情の空虛の中に恨みを入れて龍雄は、もう一度口實のために時計を見ると、約束の時間を四拾分過ぎて居た。彼はがつかりしてそろ〳〵體を動かしたが、もう一度構內を見渡すと、興醒めた恨憤のごつちやになつたどろ〳〵した感情が腹底深くから湧いて來るのを感じた。そして體を動かして踵を返した。龍雄は强く歸らうとする意志を持ち始めた。彼は歩き出した。

龍雄は煙草を投げ捨てると、兩手をポケツトに突つ込んで前こごみに歩き出した。街燈は物淋しく、黄昏が何時の間にか消えて四邊が暗くなつて居た。電車の音も一人躊躇をつく思ひがして彼は不快と不滿に憂欝に溜息の白い煙を吐き出したまま、またぼんやりと振り返つて見た。彼は自棄な目茶苦茶な未練がましい感情が體內にうごめいて居るのを感じて立つて居た。すると彼はオーバーにくるみ、手をポケットに入れて寒さうに一人の女がこちらへ歩いて來るのを見とめた。彼は月霞だと思つた。然し月霞でない樣にも思へた。何となしに素振りが違ふ樣に思へる直感が相違を承認したのだが、

▶ 一九三五年四月《台灣文藝》刊載巫永福的〈山茶花〉一文。

石川欽一郎氏筆

父の要求

張文環

食飯卓（おぜん）の眞上に吊してるランプの火が點いてるのに父は手ランプを點けて御膳のわきに置いた。母は石油が勿體ないと云ふのに、父はどうせ大廳（おもて）に誰もゐないから御膳のある部屋へ持つてきたのだ。消せばいゝと母が云ふと父は、これつぽつちの石油を儉約して今に大金持になるのか。——あれもこれぽつち、これもこれぽつち、これぽつちのお金はそんなに澤山のこれぽつちに使ふことが出來ないよ。と母はむきになつて言ひつゞけるのを父は、怒り切れない鐵をひたひによせて、お前は辯護士の生れ損ひ見たいだ。御飯の時でも鷄を追ひ廻はすやうに喧かましい。母は御飯をかき込んだまゝむつとしてゐた。

これが即ち陳有義の家の生活の全體である。と云つても陳有義それ自身は留學生の身分であるからまさか父や母のやうな押問答はしまいが、しかし無駄に經濟を浪費してはならぬといふことはよく〳〵呑み込んでゐた。だが父や母は息子を

◀ 一九三五年九月《台灣文藝》刊載張文環的〈父の要求〉一文。

臺灣大震災記

感想二三

楊逵

今度の大震害が私に與へて呉れた最も切實の問題は、所謂天災なるものの本質的檢討への一つの刺戟である。天災と言ふと人々は非常に簡單にこれをあきらめる。それは間違ひだと私は思ふのである。治水工事さへ完全であれば水害と言ふことは滅多に起らないし、今度の地震にしても、建物がより完全であり、一歩進んで數日前にその豫告をでも得られるやう地震科學が進んで居れば、大いにその被害を輕減することが出來たらうと言ふことである。勿論疲弊せる農村の一つの表はれであるが、臺灣農村の家屋は想像以上に惡いし、他の方面に使ふ金があつても科學の爲めには金を出ししぶつてゐる爲めにこんな大きい損害を受けることになつたと見るべき根據歴然たる者あり、その外にも尚考察を要する問題があるが、詳細は臺中新報及東京ナウカ社發行の社會評論に書いたから御參照の程希望します。

震災地へ

李禎祥

不意打ちされたら何時も畜生、畜生と連發する人がある。地震にやられてから、あんな土角造りの家がいけないと說き始める。

云はない前から知つてることだが、誰だつて丸ビルの様な鐵筋コンクリの家に住みたいものだ。住めるやうになつた日には、此の程度の地震に見舞はれても偶然とも天災とも云はない。惜しいことには今日の我々經濟の上に立つ人智の無能力が自然の暴威の前に何時もこんな不意打ちを喰はさねばならない。悲慘なる哉。四月廿一日に受けた經驗は一九三五年危機の日附である。

○

地震、雷、火事、おやぢ。この言葉は今日の我々には立派に通用出來る。何時になつたら此の不安の合言葉を失くせるか。

神岡庄へ

あの朝、臺中測候所前に貼り出された一列の號外の走書。災地に行くバスの鮨詰超滿員を見て、愈々焦燥の氣がしてならない。全滅の神岡、若しその通りだつたら彼は死んでゐるに違ひない。

神岡に行く途中、豐原街の屋根は嵐の後の様に荒され、軒下は瓦のかけらや壁が落ちかけてゐた。街の賑小路に避難してゐる街民は絶望のやうな恐怖に襲はれてゐる。

▶ 台灣文藝聯盟成員對於一九三五年四月二十一日中部大地震的描述。

慘死者路傍に累々
阿鼻叫喚の生地獄

強震新竹臺中を襲ひ
死傷多數

大山三萬の街も
死の巷に急變

緊急部局長會議
飛行機を出して實狀視察

去る四月二十一日、突如！本島中部地方を襲へる強震は、其の震度に比較して災害甚だ著しく、新竹、臺中兩州下を通じ、人命を失ふこと三千二百餘、家屋の倒壞せるもの亦三萬餘戸を算す。蓋し、領臺以来屈指の大災害である。

此の兇報一度傳はるや、一瞬の猶豫もなく、總督府、所轄兩州を初め、中央、地方を擧げて、全關係官公衙は一齊にそれぞれの救急事業を開始せること素よりであるが、就中吾が警察の活躍には眞に目覺ましきものあり、當局の周到且つ敏速なる企畫と一絲紊れざる統制の下に、各警察職員は、罹災地方勤務者たると應援員たるとを問はず、又幹部と巡査とを分たず、日頃練磨の功を表はし、犧牲奉公の燮倍を示すは此の秋ぞと、變災に處すべき警察竝に各般の行政事務の爲に、一切の私事を抛ち、文字通り不眠不休を以て全幅の努力を致したる結果、僅々數日を出ですして、[illegible]しも大[illegible]厄に見舞は

▲ 中部大地震的相關報導（《台灣警察時報》特派員中山侑解說）。

◀ 一九三五年，台灣文藝聯盟與台灣藝術研究會合作，在東京成立「台灣文藝聯盟東京支部」，這是當時幾位重要成員合影，左起依序為賴明弘、張文環、蘇維雄、巫永福。

▲ 一九三六年五月二十三日，台灣文藝聯盟台北支部成立大會後合影。

◀ 鄭坤五的書法（筆跡、書信）。

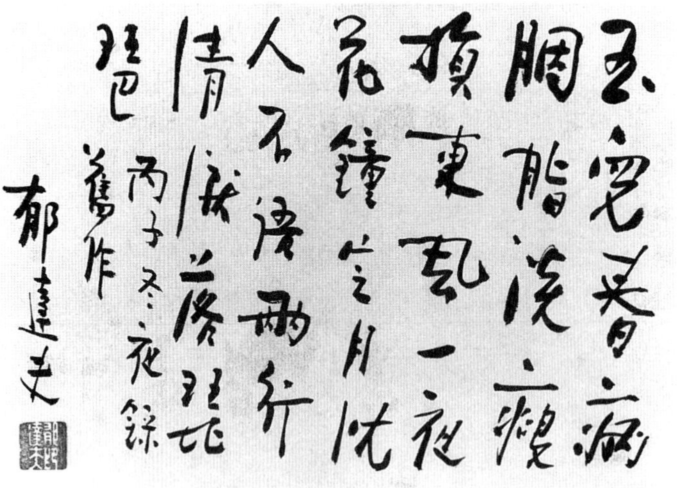

◀ 郁達夫曾於一九三七年十二月二十二日到二十四日之間訪台，這是他來台期間所寫的漢詩。

▼ 刊登在一九三七年《台灣新文學》一月號上的＜會郁達夫記＞。

會郁達夫記

尚未央

『會郁達夫』這念頭、從幾箇月前島內新聞一齊把這極有魅力的消息報道出來以來、就已經深刻地印在一般素常關心文學的人們的腦上了。有時偶然在路上相逢、書信的往來、或定期聚合、屢次、都把牠當爲中心話題提出來議論、這麼一來、更使這念頭越深刻、越熱烈地盼望其日來臨。老實說這也莫怪。一面因爲關心新文學運動的我們和『五四』以來中國新文壇之中堅作家郁達夫氏之間、雖然有高低之分別、主義主張的差異、而有心於建設植民地文學之道却一致的、一面也因爲臺灣文壇受本國文壇之影响姑且不說、而受中國中堅作家郁氏以外如魯迅、郭沫若、張資平、茅盾等的影响也可以說不淺。郁氏的作品之內容暫且不說、單以其措辭淺白、沒難澁之點、輕易閱讀、令人們快親近愛讀之處、也是值我們會郁氏之必要了。

久所欽仰的郁達夫氏果然於去年十二月二十二日來臺了。這消息一傳入我們的耳朵、不由地充滿着一種說不出的歡喜、又看見紙上報道臺日社請去開講演會啦、新民報也聘去開座談會啦、於是我們的心更加跳動起來、也不顧年關切迫事務忙殺、幾乎熱狂似的、勇躍地奔走於歡迎會或座談會、忙個不亦樂乎。

我們爲準備上的關係、要提早確知來南的日程、起初也曾走去探問和外事課較接近的臺日社此地支局、但該支局說本社沒有通知來、我們得不到要領、然後走去訪問臺灣新民報社支局、想以爲該社也曾在臺北開過座談會、而且關這方面的消息諒以最靈通、諒必肯爲我們幫忙的。却不料那支局長大人竟躲在房裡不肯出來、等了許久、才做「保正使甲長」叫一位事務員出來接洽、我們對這種的態度抱着不滿、忿憤地相辭走回來。他不肯會我們不打緊、却還在背後說了是非、這才露骨地暴露了無爲的土着資產階級奴隷性之深度、極爲值得我們唾棄。碰了壁走回來、才發見臺日紙上發表了日程、我們決定了把與郁氏接洽座談會的事宜、打算用電話委託臺灣新文學社本社辦理之時、又發見南報紙上載着郁氏南下的消息、說只在臺中滯留一點多鐘、就要下嘉義隔日要上阿里山去。這樣可怕的消息使我們不禁怔了一下、因爲臺中是臺灣新文學的中心地、而且老早就听見那裡的文藝團體要共同開催一個盛大歡迎座談會、怎樣郁氏只滯留一點多鐘就南下、竟然不去赴會呢、臺中的歡迎會既然不肯、勿論這裡的郁氏也不能答應吧。爲了這事我們覺得有點失望、一切奔走終歸於徒勞、遂把旣成的計劃解消、變更會郁氏採了意見才開催小規模的、再不然只到旅館訪郁氏談話的新企圖。決定之後、立卽通知市內各位及寫信告訴住里的兄弟了。

郁氏到臺南的日程是廿七日。我們料想那天早晨由阿里山動身一直到南都、若後半途折到烏山頭視察嘉南大圳去、是大約下午四點左右。那天爲要知道時刻好去迎接、也曾探問了來訪的特務先生、不知是不肯告訴我們或當眞不知道、也滿口道不知、不得已到了料想的時刻、才一面派人去驛頭看張、一面打算用電話照會市內一流旅館。果然四點左右我這裡已經得確實的消息、說三時三十九分列車着南、旅館是鐵道ホテル了。我一時禁不住歡喜起來、隨時走去找林趙二君、而他們也已經去驛頭了。到五點多鐘再會了他們、才知道他們空去碰了一次空、待我把這消息說出來、他們面上才浮起喜悅的神情、決定八點鐘要去拜訪郁氏了。

晚上八點鐘、大家集齊要出發了、但恐怕郁氏被官紳招待去吃晚飯、又空跑了一趟、所以先用電話探問旅館。旅館說『留守中』、我們再追問去向、却說獨自一人跑出去沒有交代。我們對郁氏這不定的行動、覺得有些奇怪。那時也曾想起或者郁氏禁不住旅途的寂寞、一到了地方、就獨自一個人走去找合三條件的女人、試々嘗個異國情緒吧。或者郁氏現在已經做了達官、不肯和此地流氓料經、故意閉門謝客呢？這樣在電話下瞎想亂猜了一會、覺得非發揮點流氓性不可、又想出了一奇策、明天透早、他還躲在被窩裡時、乘其不備、攻其不意、襲擊他一個早訪。

隔天二十九日早晨、報時機一鳴、我們三人——趙櫪馬、林占鰲二君和我——集齊出發了。那時天還不大亮、路燈發散昏黃的光綫照着街道、四處靜悄々、路上很少行人、時令已是冬曉了、還沒覺點寒氣、空向飄蕩着溫暖的晨氣、我們浸在大氣中、心身頓時覺得很清新、活潑地踏着平坦的柏油路、心裡只熱烈地抱着『襲擊郁達夫一個早訪去！』走向驛

▲ 一九三六年七月受台灣文藝聯盟之邀來台公演的韓國舞蹈家崔承喜。

主催者の挨拶

崔承喜女史を繞る 島都女性座談會 ①

觸合ふ心の琴線 絢爛〝麗人花園〟に 内台鮮の優しい融和

自分を生かすこと まづ先決問題 舞踊精進を語る

南島に踊りぬく 内、台、鮮の三角親善に 崔承喜さん出發す

半島の舞姫

花やかに台灣へ崔承喜さん一行

一部は澎湖に割愛 市價騰貴はかる 珊瑚漁獲許可方針

▲▶ 當時關於韓國舞蹈家崔成喜的訪問報導；崔承喜有「朝鮮半島舞后」之稱。

第九章

《台灣新文學》與皇民化時期的漢文作家

當楊逵的《台灣新文學》在台中創刊時，台灣文藝聯盟所發行的《台灣文藝》也仍在刊行。楊逵爲何會特意與《台灣文藝》劃清界線，而另行創刊《台灣新文學》？原因之一是對於藍紅綠的小說<紳士 への 道>（邁向紳士之路）在《台灣文藝》的刊載問題，楊逵與張星建的意見相左；之後楊逵將這部作品重新發表在《台灣新文學》（一九三六年六月號）。然而，這是不是他與《台灣文藝》分道揚鑣的唯一原因？楊與張之間文學觀的對立情形又如何？由於記載這段時期論爭的《台灣新聞》已經亡佚，所以到底眞相如何，至今仍是懸而未解的謎團。

1.《台灣新文學》的創刊

《台灣新文學》於一九三五年十二月二十八日創刊於台中，內容主要由漢文及日文作品構成，一九三七年六月十五日發行第二卷第五號後停刊。《台灣新文學》之所以停刊，是因爲第二次世界大戰期間，日本實際上對漢文作品有一定程度的禁止。儘管如此，《台灣新文學》已經對台灣文學界帶來了深遠影響。

刊登於《台灣新文學》的主要作品有陳瑞榮的<失蹤>、張慶堂的<年關>、吳濁流的<どぶの 緋鯉>（爛泥溝裡的錦鯉）、賴明弘的<結婚した男>（結了婚的男人）、呂赫若的<逃げさる男>(逃跑的男人)等。

値得一提的是，當魯迅過世時，《台灣新文學》還特別開宗明義地在卷頭刊登<魯迅を悼む>（悼念魯迅）一文（第一卷第九號，一九三六年十一月五日發行）。此外，以今天的眼光來看，當時被禁的「漢文創作特輯」（第一卷第十號，一九三六年十二月號），的確是不同凡響。

2.報章雜誌停止使用漢文

一九三七年四月一日開始，台灣的報紙全面廢止漢文欄，不久雜誌也跟進。以往的研究，均理所當然地認爲這個動作是受迫於日本當局所制定的政策，但是根據《台灣時報》第二〇九期的報導，我們可以發現，停止使用漢文並不全然是日本當局政策的硬性規定。

但是不管如何，絕大多數的報章

雜誌都不再使用漢文，而這個消息也迅速傳到了中國大陸。另外，《大阪朝日新聞》的「台灣版」，則增設了「南島文藝欄」，發表了龍瑛宗等人的作品。

關於「南島文藝欄」，一直以來都無法得知其眞正的面貌，直到王惠珍的調查研究之後，才發現「南島文藝欄」是在九州發行的《大阪朝日新聞》的「台灣版」所開設的。（王惠珍＜《大阪朝日新聞》「台灣版」の「南島文藝欄」を探す＞《中國文藝研究會會報》二三九期，二〇〇一年九月三十日）

3.「寂しい台湾文壇」（冷清的台灣文壇）

「寂しい台湾文壇」是由張文環所提出，最早出現在他翻譯的《可愛的仇人》（台灣大成電影公司，一九三八年八月出品）的譯者序上，時間剛好是七七事變滿一週年之後的「七月八日」。事實上，在一九四〇年代，台灣文壇活動復甦前的兩年半期間，除了龍瑛宗之外，大多數的台灣作家都失去了創作的舞台。龍瑛宗則是在一九三七年四月以處女作＜パパイヤの街＞（植有木瓜樹的小鎭）獲得《改造》雜誌懸賞小說佳作獎，開啓了投稿日本「中央文壇」文藝雜誌的康莊大道。

4.皇民化時期的漢文作品及作家

以前的研究往往認定，從一九三七年四月一日開始禁止使用漢文之後，台灣的漢文創作便銷聲匿跡，但是隨著深入研究後發現，即使在當時如此惡劣的環境下，《風月報》、《台灣藝術》等文藝雜誌，依然有漢文作品發表；徐坤泉及吳漫沙等通俗作家，均嘔心瀝血地從事長篇漢文小說創作，並且發行成冊。這項發現推翻了以往認爲「皇民化運動」時期的台灣文學創作清一色都是日文的說法，爲台灣文學研究打開了新的紀元。

1.《台灣新文學》的創刊

▲ 一九三五年十二月二十八日，楊逵在台中創刊《台灣新文學》，內容由漢文及日文作品構成，一九三七年六月十五日在發行第二卷第五號之後停刊。

一個同志的批信

灰

郵便！在配達夫的喊聲裡、「卜」的一聲、一張批擲在机上、走去提起來、

施灰殿

無錯、是我的。啥人寄來？翻過底面。

大橋市福壽町　許修

哎！是啥人？他不是被關在監牢？怎寄信出來給我？是要創啥貨呢？扯開封緘。

……………

啊！啊！晦氣！伊安怎想到我來？「身體病到太壞、需要一點營養補給嘟、身邊無半個錢。」無錢？你無錢、我敢春有百外萬？有錢？我自己勁曉使？供給你？我有這義務？怎樣身體不顧乎好々？

同志？我不是被恁笑過的落伍者、向後轉？現在怎樣？恁走錯了路呢？還是我無認錯「戲花」？恁忠實、恁信堅、安呢、就該會堪得病、那用啥嫌？更至於滋養？

恁這一班東西、實在使我禁不得要罵、怎樣偏要講我生理做去好、賺錢多。賺錢多？敢應該要提去厚恁開駛、怎欠用就來同我提。是欠恁的嗎？這東西。

雖然是在頭殼裡獨語著、這樣發洩一下、心肝頭的悶氣也輕鬆了許多。

提起批、重再看一遍。啊！伊的身軀原本軟弱、這款病的確無騙我。不管伊啊、我那有這氣力？不過！不過若會一下病就死去、那都無講起了、萬一病無死、後日出來、怎有面目好相見？但是我雖講日日見財、却不是收入來就是利益、要寄些給伊、也着多日的粒積。

一二三……這幾日間、這些數目、是常好寄去厚伊了、數々後、却再放進衣袋裡去、有些捨不得。寄去、到郵便局路有點仔遠、今日脚也懶行。終究是要寄出去的、在袋裡多放些時、也算還是自己的錢。

× × ×

今晚晴頓喰了太無滋味。喰飯的時候、父親像是積磅了太久的悶氣、今晚衝開了安全瓣、帶點自傷、也含些怒氣、向我警戒着：「我老了、恁的事我本可以不管、由恁要去怎樣但是也要想々看、自已幾歲了、再有幾年的歲月可拍拚、替人賠的錢尙賠未清、又再給人家認了幾筆錢。兒子也大了、錢攏總曉得好寶惜。」我不敢應、默々地任他老人家去念、量約喰一碗、就準飽去、緊々離開食棹。

喰飽就睏、這是最幸福的事、無奈我尙未修養到像豬一款

67

▲ 刊登在《台灣新文學》雜誌上的漢文作品，灰（賴和）的＜一個同志的批信＞（一九三五年十二月二十八日）。

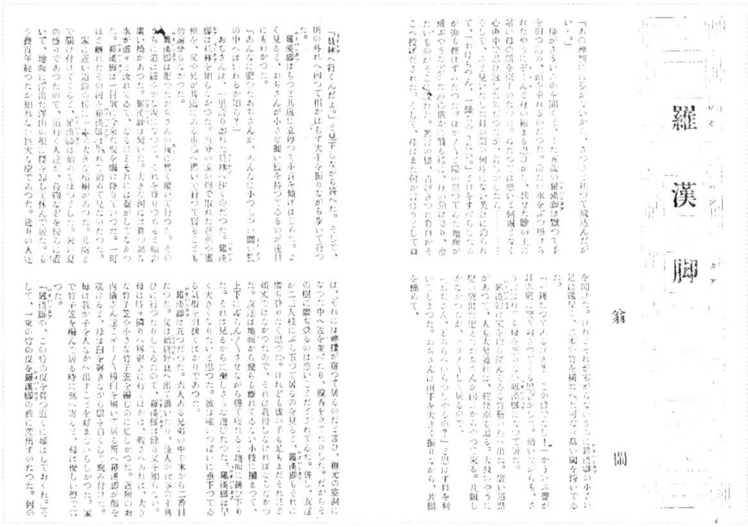

羅漢脚

翁鬧

◀ 刊登在《台灣新文學》雜誌上的日文作品，翁鬧的＜羅漢脚＞（一九三五年十二月）。

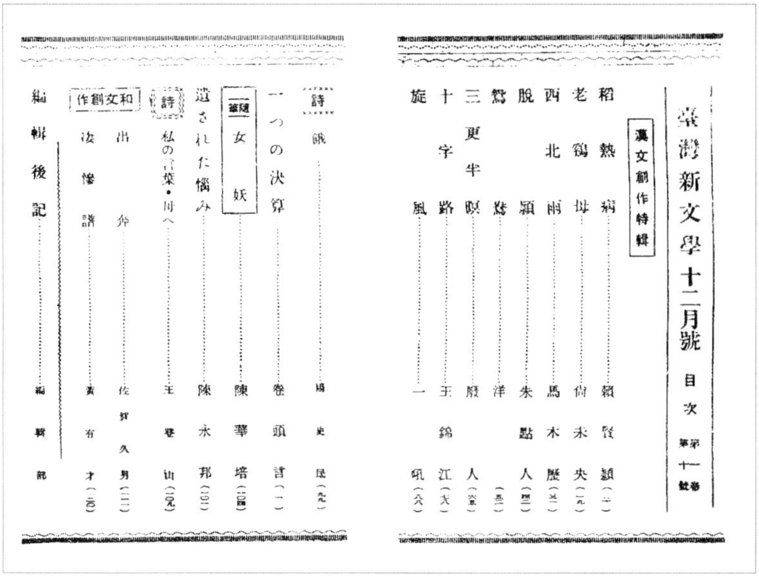

臺灣新文學十二月號 目次 第一卷第十號

漢文創作特輯

◀ 一九三六年遭到查禁的「漢文創作特輯」（《台灣新文學》一九三六年十二月號，第一卷第十號）。

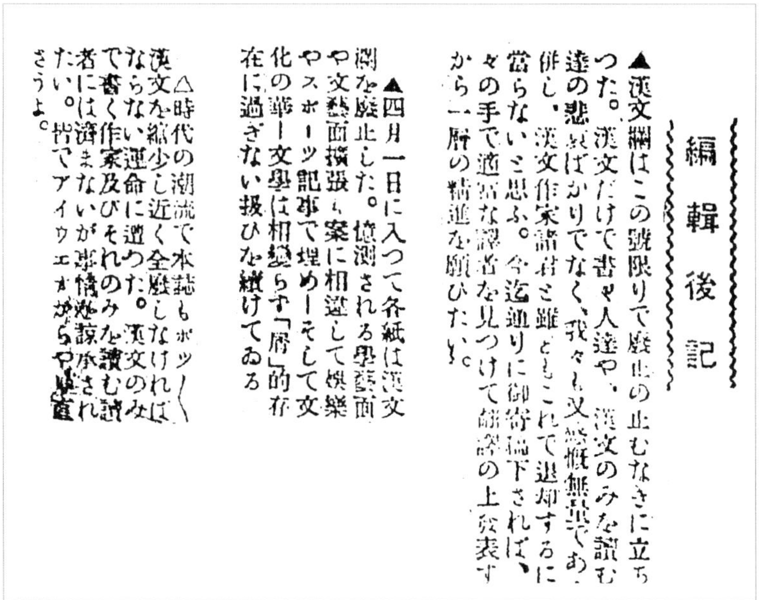

編輯後記

▲漢文欄はこの號限りで廢止の止むなきに立ちつた。漢文だけで書く人達や、漢文のみを讀む達の悲哀ばかりでなく、我々も又感慨無量であ。併し、漢文作家諸君と雖ともこれで退却するに當らないと思ふ。今迄通りに御寄稿下されば、々の手で適當な譯者を見つけて翻譯の上發表すから一層の精進を願ひたい。

▲四月一日に入つて各紙は漢文欄を廢止した。憶測される學藝面や文藝面擴張も案に相違して娛樂やスポーツ記事で埋め—そして文化の華—文學は相變らず「屑」的存在に過ぎない扱ひを續けてゐる。

△時代の潮流で本誌もボツ〳〵漢文を縮少し近く全廢しなければならない運命に遭つた。漢文のみで書く作家及びそれのみを讀む讀者には濟まないが事情を諒承されたい。皆でアイウエオから學び直さうよ。

◀ 楊逵在《台灣新文學》的編輯後記發表反對「漢文廢止」的評論。

2.報章雜誌停止使用漢文

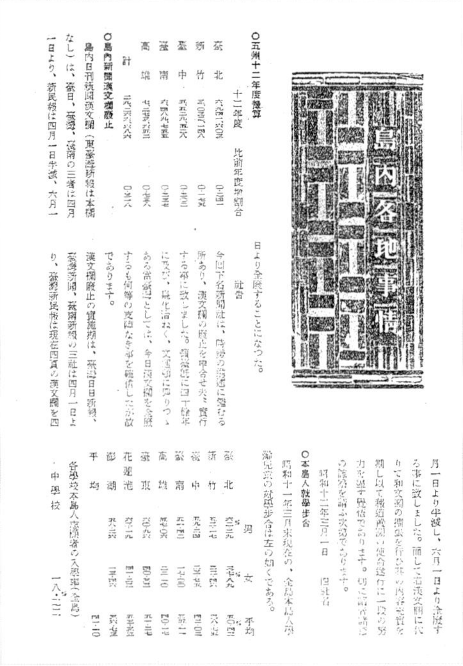

▲ 最新發現有關禁用漢文的資料，刊載於《台灣時報》第二〇九期，一九三七年四月一日。

▲ 日本總督對於廢止日報漢文欄的看法，<日刊紙の漢文欄廢止に關する總督談>，刊載於一九三七年五月一日的《台灣時報》。

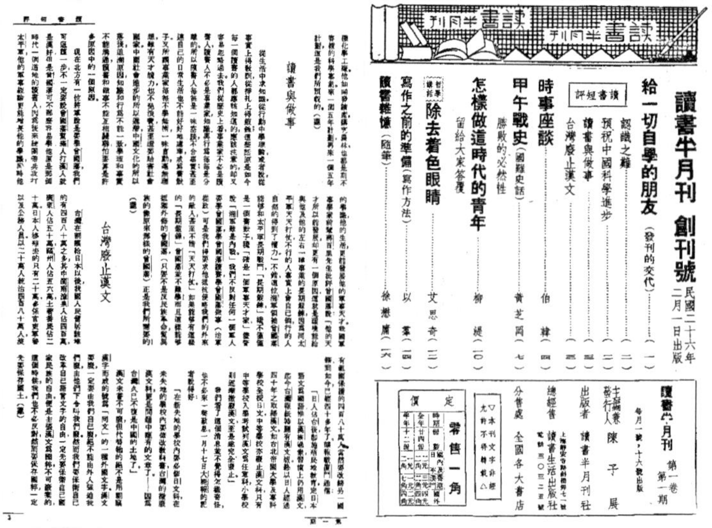

◀ 中國大陸當時有關台灣廢止漢文的文章，刊載於一九三七年二月一日的《讀書半月刊》創刊號上。

大阪朝日 臺灣版

台北通信局（電話長一四〇〇）台北市京町一丁目三五
台中通信部（電話長八八九）台中市初音町六ノ四六
台南通信部（電話長五〇六）台南市末廣町一丁目四四
高雄通信部（電話長九二〇）高雄市湊町五丁目一七

宮野眞三三氏 大阪商船高雄丸船長として新に就任

◇武道大會 二十三日午後一時半より台北武德殿道場において開催

南島文藝欄を新設

本島文運の興隆に寄與

南進國策の脚光を浴びて非常時に再登場したわが台灣は、いまや政治に、經濟にあらゆる方面に向つてめざましい躍進の一途を辿り、すべての角度から再檢討されてをります、この―われらの郷土、南國特有の强烈な色彩、ヴィヴィッドな素材に恵まれた台灣に新鮮な郷土文藝の興隆しないはずはありません、本社ではかねて滿洲朝日文壇を創設、新興滿洲國の躍進を文藝を通じて讀者に紹介して來ましたが、いよいよ台灣の文運興隆をも促すべく南島文藝欄を新たに創設することといたしました、右南島文藝は一週一回本紙學藝欄上段に掲載、滿洲朝日文壇と相まつて外地文藝の勃興と隆昌にいささか寄與したいと念願するものであります、近く詳細規定を發表、全島各界の知名の士の執筆を依頼する一方、無名の新作家を大方に紹介したいと考へてをります、各位の御協力を切望いたします

南島文藝欄新設

投稿範圍と規定

一、大阪朝日新聞紙面約五段分を毎週一回「南島文藝」欄として提供、二月初旬より開始
一、「南島文藝」欄への寄稿は主として台灣在住者に限ることゝし毎土曜日締切、台北市京町一丁目大阪朝日新聞台北通信局内南島文藝係宛送稿のこと
一、取捨は本社の裁量に委し原稿は返戻せず
一、紙上のペンネームは自由なるも別に本名と住所を明記せらるゝこと
一、創作（短篇）評論（文藝、美術、音樂、演劇など）隨筆、コント、戯曲、シナリオは十五字詰百二十行以内
一、詩、短歌、俳句は行數任意
一、その他本島文藝界公私消息、本島文藝出版物、雜誌の紹介批評、ゴシップなどをも歡迎

▲ 日本政府在台灣島內禁止使用漢文時，《大阪朝日新聞》的「台灣版」增設了「南島文藝欄」，發表了龍瑛宗等人的作品。

夕影

龍瑛宗

▲《大阪朝日新聞》「南島文藝欄」上刊登龍瑛宗的<夕影>（一九三七年八月十五日）。

3. 「寂しい台湾文壇」（冷清的台灣文壇）

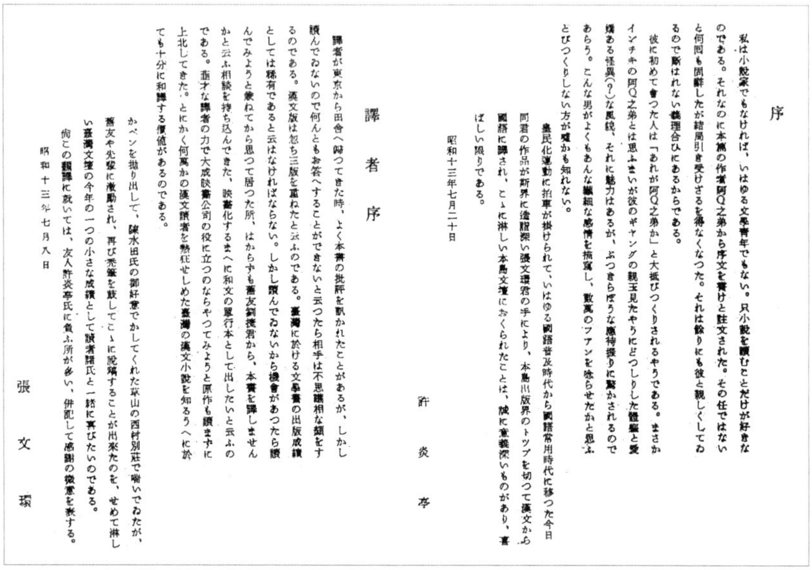

序

私は小説家でもなければ、いはゆる文學青年でもない。只小説を讀むことだけが好きなのである。それなのに本篇の作者阿Q之弟から序文を書けと註文された。その任ではないと何回も固辭したが結局引き受けざるを得なくなつた。それは餘りにも彼と親しくしてゐるので斷はれない義理合ひにあるからである。

彼に初めて會つた人は「あれが阿Q之弟か」と大抵びつくりされるやうである。まさかインチキの阿Q之弟とは思ふまいが彼のギャングの親玉見たやうにどつしりした體軀と愛嬌ある怪異(?)な風貌、それに魅力はあるが、ぶつきらぼうな應待振りに驚かされるのであらう。こんな男がよくもあんな纖細な感情を描寫し、數萬のファンを唸らせたかと思ふとびつくりしない方が嘘かも知れない。

皇民化運動に拍車が掛けられて、いはゆる國語普及時代から國語常用時代に移つた今日同君の作品が斯界に造詣深い張文環君の手により、本島出版界のトップを切つて漢文から國語に譯され、とゝに淋しい本島文壇におくられたことは、誠に意義深いものがあり、喜ばしい限りである。

昭和十三年七月二十日

許炎亭

譯者序

譯者が東京から田舍へ歸つてきた時、よく本書の批評を訊かれたことがあるが、しかし讀んでゐないので何んともお答へすることができないと云つたら相手は不思議相な顏をするのである。漢文版は忽ち三版を重ねたと云ふのである。臺灣に於ける文學書の出版成績としては稀有であると云はなければならない。しかし讀んでゐないから機會があつたら讀んでみようと兼ねてから思つて居つた所、はからずも畜友劉捷君から、本書を譯しませんかと云ふ相談を持ち込んできた、映畫化するまへに和文の單行本として出したいと云ふのである。菲才な譯者の力で大成映畫公司の役に立つのならやつてみようと原作も讀まずに上北してきた。とにかく何萬かの漢文讀者を熱狂せしめた臺灣の漢文小説を知るうへに於ても十分に和譯する價値があるのである。

かペンを拋り出して、陳水田氏の御好意でかしてくれた草山の西村別莊で喘いでゐたが、畜友や先輩に激勵され、再び禿筆を鼓してこゝに脫稿することが出來たのを、せめて淋しい臺灣文壇の今年の一つの小さな成績として讀者諸氏と一緒に喜びたいのである。

尙この飜譯に就いては、友人許炎亭氏に負ふ所が多い、併記して感謝の微意を表する。

昭和十三年七月八日

張文環

▲▶張文環譯的《可愛的仇人》（一九三八年八月）封面及＜譯者序＞，譯者序上出現了「寂しい台湾文壇」的字樣，反映當時台灣文壇的景況。

▲ 林玉山為《可愛的仇人》所畫的插畫。

◀ ▼ 一九四〇年代台灣文壇活動復甦的兩年半期間，大多數的台灣作家都失去了創作舞台，但仍然有一些有心之士大力支持台灣作家的文藝活動，黃得時就是其中之一。

黃得時（一九〇九～一九九九）及著作《水滸傳》第三卷（一九四三年六月，清水書店出版）。黃得時從當時的台北帝大畢業之後，便服務於《台灣民報》社，擔任文藝欄編輯，經常刊登台灣作家的作品，大力支持台灣作家的文藝活動。

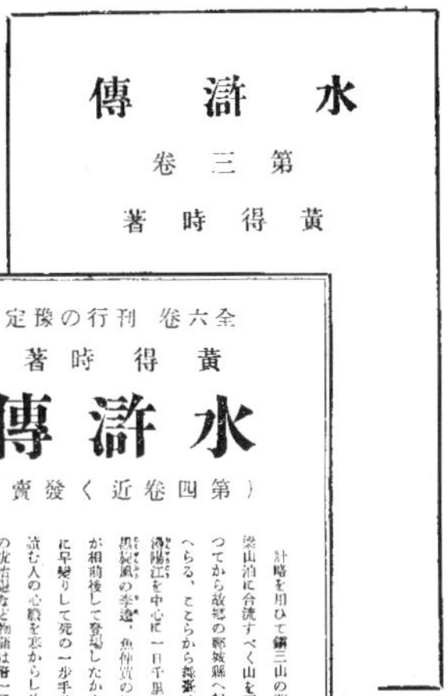

全六巻 刊行の豫定
黃得時著
水滸傳
（第四巻近く發賣）

計略を用ひて鎭三山の黄信を仲間に引入れた清風山では梁山泊に合流すべく山を下りる。宋江も一まづ梁山泊に立寄つてから故郷の鄆城縣へ歸るが、密告する者があつて官に捉へらる、ここらから舞臺は一變して山東から江南に急轉し、潯陽江を中心に一日千里を走る神行太保の戴宗、痛快無比な黒旋風の李逵、魚仲買の浪裡白跳張順、悪徳通判の黄文炳等が相前後して登場したかと思ふと、忽ち江州法場劫入の場面に早變りして死の一歩手前に宋江を救助するなど波瀾萬丈、讀む人の心膽を寒からしめる。一方、九天玄女の出現、李逵の虎治退など物語は層一層と高潮し、奇書の面目を遺憾なく發揮してゐる。乞ふ御期待を。

4.皇民化時期的漢文作品及作家

一般認為，一九三七年四月一日開始禁止使用漢文之後，台灣的漢文創作便消聲匿跡，然而事實上，當時《風月報》、《台灣藝術》等文藝雜誌，仍然有漢文作品發表。徐坤泉、吳漫沙等通俗作家均嘔心瀝血地從事長篇漢文小說創作，並且出書發行。

▲ 徐坤泉（一九○七～一九五四）

▶ 徐坤泉與郁達夫合影。

▶ 徐坤泉與漫畫家雞籠生合影。

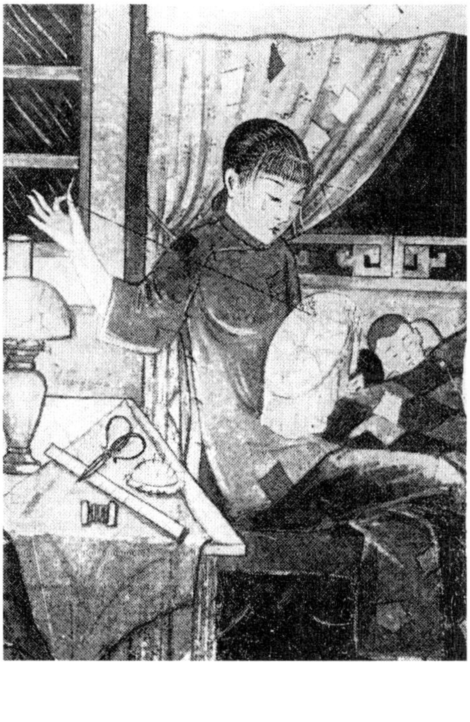

▲《可愛的仇人》插畫。《可愛的仇人》是由徐坤泉以「阿Q之弟」之名發表的漢文作品，後由張文環翻譯成日文。

▲ 吳漫沙（一九一二～）

▲ 吳漫沙漢文長篇小說《大地之春》（一九四二年九月，南方雜誌社出版）的封面。

▲ 吳漫沙漢文長篇小說《黎明之歌》（一九四二年七月，南方雜誌社出版）的封面。

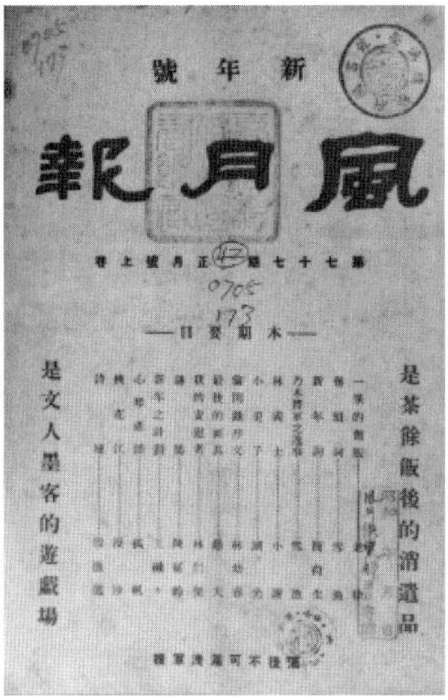

▲漢文文藝雜誌《風月報》，創刊於一九三七年九月，是日本政府禁用漢文之後的唯一漢文雜誌。

▲日文文藝雜誌《台灣藝術》，創刊於一九四〇年，是當時一份綜合文藝雜誌，也刊登漢文作品。

▲台灣早期的日文單行本，林輝焜的《争へぬ運命》（命運難違）（一九三三年四月）。

▲戰前發行的大衆文學複印本，一九九八年八月出版。

第十章

日文作家的崛起

從一九三七年四月一日開始，台灣的報紙廢止了漢文欄。之後第二年，也就是一九三九年九月，在台日人作家成立了「台灣詩人協會」，並發行詩誌《華麗島》。這個協會之後又在同年底擴充改組爲「台灣文藝家協會」，改發行《文藝台灣》，擔任這兩個協會的領導人正是當時《台灣日日新報》社的文藝部長西川滿。自從這本雜誌發行之後，在台日人作家的文藝活動便開始熱絡起來。另一方面，不滿《文藝台灣》編輯方針的張文環等人，則另外於一九四一年五月發行了《台灣文學》與之抗衡。在《文藝台灣》及《台灣文學》相互較勁的同時，也正是台灣文壇的黃金時期。

1.《華麗島》的創刊及《文藝台灣》

《華麗島》的創刊來自西川滿的構想，西川是最先把台灣喻爲「華麗島」的人。而當台灣詩人協會成立，《華麗島》的編輯告一段落時，西川又開始希望將旗下作家的小說集結，發行一本綜合性的文藝雜誌，於是跟台北帝國大學文政學部的矢野峰人等商量合作事宜，終於在一九三九年十二月成立「台灣文藝家協會」，並發行《文藝台灣》。

2.《文藝台灣》的作家群

從創刊到一九四四年一月一日爲止，《文藝台灣》一共發行了三十八期，在台灣算是長壽的綜合性文藝雜誌。雖然《文藝台灣》是由台灣文藝家協會發行，但編輯方向實際上是由西川滿主導，經營上也是透過西川的各種人脈管道進行。從一九四一年二月第七期開始，《文藝台灣》脫離台灣文藝家協會，西川的主導權變得更大，《文藝台灣》的編輯方向也更加凸顯他的個人風格。

以下為《文藝台灣》的主要作家群——

①西川滿（一九〇八～一九九八）

出生於日本會津若松，兩歲時來台。中小學時期便對文藝活動有濃厚興趣，甚至自編過文藝雜誌。早稻田大學法文系畢業後，西川再度回到台灣，任職於《台灣日日新報》，並負責文藝專欄的編輯。他是在戰爭期間具有代表性的日本作家，著有＜赤崁記＞、＜梨花夫人＞等幻想短篇小說，以及以台灣為描寫對象的詩。

② 濱田隼雄（一九〇九～一九七三）

出生於日本宮城縣仙台市，一九二六年進入台北高校文科就讀。一九三二年從東北帝國大學畢業之後，先後擔任台北靜修女子學校及台南第一高等女學校的國語教師。一九三八年與西川滿結識，並成為文壇上的盟友。一九四一年在《文藝台灣》連載＜南方移民村＞，翌年由海洋文化社出版單行本，一躍成為知名的寫實派日本作家。

③ 龍瑛宗（一九一一～一九九九）

出生於台灣新竹北埔的客家村。台灣商工學校畢業之後，隨即進入台灣銀行工作。在學期間，曾藉由日文作品，廣泛接觸西歐文學，並受其影響。一九三七年因處女作＜パパイヤのある街＞（植有木瓜樹的小鎮）獲《改造》雜誌評選為佳作，成為家喻戶曉的作家。戰前共有二十四篇小說問世，是台灣人從事日文創作的代表性作家。

④ 新垣宏一（一九一三～）

出生於台灣的高雄市。一九三七年從台北帝國大學畢業之後，即任職於台南第二高等女學校，擔任國語教師。從大學時代開始，就有小說、新詩發表於《台灣文藝》，也創作了為數不少的文藝隨筆。

⑤ 川合三良（一九〇七～一九七〇）

出生於日本大阪府，畢業於京都帝國大學國文系。一九三五年來台，一共停留三年，並在這段期間結識了西川滿。因發表頗具自傳色彩的作品而備受矚目。

⑥ 北原政吉（一九〇八～）

出生於日本岐阜縣，於大正年間來台。台北師範學校畢業後，除了擔任小學教師之外，也在《文藝台灣》發表詩作。與西川是好友，曾參與台灣詩人協會的創辦。

⑥ 邱永漢（一九二四～）

出生於台灣台南，本名邱炳南，曾就讀台北一中及台北高校。高中時代即已自行發行詩誌《月來香》，楊雲萍等人都曾在這本詩誌上投過稿。另外，由於仰慕西川滿，也曾在《華麗島》及《文藝台灣》上發表自己的詩作。一九四七年因二二八事件流亡香港，後在西川滿的多方奔走下，於一九五四年前往日本。

3.《台灣文學》的作家群

① 王井泉（一九〇五～一九六五）

出生於台灣台北。太平公學校畢業後考上台灣商工學校，畢業後任職於鈴木商店。因對餐飲業有濃厚興趣，二十七歲即成爲酒吧「約路鐵路」（ARUTERU）的經理。一九三九年他在太平町（今台北市延平北路一、二段）開了一家叫「山水亭」的台灣料理店，後來成爲文人雅士的文化交流場所。除此之外，王井泉更是不遺餘力地對台灣知識份子提供物質上的協助，《台灣文學》就是在他的大力支持下才得以發行，而至今仍在營業的餐廳「波麗路」（BORERO），也是在他的援助下開店的。

② 張文環（一九〇九～一九七九）

出生於台灣嘉義縣梅山鄉。一九二七年從公學校畢業之後，即前往日本的岡山中學就讀，一九三一年繼續就讀東洋大學，他也是台灣藝術研究會成立時的創始會員之一。一九三五年回台後，服務於台灣電影株式會社，但依然勤於筆耕。雖然曾在一九四〇年加入《文藝台灣》，後卻因與西川滿的理念不合，而另外創刊了以台灣作家爲主的《台灣文學》雜誌。一九四二年代表台灣參加大東亞文學者大會，一九四三年以＜夜猿＞贏得皇民奉公會的台灣文學獎。

③ 呂赫若（一九一四～一九五一）

出生於台灣台中縣豐原，本名呂石堆。台中師範學校畢業後的第二年便在《文藝評論》第二卷第一號發表了＜牛車＞，一炮而紅。之後陸續在《台灣文藝》及《台灣民報》發表作品。一九三九年前往日本武藏野音樂學校學習聲樂，並參與東寶劇團歌劇的演出。一九四三年以<財子壽>榮獲台灣文學獎，與張文環、龍瑛宗同爲活躍於戰爭期間的台籍日文作家。

④中山侑（一九〇九～一九五九）

出生於台灣台北，台北高校畢業。是一個創作相當多元的作家，無論是在詩、戲劇、影評、文藝評論、小說等各方面，都有不錯的成績。一九三〇年組辦「かまきり 座」（螳螂劇團），開始從事劇團活動。一九三四年前往總督府警務局任職，因執筆及編輯《台灣警察時報》的才華受到肯定，使得他的劇團得以移師台北放送局演劇部。也曾擔任《文藝台灣》的編輯委員，後因與西川不合而選擇協助張文環創刊《台灣文學》。中山的筆名有鹿子木龍、志馬陸平。

⑤坂口䙥子（一九一四～）

出生於日本熊本縣八代市。一九四〇年與坂口貴敏結婚，之後隨夫婿一同來台。因爲與台中《台灣新聞》的田中保男科長相識，經常投稿《台灣新聞》；一九四一年發表以台日國際婚姻問題爲主題的<鄭一家>，受到熱烈迴響。一九四二年與楊逵結識，並在楊的勸說下爲《台灣文學》撰稿，但是同年發表的<時計草>，卻因題材涉及批評殖民地政策，而遭到被刪除絕大部分內容的命運。

4.沙央之鐘

駐守在南澳番社里又邊社（riy-ohen）的田北正記巡查，在一九三七年九月二十七日收到召集令，於是雇了六名泰雅族青年搬運行李，準備下山。不知當時颱風已經要登陸的青年們，依然在強風豪雨中出發，結果一行人中的少女沙央（當時十七歲），不幸被湍急的河流沖走。這事後來被長谷川總督獲悉，爲了表揚她的義行，於是特別贈送一口名爲「沙央之鐘」的鐘給里又邊社，更有人將其義行譜成歌曲，由在霧社事件中殉職的警官佐塚之女——歌手佐塚佐和子演唱；而這個故事後來也被改編成電影，躍登大螢幕，由李香蘭主演，一時之間，沙央成爲舉國皆知的名人，陸續有相關的戲曲及小說出版。

1.《華麗島》的創刊及《文藝台灣》

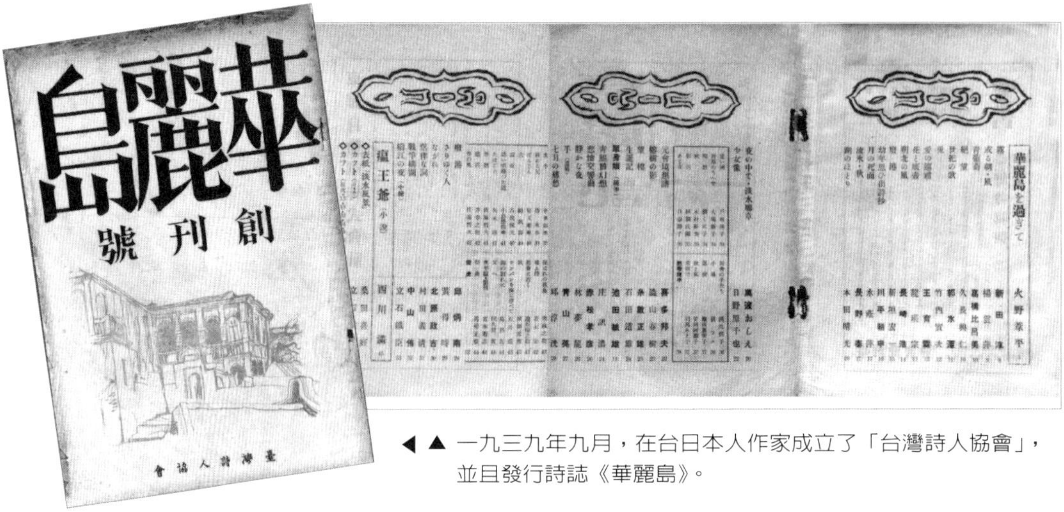

◀▲ 一九三九年九月，在台日本人作家成立了「台灣詩人協會」，並且發行詩誌《華麗島》。

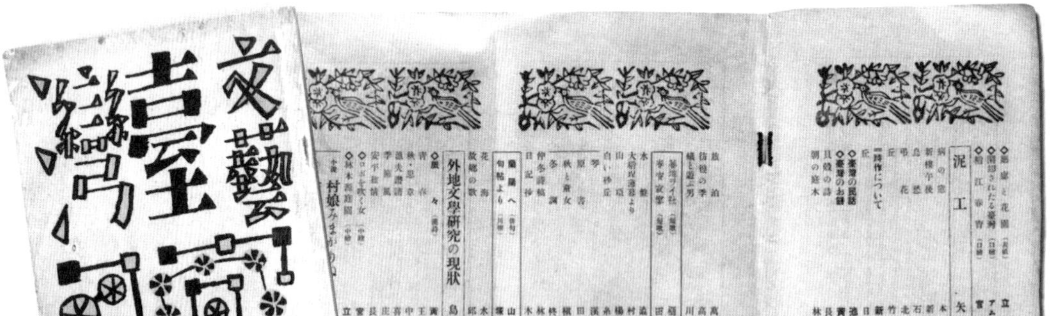

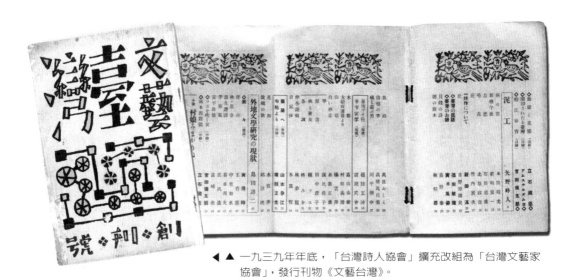

◀▲ 一九三九年年底，「台灣詩人協會」擴充改組為「台灣文藝家協會」，發行刊物《文藝台灣》。

▲▶《文藝台灣》作家群一九四一年合影。
（經由西川滿親自指認得知）
1.池田敏雄 2.黑丸郁子 3.矢野峰人 4.西川滿 5.今田喜翁 6.竹內治 7.周金波 8.高橋比呂美 9.楊雲萍 10.長崎浩 11.黃得時 12.（不明） 13.大賀湘雲 14.目野原康史 15.川合三良 16.新田淳 17.新垣宏一 18.濱田隼雄 19.宮田彌太朗 20.立石鐵臣 21.萬波亞衛。

2.《文藝台灣》的作家群

▲ 西川滿於台北第一中學時代發行的外國文學啓蒙雜誌《文藝櫻草》創刊號（一九二五年一月一日出版），有別於他日後所發行的創作雜誌《櫻草》。

◀ 攝於霞海城隍廟前的西川滿（約在一九四二年春，他剛辭去《台灣日日新報》文藝部長職務時）。

▲ 西川滿創辦的文藝雜誌《媽祖》創刊號的封面（一九三四年十月十日，媽祖書房出版）。

▲ 西川滿攝於台南開元寺。

▲ 西川滿的代表作品《梨花夫人》（一九四〇年，日孝山房出版）及《赤崁記》（一九四三年，書物展望社出版）。

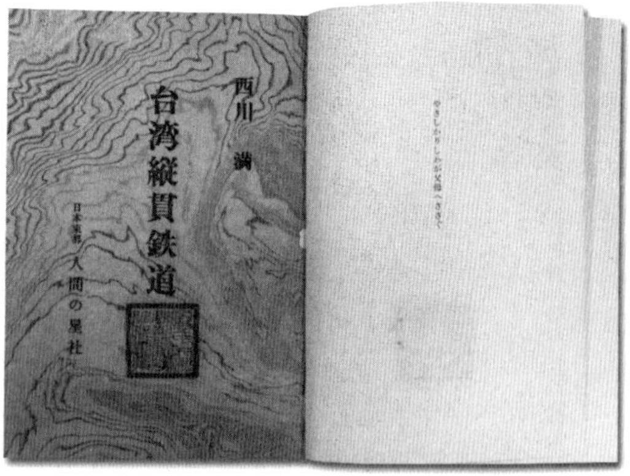

▲ 西川滿於戰後在日本發行的長篇小說《台灣縱貫鐵道》（人間の星社出版）。

◀ 濱田隼雄（一九○九～一九七三），《文藝台灣》的主要作家之一。

▶ 濱田隼雄於一九四四年調職台灣軍報道部，擔任軍令官的代筆。

▼ 濱田隼雄與家人攝於自宅裡。

◀ 濱田隼雄的代表作品《南方移民村》（一九四二年八月，海洋文化社出版）及《草創》（一九四四年十二月，台灣出版文化株式會社出版）。

▲ 二十歲的龍瑛宗與友人何禮杞合影。龍瑛宗在西川滿於一九三九年籌組「台灣詩人協會」時，即出任該會的文化部委員，當西川滿將詩人協會改組成「台灣文藝家協會」時，龍瑛宗也仍是會員，並順理成章成為《文藝台灣》的編輯委員，和文藝家協會小說部理事。

▲ 龍瑛宗的《孤独な蠹魚》（孤獨的蠹魚）（一九四三年十二月，盛興出版部出版），是部文藝評論集。

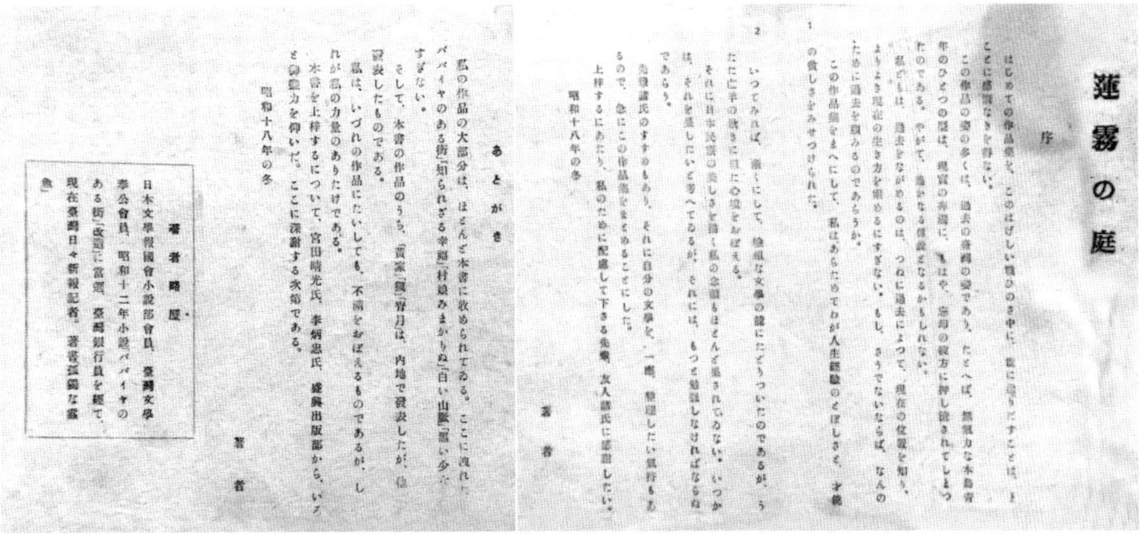

蓮霧の庭

序

はじめての作品集を、このはげしい戰ひのさ中に、世に送りだすことは、まことに感慨なきを得ない。

この作品の題材の多くは、過去の奇蹟の姿であり、たとへば、無氣力な本島青年のひとつの型は、現實の奔溜に、もはや、忘却の彼方に押し流されてしまつたのである。やがて、遙かなる傳説となるかもしれない。

私どもは、過去をながめるのは、つねに過去によつて、現在の位置を知り、よりよき現在の生き方を求めるにすぎない。もし、さうでないならば、なんのために過去を顧みるのであらうか。

この作品集をまへにして、私はあらためてわが人生經驗のとぼしさ、才能の貧しさをみせつけられた。

1

2

いつてみれば、漸くにして、險阻な文學の路にたどりついたのであるが、うたた亡羊の歎きに似た心境をおぼえる。

それに日本民族の美しさを描く私の念願もほとんど果されてゐない。いつかは、それを果したいと考へてゐるが、それには、もつと勉強しなければならぬであらう。

先輩諸氏のすすめもあり、それに自分の文學を、一應、整理したい氣持もあるので、急にこの作品集をまとめることにした。

上梓するにあたり、私のために配慮して下さる先輩、友人諸氏に感謝したい。

昭和十八年の冬

著者

あとがき

私の作品の大部分は、ほとんど本書に收められてある。ここに洩れたのは「パパイヤのある街」「知られざる幸福」「村娘みまかりぬ」「白い山脈」「黑い少女」にすぎない。

そして、本書の作品のうち、「黃家」「貘」「宵月」は、內地で發表したが、他は發表したものである。

私は、いづれの作品にたいしても、不滿をおぼえるものであるが、しかしこれが私の力量のありたけである。

本書を上梓するについて、宮田晴光氏、李炳忠氏、盛興出版部から、いろいろと御盡力を仰いだ。ここに深謝する次第である。

昭和十八年の冬

著者

著者略歴

日本文學報國會小說部會員、臺灣文學奉公會員、昭和十二年小說「パパイヤのある街」「改造」に當選、臺灣銀行員を經て、現在臺灣日々新報記者。著書「孤獨な蠹魚」

▲ 龍瑛宗原本預定於一九四三年出版的小說集《蓮霧 の 庭》（種有蓮霧的庭院）的序（<蓮霧 の 庭>最先連載於《台灣文學》第三卷第三號，一九四三年七月）。

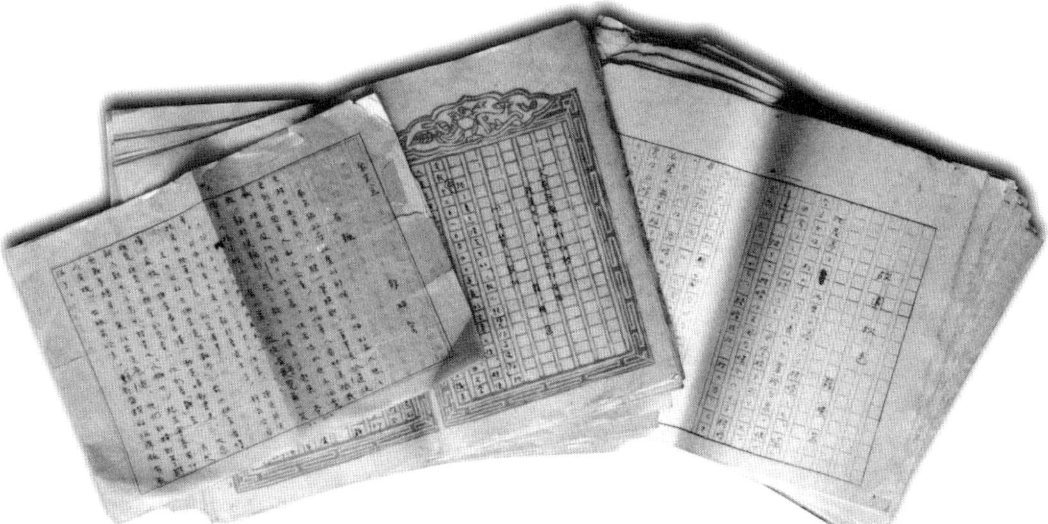

▲ 龍瑛宗《故園秋色》、《聚寶盆》等未發表作品的手稿。

▲ 龍瑛宗《媽祖宮の 姑娘たち》（媽祖宮的姑娘們）手稿。

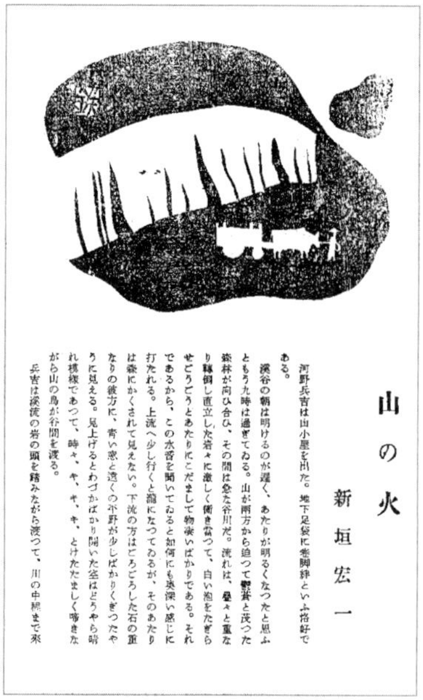

山の火

新垣宏一

河野兵吉は山小屋を出た。地下足袋に巻脚絆といふ格好である。

溪谷の朝は明けるのが遲く、あたりが明るくなつたと思ふともう九時は過ぎてゐる。山が兩方から迫つて鬱蒼と茂つた森林が向ひ合ひ、その間は急な谷川だ。流れは、疊々と重なり轉倒し直立した岩々に激しく衝き當つて、白い泡をたぎらせどうどうとあたりにこだまして物凄いばかりである。それであるから、この水音を聞いてゐると如何にも奥深い感じに打たれる。上流へ少し行くと瀧になつてゐるが、そのあたりは森にかくされて見えない。下流の方はごろごろした石の重なりの彼方に、青い空と遠くの平野が少しばかりくぎつたやうに見える。見上げるとわづかばかり開いた空はどうやら晴れ模樣であつて、時々、キ、キ、キ、とけたたましく啼きながら山の鳥が谷間を渡る。

兵吉は溪流の岩の頭を踏みながら渡つて、川の中洲まで來

▲ 新垣宏一發表於《文藝台灣》的小說＜山の火＞（山之火）（一九四三年四月，《文藝台灣》第五卷第六號）。

▲ 書房裡的新垣宏一。新垣宏一（一九一三～），出生於台灣高雄，從大學時代開始，就常在《文藝台灣》上發表小說、新詩。

▲ 就讀台北帝國大學時的新垣宏一（左一，一九三七年攝於台北帝國大學正門）。

▶ 邱永漢於高中時代自行發行的詩誌《月來香》。邱永漢在《わが青春の台湾、わが青春の香港》（我在台灣、香港的青春歲月，一九九四年八月，中央公論社出版）一書中有以下的表述：「經常會有熱愛文學的學生將作品出版成冊，但是我的雜誌卻是特別使用和紙的活版印刷。雜誌內的文章除了向國語及理科老師邀稿外，也向活躍於校刊的同學邀稿，其他則全是我自己的作品。印刷的費用是我省吃儉用從生活費中擠出來的，如果仍然不夠，就用自己的午餐錢墊。當時只有十五、六歲的我，之所以會全心投入這項工作，完全是受到西川滿先生的感召。西川先生與恩地孝四郎、川上澄生、柳宗悅等人是好友，也是威廉．摩里斯（William Morris，一八三四～一八九六，英國詩人、美術工藝家）的信徒，因此重視出版品的外觀裝訂更甚於文章本身。對於他這種重視豪華精裝的興趣，我很快就感到乏味，反而對當時的民間技藝及民俗相當有興趣，而這也開啓了我於十多年後收集台灣民俗藝品並贈與台南市永漢民藝館的契機。」

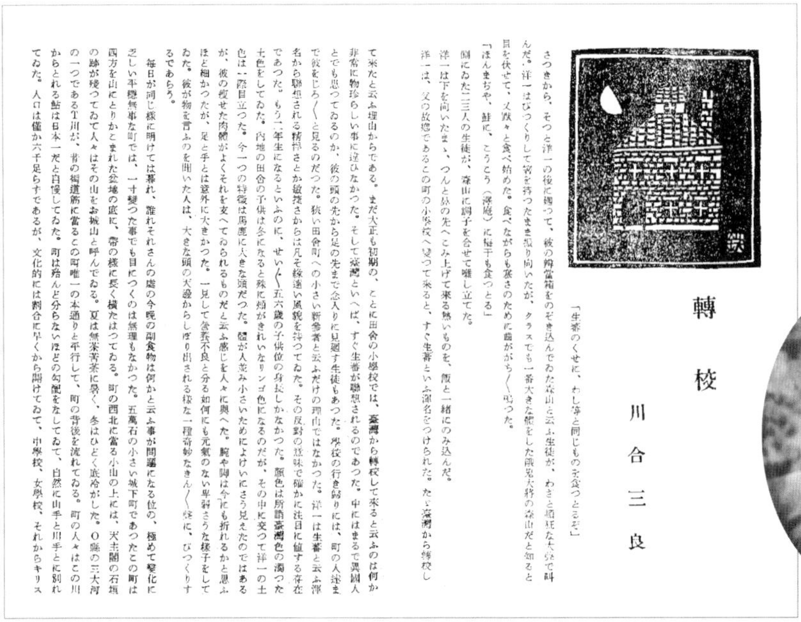

轉校

川合三良

「生蕃のくせに、わし等と同じもの食つとるぞ」

さつきから、そつと洋一の後に廻つて、彼の辨當箱をのぞき込んでゐた森山と云ふ生徒が、わざと頓狂な大聲で叫んだ。洋一はびつくりして箸を持つたまゝ振り向いたが、クラスでも一番大きな體をした餓鬼大將の森山だと知ると目を伏せて、又默々と食べ始めた。食べながらも寒さのために齒ががち〳〵鳴つた。

「ほんまぢや、鮭に、こうこう（澤庵）に梅干も食つとる」

側にゐた二三人の生徒が、森山に調子を合せて囃し立てた。

洋一は下を向いたまゝ、つんと鼻の先へこみ上げて來る熱いものを、飯と一緒にのみ込んだ。

洋一は、父の故郷であるこの町の小學校へ變つて來ると、すぐ生蕃といふ渾名をつけられた。たゞ臺灣から轉校して來たと云ふ理由からである。まだ大正も初期の、ことに田舍の小學校では、臺灣から轉校して來ると云ふのは何か非常に物珍らしい事に違ひなかつた。そして臺灣といへば、すぐ生蕃が聯想されるのであつた。中にはまるで異國人とでも思つてゐるのか、彼の頭の先から足の先まで念入りに見廻す生徒もあつた。學校の行き歸りには、町の人達まで彼をじろ〳〵と見るのだつた。狹い田舍町への小さい新參者と云ふだけの理由ではなかつた。洋一は生蕃と云ふ渾名から聯想される精悍さとか敏捷さからは凡そ緣遠い風貌を持つてゐた。その反對の意味で確かに注目に値する存在であつた。もう二年生になるといふのに、せい〳〵五六歳の子供位の身長しかなかつた。顏色は所謂臺灣色の濁つた土色をしてゐた。內地の田舍の子供は冬になると殊に頰がきれいなリンゴ色になるのだが、その中に交つて洋一の土色は一際目立つた。今一つの特徵は馬鹿に大きな頭だつた。體が人並み小さいためによけいにさう見えたのではあるが、彼の瘦せた肉體がよくそれを支へてゐられるものだと云ふ感じを人々に與へた。腕や脚は今にも折れるかと思ふほど細かつたが、足と手とは意外に大きかつた。一見して營養不良と分る如何にも元氣のない卑弱さうな樣子をしてゐた。彼が物を言ふのを聞いた人は、大きな頭の天邊からしぼり出される樣な一種奇妙なきん〳〵聲に、びつくりするであらう。

每日が同じ樣に明けては暮れ、誰れそれさんの處の今晩の副食物は何かと云ふ事が問題になる位の、極めて變化に乏しい平穩無事な町では、一寸變つた事でも目につくのは無理もなかつた。五萬石の小さい城下町であつたこの町は四方を山にとりかこまれた盆地の底に、帶の樣に長く橫たはつてゐる。町の西北に當る小山の上には、天主閣の石垣の跡が殘つてゐて人々はその山をお城山と呼んでゐる。夏は無茶苦茶に暑く、冬はひどく底冷がした。O縣の三大河の一つであるT川が、昔の街道筋に當るこの町唯一の本通りと平行して、町の背後を流れてゐる。町の人々はこの川からとれる鮎は日本一だと自慢してゐた。町は殆んど分らないほどの勾配をなしてゐて、自然に山手と川手とに別れてゐた。人口は僅か六千足らずであるが、文化的には割合に早くから開けてゐて、中學校、女學校、それからキリス

◀▼ 川合三良（一九〇七～一九七〇）與他的小說＜轉校＞（一九四一年六月，發表於《文藝台灣》第二卷第二號）。

愛する臺灣の歌

北原政吉

臺灣

淚と汗　悔と憧れにみは悶え
おもひでを啄んでゐる
鳥のやうに愴じいこころに
けふ臺灣はふるさとのやうに懐しい

五　月

茉莉花のながれるころ　淡水河を
海へ　ながい堤防に沿つてゆくのだつた
青い卵をうむ家鴨が戯れながら
少女たちのやうに　岸ちかく羽を洗つてゐた

佛桑花

これはなんの象徵かしら　どこの國のなんといふ物語りにある
靑春よ　悲哀よ　かるがゆえに赤い血の花よ
それを抱いて　この島の　縱山河を
ひそかにゆく季節　それもまたなんの象徵かしら

淡水にて

浪　浪　浪　よせるもの返へすもの
てにとれば冷くにがいふるさとのあじ
さいざるの花咲く磯をもどればまた
なつかしい唄の調べに似てやさしく響く　浪　浪　浪

阿里山鐵道

山芭蕉をたたいて通る雨
たいわん杉の丸太を運ぶ森林鐵道
ああその汽關車のぶきつちよな煙突からさへ
一つの決意をしめすかのやうに火の粉が降る

◀▲ 北原政吉（一九〇八～）與他的作品〈愛する台灣の歌〉（台灣愛之歌）。

3.《台灣文學》的作家群

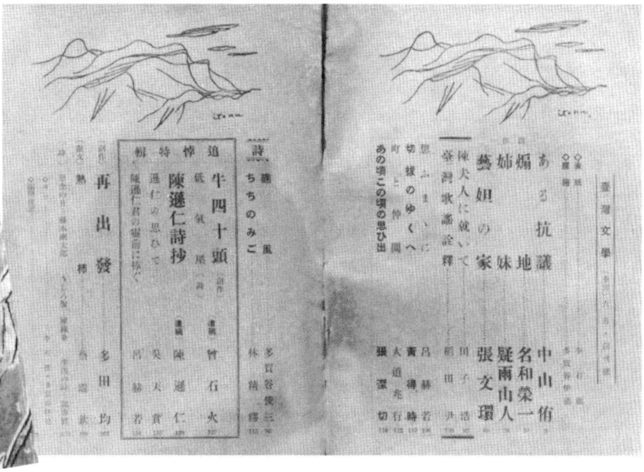
臺灣文學

ある抗議 中山侑
煽地 名和榮一
姉妹 疑雨山人
藝妲の家 張文環
陳夫人に就いて 田子浩
臺灣歌謠詮釋 稻田尹
思ふまゝに 呂赫若
切嫂のゆくへ 黃得時
町と仲間 大道兆行
あの頃この頃の思ひ出 張深切

詩
ちちのみご 多賀谷俊三
風 林精鏐
追悼特輯
牛四十頭 曾石火
低氣壓（詩） 陳遜仁
陳遜仁詩抄
遜仁の思ひで 吳天賞
陳遜仁君の靈前に捧ぐ 呂赫若
再出發 多田均

◀▲一九四一年五月，張文環等人因不滿《文藝台灣》的編輯方針，在王井泉的大力支持下，另外發行了《台灣文學》與之抗衡。

▲王井泉與家人合影。

▲慷慨解囊協助《台灣文學》創刊的王井泉。

▲ 王井泉所負責的約路鐵路（ARUTERU）開業一週年紀念照片（前排中央即為王井泉，攝於一九三二年六月六日）。

◀ 王井泉的字。

閹雞

張文環

一

廚下の竹椅子にぢつと坐つてゐる亭主の阿勇は、十年一日の如く、眼をすゑたまゝ陽脚に消されて行く屋根の陰を凝視めながら思ひ呆けてゐるやうであつた。

「この人に村のお祭りが今日だと云ふことがわかるか知ら。」

月里はもう早亭主を恨む氣になれなかつたが、その思ひ呆けてる顔をみると、たまらなく氣がいら立つてくるのを感じた。

「阿勇！臺所の茶碗を洗つてくれない？」

妻に呼ばれてはつとした顔をしたが、直ぐまた自分の殻にも氣づかずに幽靈のやうに立ち上ると、阿勇は淺瀬を渡る足取りで臺所に向つた。月里はむろん亭主に茶碗を洗はせて酷使するのではなく、その茫然としてゐる顔の表情に、せめて

夜猿

張文環

一

夕陽が落れるころ猿の群が溪下の方から木々の梢をつたひ、向ひの山にかへつてゆくので、猿は風に吹れるやうに、白い葉の裏を見せてはげしくゆれるのだつた。向ふの山の斷崖には洞穴があつて、そこが猿群の巣になつてゐるのである。この樂園的な生活を營んでゐる動物が巣にかへつて行く頃ほど郷愁をそゝぐものはない。石がこの孤屋に引越してきた最初のとき子供達ばかりでなく、一家の主人である自分までが悲しくなつて、子供につくつてやつた竹の鼓をとんとんと叩き乍ら氣を紛らしてしまふのである。この家が祖先からつたはつてきたこの山一帶の山産物の工場になつてゐるとは云へ、今は昔日の跡影もなく、家も建て直したため凡てが小規模になつて、たゞの寂しい山奥の一軒屋にしか見えなかつた。部落から町へころがるだけころがつてみたが、擧句の果はまたこの山奥に戻つてきたのである。石は老父に死なれて僅か十年のあひだにこんな姿となつてしまつた。今まで自分はあまりに暢氣

▲《台灣文學》的台灣籍同仁（攝於佳里，前排左起依序為黃得時、王井泉、陳逸松、張文環、巫永福以及後排右三的吳新榮）。

◀張文環的代表作＜夜猿＞（連載於一九四二年二月的《台灣文學》第二卷第一號）、＜閹雞＞（連載於一九四二年七月的《台灣文學》第二卷第二號）。

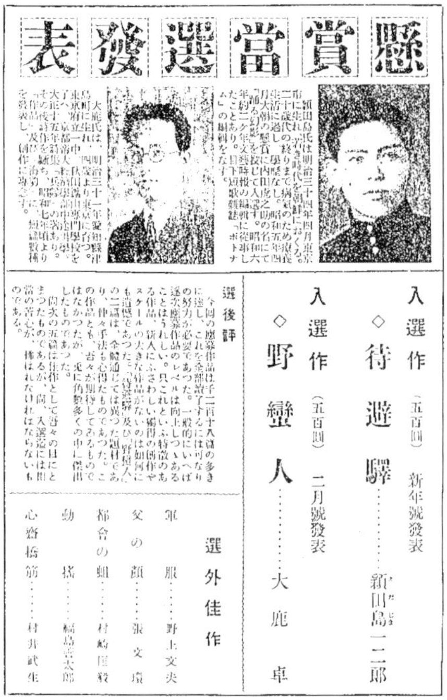
懸賞當選發表

入選作（五百圓）新年號發表
◇待避驛……穎田島一二郎

入選作（五百圓）二月號發表
◇野蠻人……大鹿卓

選後評

選外佳作
軍服……野上文央
父の顏……張文環
都會の蛆……村崎国毅
動搖……楓島吉太郎
心齋橋筋……村井武生

◀張文環作品<父の顏>（父親的顏面）獲一九三五年一月《中央公論》「懸賞當選發表」的「選外佳作」，即小說徵文第四名。

▼張文環的日文長篇小說<山茶花>刊登在《台灣新民報》上（從一九四〇年一月二十三日到五月十四日，共連載一百一十一回）。

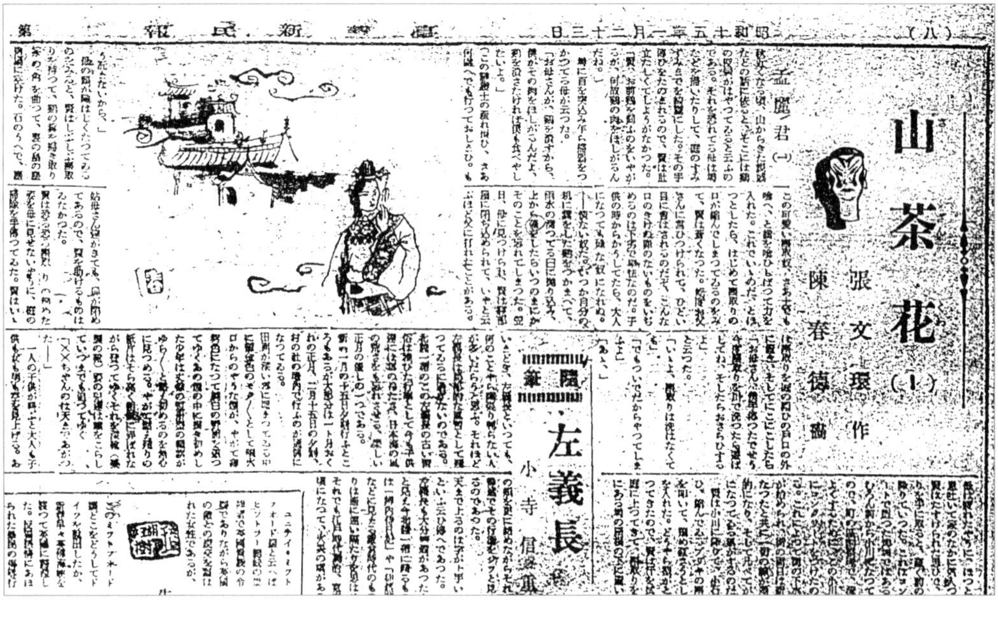
臺灣新民報　昭和十五年一月二十三日

山茶花（一）
張文環作
陳春德畫

左義長
小寺信

▲ 呂赫若
（一九一四～一九五一）

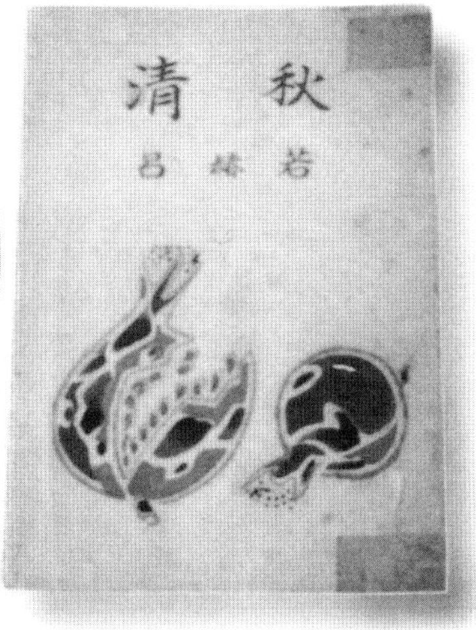

▲ 呂赫若的小說集《清秋》（一九四四年三月，清水書店出版）。

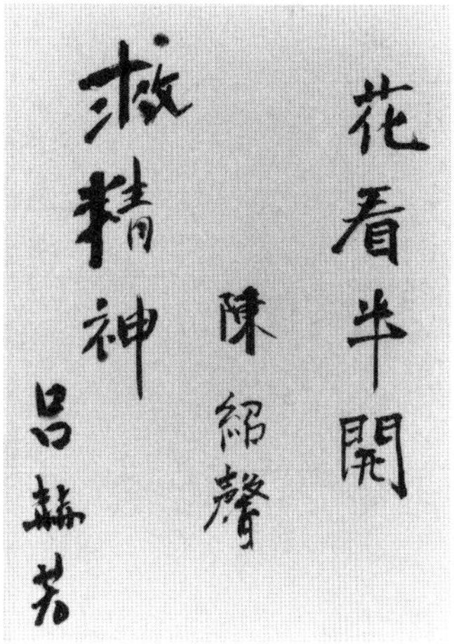

▲ 呂赫若及陳紹馨的字。

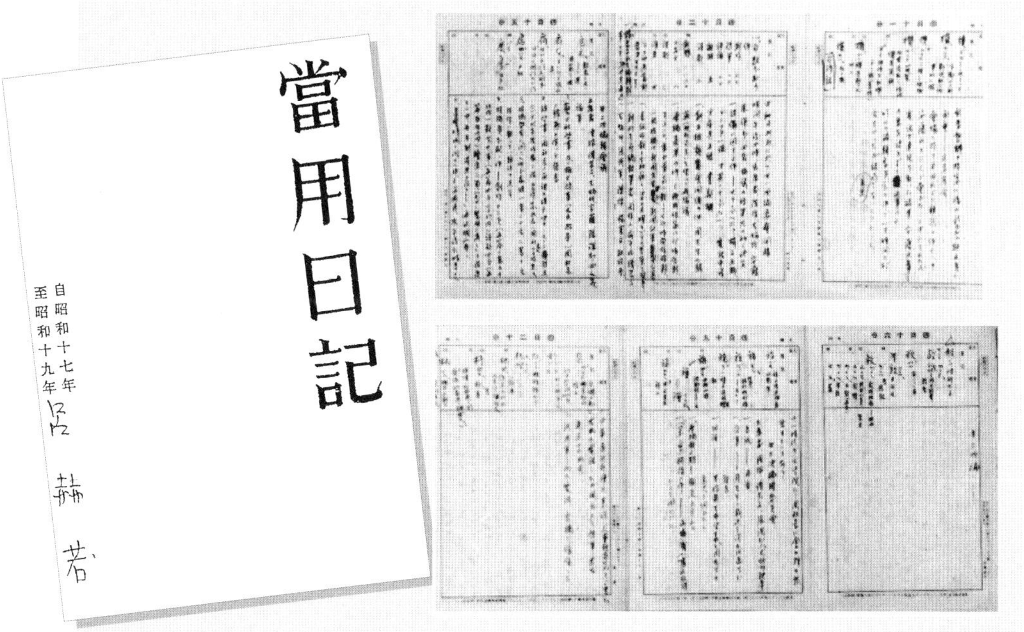

▲ 新出土的呂赫若《當用日記》封面及部分內容。

▲ 中山侑（一九〇九～一九五九）

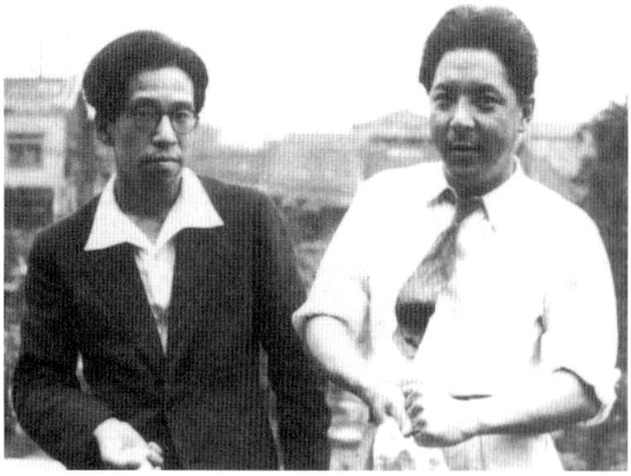

▲ 中山侑（右）與JFAK（台北放送局）的同事桑田喜好。

▲ 中山侑（右）於新年期間邀請呂赫若（中）到家中作客。

▲ 中山侑與佐塚佐和子合影。

青年と臺灣（一）

‖藝術運動の再吟味‖

志 馬 陸 平

◇草山の温泉宿で◇

「どうもお待ち遠さま。何しろ、湯加減が素的によくつてさ、相ひ客は一人もないと來てるんだ。滿々とみたした湯槽の中に首まですつぽり浸つたまんま、ついうつとりとしてたつてわけさ。おまけに、とても美事な高音をはる目白がね、窓際の枝で鳴いてたんだ。君なら、さしづめ、歌の一つも出來るつて言ふところ。」

「兎に角、待たせといて、自分に氣持の好い話ばかり喋るなんて好い氣なものさね。お蔭で僕は、レッドを一箱完全にあけちまつたよ。」

「まあ聞け。僕だつて、ぼんやり湯につかつてたわけじやないんだ。少しばかし今夜の話題にヒントを與へる樣な事も考へてたんだ。丁度、子供の時間のラヂオが、目白で好い氣になつてる僕の湯心地をかきまぜたと言ふなんだ。かりがね座の『いたちに吠えられるまで』と言ふ童話劇だがね。子供半分に大人半分の出演で、は例の讀本句調、大人は得意のむかしむかしさ。其をやけに音の高いレコード演奏で、大人の僕にだつて何の事だか意味の分らない筋書さ。お蔭で三十分でのお湯をきり上げたと言ふわけさ。」

「お蔭でね。成る程、こんな時には却つて有効なオだわい。」

「だが、君。ラヂオとは賢明な、さる日本人の邦語によると、樂耳王となるんだ。耳を樂しましながら、半分、敎化半分で理想的な社會敎化の實を擧げやうふんだが、此の頃のあのラヂオのプロの内、此の島イクロフォンから、島民の耳を樂しませるものを拾見たら、一體幾つあるだらう。」

「まあまあ、そう先へ進んで勝手に喋つて呉れてるじやないか。今夜から始める話題はね、御覧の通り、斯う言ふ事になつてるんだ。」

「何だつて、青年と臺灣。そして、サブタイトルが藝術運動の再吟味か。素晴らしくむつかしい題をつけたも

271 青年と

ある抗議

中 山 侑

ボレロ輕音樂團の名は、少くとも地元の演藝放送をきいてゐる人であれば、誰でも知つてゐる大稻埕の有志を以つて組織された、まじめな輕音樂の研究團體である。そして、その主宰者である蔡氏が、洋畫を専門に配給する高砂映畫株式會社の社長であり、大稻埕の實業家の中でも少壯有爲の人材であることとでも分る樣に、樂團のメムバーは何れも大稻埕の資産家の子弟達で、又、進歩的なインテリとして、いゝ意味の類の持主ばかりである。

併しこのメムバー中の型破りは、ギターを彈く劉君で、今こそレストラン風な支那料理店として大稻埕一流の店、明月莊の經營者ではあるが、彼の今日は生活の窮乏と鬪ひ、二流三流のカフヱーや飲食店を、轉々として流れながら世の荒波と鬪ひつゞけて築き上げたもので、その點では、親譲りの財産で暮してゐる、他の若い連中とはまるで違ふ過去を持つてゐた。

併し、彼がそうした苦しい生活をつゞけてゐた頃から、影になり日向に

337 ある抗議

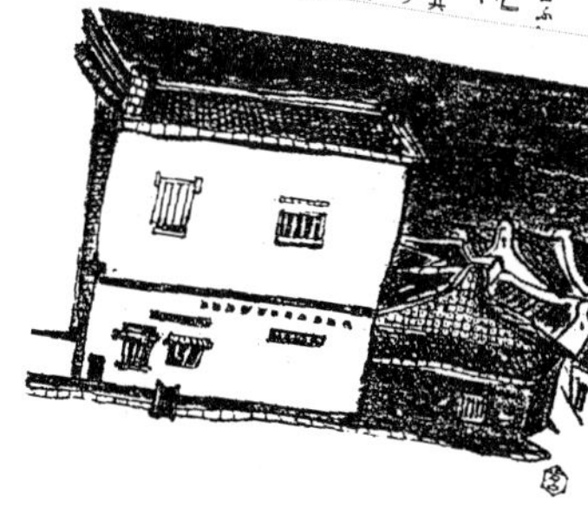

流れる雲 三幕

中 山 侑

田村讓藏	退職官吏	五十二歲
〃 伊保子	その妻	四十七歲
〃 健一	長男、製糖會社員	三十一歲
〃 蕖子	長女	十九歲
後宮	元官吏	五十三歲
津田晴枝	音樂教師	二十八歲
阿木	傭夫	四十一歲
阿菊	女中	十五歲

昭和十七年の六月頃

中部都市のある官舍で

一

廣々とした官舍の、庭に面した座敷とそれにつゞく洋間。庭に面して硝子戸のついた緣側。

389 流れる雲

▲▶ 中山侑最具代表性的評論（用筆名志馬陸平發表）、小說及劇本。

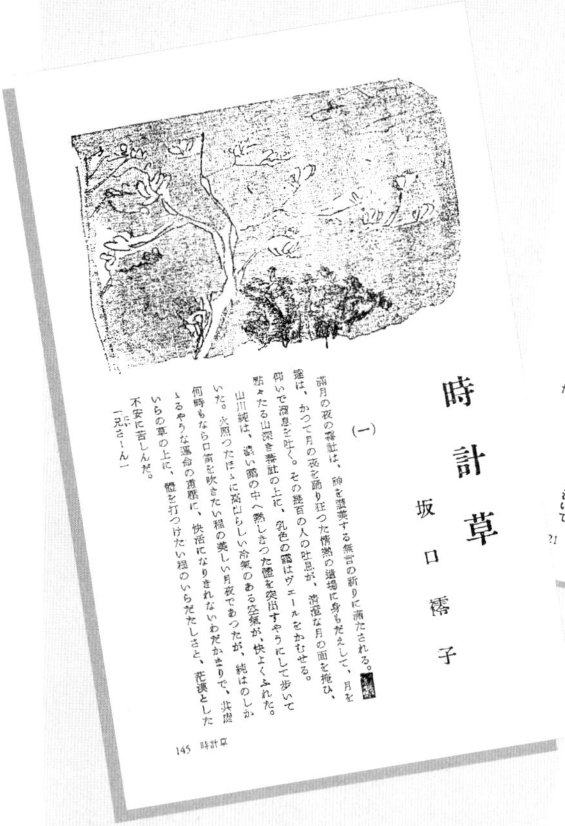

時計草

坂口䙥子

（一）

満月の夜の稀社は、神を讃美する無言の祈りに満たされる。[redacted]月を達は、かつて月の夜を踊り狂つた情熱の遺場に身もだえして、清澄な月の面を掩ひ、仰いで溜息を吐く。その幾百の人の吐息が、乳色の霧はヴエールをかむせる。黙々たる山深き蕃社の上に、乳色の霧はヴエールをかむせる。

山川純は、濃い霧の中へ熟しきつた體を突出すやうにして歩いていた。火照つたほゝに高山らしい冷氣のある空氣が、快よくふれた。何時もなら口笛を吹きたい程の美しい月夜であつたが、純はのしかゝるやうな運命の遍歴に、快活になりきれないわだかまりで、茫漠としたいらの草の上に、體を打つけたい程のいらだたしさと、焦燥とした不安に苦しんだ。

「兄さーん」

145　時計草

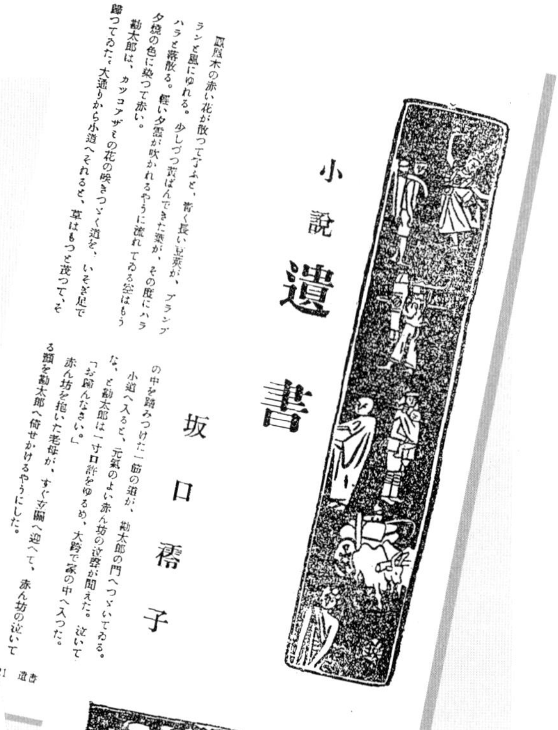

小說 遺書

坂口䙥子

鳳凰木の赤い花が散つてゆくと、青く長い豆莢が、ブランブランと風にゆれる。少しづつ黄ばんできた莢が、その度にハラハラと落散る。軽い夕雲が吹かれるやうに流れてゐる空はもう夕焼の色に染つて赤い。

勘太郎は、カツコアザミの花の咲きつゞく道を、いそぎ足で歸つてゐた。大通りから小道へそれると、草はもつと茂つて、その中を踏みつけた一筋の道が、勘太郎の門へつゞいてゐる。

小道へ入ると、元氣のよい赤ん坊の泣聲が聞えた。泣いてな、と勘太郎は一寸口許をゆるめ、大跨で家の中へ入つた。

「お歸んなさい。」

赤ん坊を抱いた老母が、すぐ玄關へ迎へて、赤ん坊の泣いてる顔を勘太郎へ倚せかけるやうにした。

21　遺書

鄭一家

坂口䙥子

（一）

幅廣い道である。

片側の埤圳の泥水が、情ない程水が枯れてゐるので、仕様ことなしにドボ〳〵と、澱んだり流れたりしてゐる。雨期には、あふれる程水量が増して、ひどい早さで渦を巻いて流れるのであるが、今は、砂土の盛上つてゐるのが見えて、囝仔の追ひ込んだ水牛が一匹足だけ水につけて、岸の草を食べてゐる。

片側はすぐ甘蔗畑で、丈高い甘蔗の葉末が乾いた音を立てゝ風に騒いでゐる。この頃の南風のたてる砂ほこりで、芯はシヤンとしてゐるのだが、葉つぱに眞白く砂が積つてゐるので、いやに疲れて見える。

普段は、附近の部落からE街の市場に買物に行く男や、囝仔が、豚肉や、魚や野菜を、芭蕉の繊維をさいてこしらへた細い紐でくゝつて、地に引づ

9　鄭一家

▲▶ 坂口䙥子的作品：<時計草>（《台灣文學》第二卷第一號，一九四二年二月），此篇文章因審查制度而被迫大幅刪減，只保留原作品的首頁及最後一頁；<遺書>（《台灣公論》，一九四三年十一月號）；<鄭一家>（《台灣時報》，一九四一年九月號）。

▲ 坂口䙥子（一九一四～）和夫婿等合影於日月潭（一九四〇年八月）。

▲ 坂口全家福。

▲ 坂口䙥子作品集《鄭一家》（一九四三年九月，台灣清水書店出版）。

4.沙央之鐘

サヨンの鐘」授與式

(上)は十四日總督公室において「サ
長谷川總督(中)は「サヨンの鐘」を授與されたリヨヘン女子青年團…
ヨンの兄パツト・ハヨン(中央)…分室主任…部(左)

◀《朝日新聞》關於長谷川清總督贈與「沙央之鐘」的報導（一九四一年四月十七日）。

——映畫脚本——

サヨンの鐘

—人物—

サヨン
武田先生
村井部長
妻女
サブロ
モーナ
ナミナ
ターヤ
高砂族男女
子供
豚買ひ

—(106)—

▶ <沙央之鐘>的電影劇本，連載於《台灣時報》（一九四三年五月）。

◀《理蕃之友》（一九四一年九月）刊登了沙央的照片。

教育所在學當時のサヨン ハヨン（十一歳）

てからも、成績はいつも上位を占め、明朗活潑な所から朋輩からも非常に親まれて居た。

昭和十年三月リョヘン教育所を優秀な成績で卒業すると直に女子青年團に入團したが、若年ながらもよく團の爲めに働き、共同作業などにも進んで出で其の義務を果すと言ふ模範青年であつた。

又家庭に在つてはよく老師の父母兄姉に仕へた評判の孝行娘で、永年リュウマチスに惱んだ老父に對する孝養と昭和十二年に亡なつた母親の重患の折には寢食を忘れ、數箇月の永い間涙ぐましい看護に努めたことは賞して も餘りある所であつた。（高砂族は迷信上重病者に對して接近は極度に嫌ふ風習があるのでサヨンの如きは實に異例と言ふべきである）

三、恩師に召集令

支那事變勃發以來、上海落ち、南京陷落しそして武漢攻略の軍が進められ、一億同胞の血を沸かせた時昭和十三年九月二十四日突如リョヘン教育所教育擔任の田北正記氏に名譽の召集令が下つたのである。

田北氏は當年二十六歳の働き盛り、その前年十二月にこのリョヘン駐在所に赴任以來甚は教育所の先生として、將又青年團の指導者

繪となつたサヨン

鈴木榮二郎氏筆

砂族教化の任に當りサヨン等も其の教を受ける一人であつたのである。

平和な番社にもこの報が一度傳はるや社衆は非常なショックを受けた、とりわけ日頃薫陶を受けた師の出征に對しては乙女心には押へ切れない感動を覺えた事であらう。

四、サヨンの純情

丁度その頃から暴風警報が發せられて數日間豪雨降り續いた爲め番社と番社の間をつなぐ交通道路は所々崩潰し、大木は打倒され、溪流は增水して交通は危險な狀態であつたので田北氏も何時出發出來るか解らない狀態にあつた。

然し田北先生は名譽の應召である。些細なる故障の爲めに出發を延期することは絕對に

この時、この話を耳にした僅か十七歳のサヨンは女子青年團長松本光子等と相謀り

「田北先生は只の旅行でもなければ又轉勤でもない　陛下よりお召を受けた名譽の兵隊さんとして出發されるのであそ。」

とて健氣にも團員達に呼びかけ八名の同行者を決定したのである。

そしてその夜同駐在所の辻部長の宅を訪れ

「明朝出發される田北先生の荷物は私達女子青年團員に運はせて下さい」と眞心から申出た。

この突然の申入れに稍驚き氣味の辻部長は、之をいたわるやうに

「この暴風雨では女、子供は危險だから止めた方がよからう、男子に行つて貰ひなさい」と再三注意したが

「この位の雨は何でもありません、戰地で働いて居られる兵隊さんの事を思へば先生のお荷物は是非私達に擔かせて下さい」

ときつぱり言ひ張つて之を繰返すのみであつた。辻部長もその眞劍な態度に胸を打たれ遂に其の申出を聞入れる事となつた。

五、恨は深し南溪

明くれば九月二十七日、數日來降り續いた雨は勇士の門出を祝つてか早朝から晴れ上り風も靜まつたので社衆一同も早朝から駐在所前に續々と詰めかけ萬歳聲裡に其の壯途を祝し勇ましく先生を送り出した、サヨン等は、田北氏の荷物を小分けにして八人で背負ひ田北先生を先頭に手に手に日の丸の旗をかざし

▲ 在電影中飾演沙央的李香蘭（中）。

▲ 一九九〇年重新出土的電影版<沙央之鐘>。

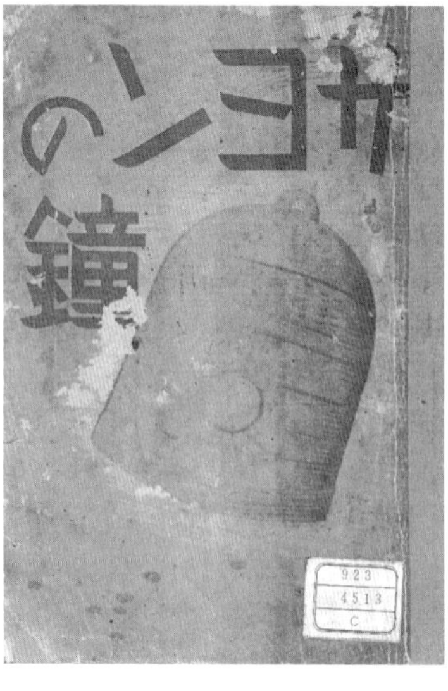

▶ 吳漫沙著、春光淵譯的《沙央之鐘》（一九四三年七月，東亞出版社出版）。

◀ 就讀於台南州立農業學校的長尾和男（一九〇二～一九八二），戰後成為未來派的詩人，在詩壇上相當活躍。

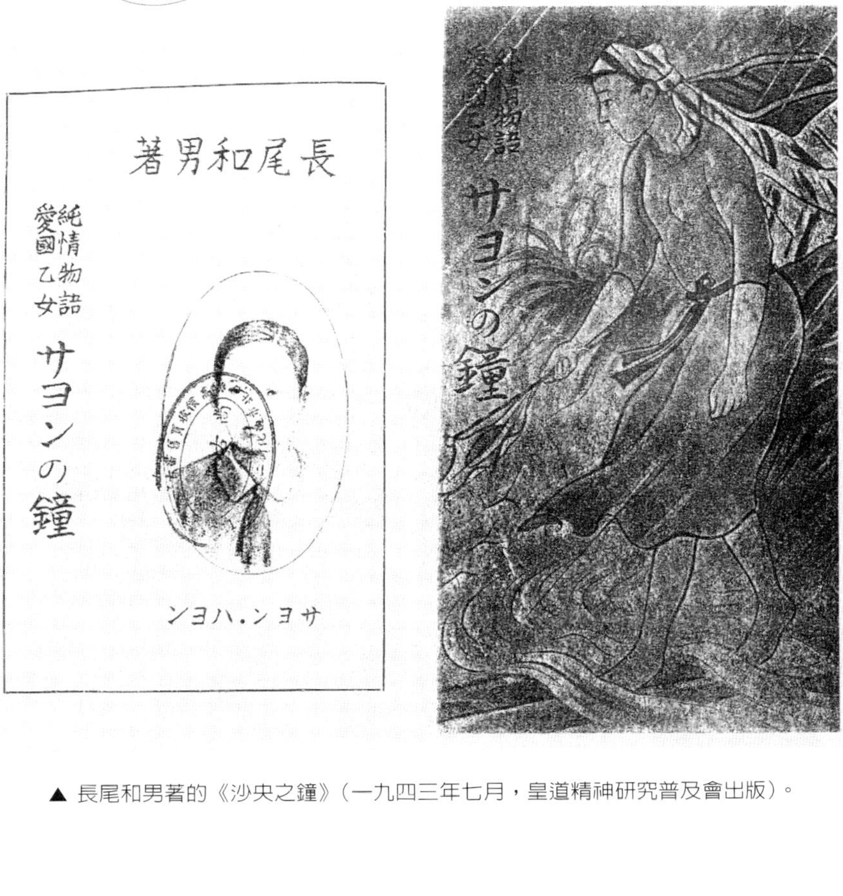

▲ 長尾和男著的《沙央之鐘》（一九四三年七月，皇道精神研究普及會出版）。

第十一章

戰爭期間的台灣文學

一九四一年十二月太平洋戰爭爆發，日本及台灣都進入戰時警戒狀態，就連台灣文藝界也受到波及。一九四二年和一九四三年在日本舉行的「大東亞文學者大會」，都有台灣代表參加，台灣境內也舉辦了「台灣決戰文學會議」，台灣作家逐漸脫離《文藝台灣》與《台灣文學》的二元對立狀態，走向一元合作的道路。之後，在台灣總督府情報部的企劃下，刊行了鼓吹動員的《決戰台灣小說集》，皇民化運動影響下的文學作品應運而生，《文藝台灣》及《台灣文學》在停刊前都曾刊登過許多所謂「皇民化文學」的作品。不過另一方面，台灣也在這段期間出現了女性作家。於是，台灣文壇就在這層層的束縛之下，仍然綻放出光彩。

1.大東亞文學者大會

日本政府決心在亞細亞建立大東亞共榮圈，其中一項工作就是由日本文學報國會主辦的大東亞文學者大會。第一屆大會於一九四二年在東京召開，翌年第二屆依然在東京召開；大會宗旨是希望整合來自亞細亞的作家。第一屆代表台灣參加的作家有西川滿、濱田隼雄、張文環、龍瑛宗，第二屆則有齊藤勇、長崎浩、楊雲萍、周金波。但是隨著日本戰況惡化，主辦單位也愈來愈偏離原先「讓身負文化建設任務的作家匯聚一堂，了解各自的理想抱負，開誠佈公」的宗旨，最後終於無疾而終。

2.進退兩難的作家們

——陳火泉、周金波、王昶雄

隨著太平洋戰爭愈形激烈，台灣的皇民化運動也如火如荼地展開，迫使台灣作家必須面臨認同問題，該不該響應皇民化運動成爲日本人？陳火泉的＜道＞、周金波的＜志願兵＞、王昶雄的＜奔流＞，就是以這兩難的局面作爲題材所寫成的小說。直到戰後，皇民化文學的問題依然影響著台灣文壇。

3.台灣女性作家的出現及吳新榮的＜亡妻記＞

戰爭期間的文學活動雖然受到諸多限制，但是黃鳳姿、楊千鶴這兩位女性作家的出現，卻爲當時的台灣文壇帶來耳目一新的氣象。

黃鳳姿（一九二八～），出生於台灣台北萬華。自從西川滿所經營的日孝山房於一九四〇年出版她的《七娘媽生》之後，便立即引起各界的重視。一九四三年，還就讀於台北州立第三高女的她，即在東京的東都書籍出版了《台灣の少女》（台灣少女），而她另一篇名爲＜台灣の豐田正子＞（台灣的豐田正子）的文章，也受到相當高的評價。

楊千鶴（一九二一～），出生於台灣台北。一九三四年進入靜修女子學校就讀時，正好受教於濱田隼雄。一九四一年從台北女子高等學校畢業之後，便進入《台灣日日新報》工作，擔任記者，西川滿是她的上司。記者工作之餘，她也在《台灣文學》發表小說＜花咲く季節＞（花開時節），這種身兼職業婦女及女作家兩種身分的特殊狀況，在當時是相當罕見的。

此外，吳新榮的＜亡妻記＞，則刻劃出對妻子的思念，也是當時相當受人矚目的文藝作品。

4.台灣決戰文學會議及《決戰台灣小說集》

一九四三年，日軍的戰況每況愈下，爲了整合台灣與日本的作家，同年十一月十三日，由台灣文學奉公會主辦、總督府情報課贊助，召開了「台灣決戰文學會議」，討論的議題爲「確立本島文學決戰態勢、文學家如何從旁協助戰爭、理念與實踐的方法」。西川滿在席上表示，願意將《文藝台灣》獻給台灣文學奉公會，使得《台灣文學》也不得不跟進，被迫停刊。於是，在主辦者的全盤掌控下，由台灣文學奉公會所發行的《台灣文藝》，便將台灣文學界置於一元化的框架下。接著，總督府情報課又以「作品需詳實描寫台灣戰地風貌，在啓發人民的同時，也要培養他們活潑大方的情趣，更要振奮起他們對於未來的希望，成爲鼓舞生產的精神食糧」爲藉口，強逼作家到生產前線，要他們跟產業戰士們一同生活起居，然後將其體驗化爲文字，分別發表相關的小說及詩，而這些作品都被收錄在一九四四年十二月，以及一九四五年一月發行的《決戰台灣小說集》乾、坤兩卷裡。這是台灣在日本統治下所發行的最後的小說集，也象徵日本統治的瓦解。

1.大東亞文學者大會

▲ 一九四一年十二月太平洋戰爭爆發，日本政府決心在亞細亞建立大東亞共榮圈，其中一項工作就是由「日本文學報國會」主辦的「大東亞文學者大會」，第一屆大會於一九四二年在東京召開，代表台灣參加的作家有西川滿、濱田隼雄、張文環、龍瑛宗等。

◀ 參加第一屆「大東亞文學者大會」的四位台灣代表合影，左起依序為濱田隼雄、龍瑛宗、西川滿、張文環。

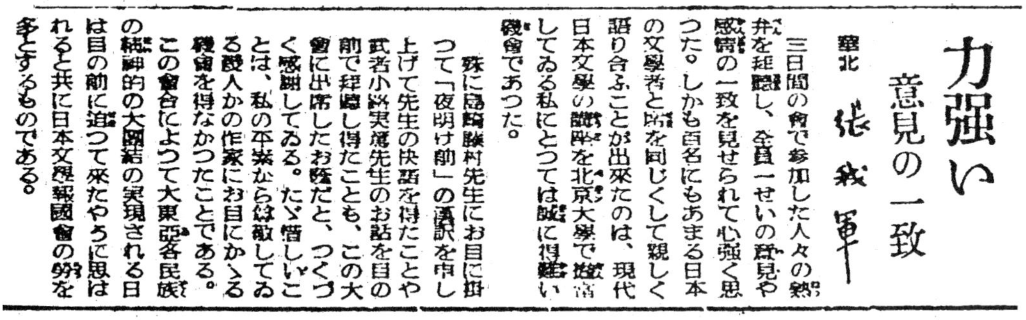

力強い意見の一致

華北 張我軍

三日間の會で參加した人々の熱弁を拝聴し、全員一せいの意見や感情の一致を見せられて心強く思つた。しかも百名にもあまる日本の文學者と席を同じくして親しく語り合ふことが出來たのは、現代日本文學の講座を北京大學で擔當してゐる私にとつては誠に得難い機會であつた。

殊に島崎藤村先生にお目に掛つて「夜明け前」の漢訳を申し上げて先生の快諾を得たことや武者小路実篤先生のお話を目の前で拝聴し得たことも、この大會に出席したお蔭だと、つくづく感謝してゐる。たゞ惜しいことは、私の平素から尊敬してゐる幾人かの作家にお目にかゝる機會を得なかつたことである。

この會合によつて大東亞各民族の精神的の大團結の実現される日は目の前に迫つて來たやうに思はれると共に日本文學報國會の勞を多とするものである。

▲華北代表張我軍對「大東亞文學者大會」的日文評論。

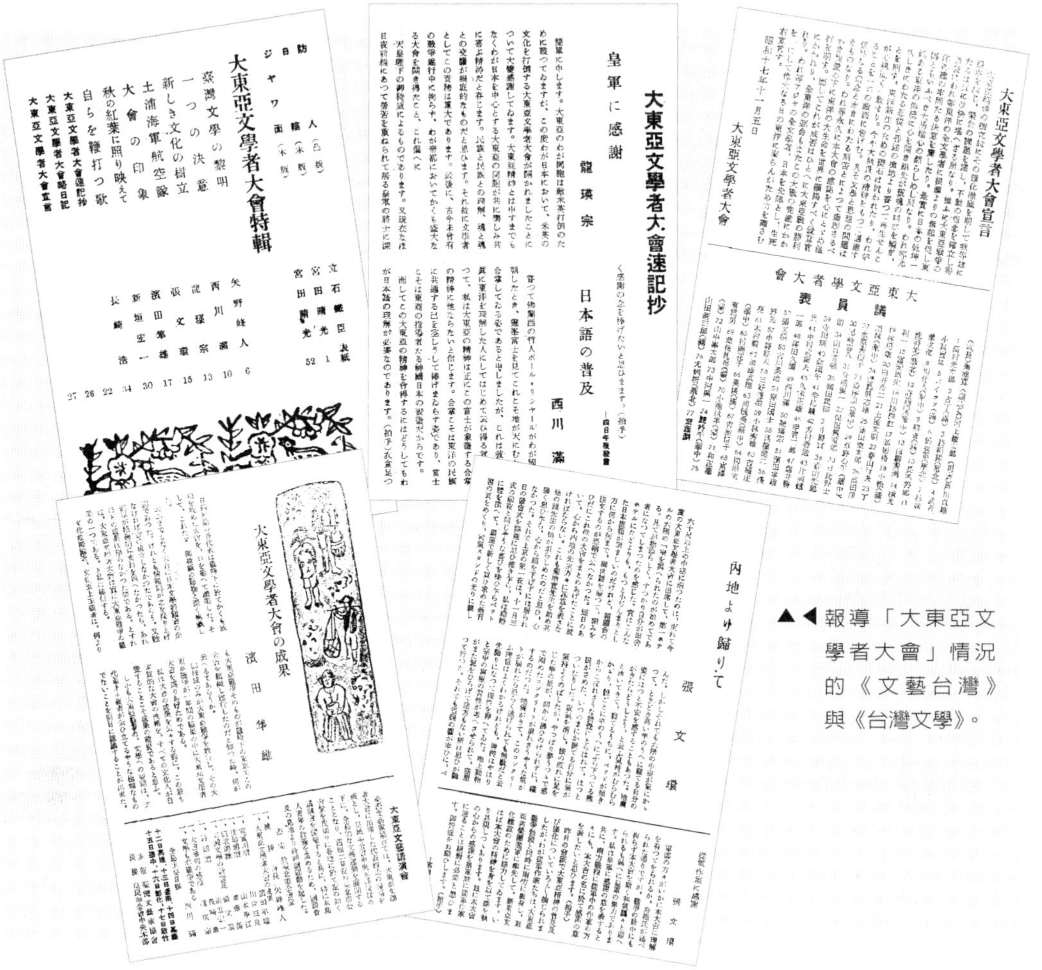

▲◀報導「大東亞文學者大會」情況的《文藝台灣》與《台灣文學》。

大會宣言　（朗讀）　横光利一

大東亞精神の樹立並にその强化徹底を期してわれ等玆に根本を論じ、緊急の課題を議し、不動の信念を確立し得たるは眞に欣快に堪へざる所なり。惟ふに大東亞戰爭の勃發はわれ等東洋の全文學者に根源よりの奮起を促し東洋再建の牢固たる決意を齎したり。これ實に日本の乾坤一擲ともいふべき大勇猛心の然らしめし所なり。われ等光輝ある東洋の傳統に心を開き祖先が靈魂の叫びを繼ぎ、久しきに亙る忍從と混迷の境地より奮つて再生せんことを期す。東洋新生のための礎石は置かれたり。われ等が心魂固く一致せり。今や大無畏の精神をもつて邁進する事を一切の敵國に告げん。凡そ文學と思想の問題は强烈なる信念と永きに亙る刻苦とによつて處理さるべきものなり。われ等永久に本大會の感銘を心にとゞめ溫かき信愛の下に東洋の大生命を世界に顯揚すべく鋭意實行を期す。しかしてこれが成否はひとへに大東亞戰の勝利にかゝれり。全東洋の運命もまたこの大戰の完遂にかゝれり。われ等アジヤの全文學者、日本を先陣とし、生死を一にして偉大なる日の東洋に來らんがため力を盡さむ。右宣言す

昭和十七年十一月五日

大東亞文學者大會

▲▶ 報導「大東亞文學者大會」狀況的《日本學藝新聞》（一九四二年十一月十五日）。

2.進退兩難的作家們——陳火泉、周金波、王昶雄

▲ 陳火泉（一九〇八～一九九九）與周金波、王昶雄這些長期受日本統治的台灣作家，隨著太平洋戰爭的戰況，隨即面臨了認同問題。

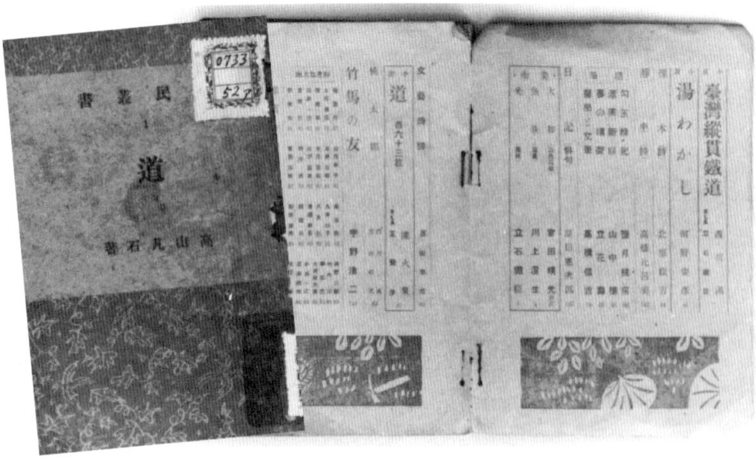

▲ 陳火泉《道》的單行本（一九四三年十二月，台灣文化出版株式會社出版）以及連載這部作品的《文藝台灣》第六卷第三號目次（一九四三年七月），就是以兩難的局面，作為題材的小說。

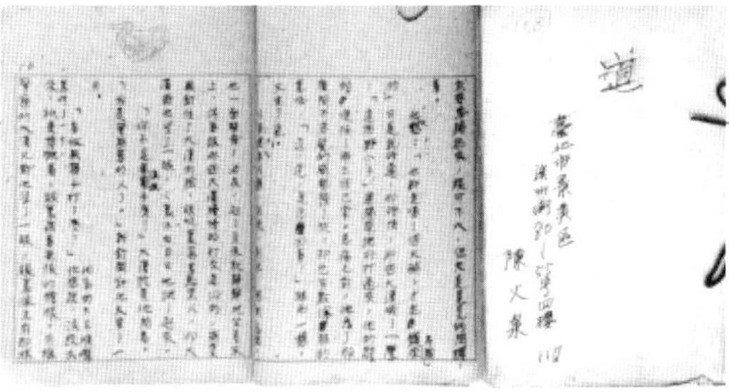

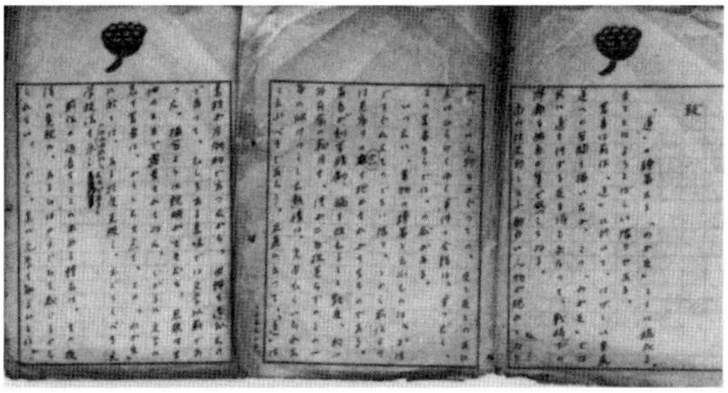

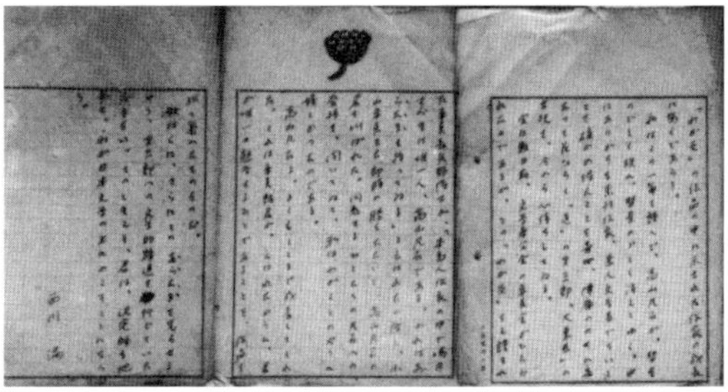

◀ 戰後陳火泉用中文重寫的＜道＞的草稿。

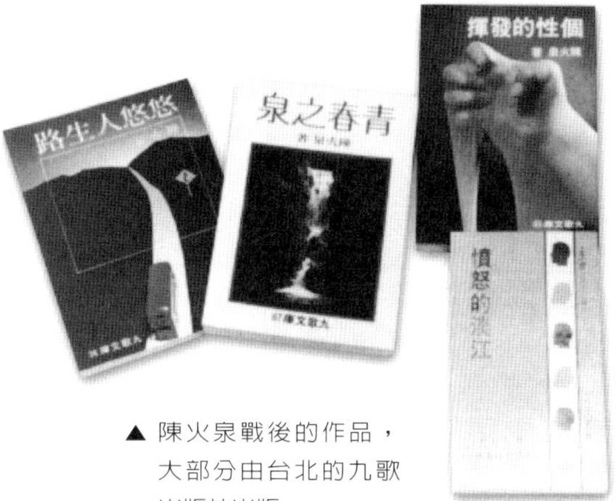

▲ 陳火泉戰後的作品，大部分由台北的九歌出版社出版。

人人都叫他漂泊的「思人」，不叫他漂泊的「詩人」。當然，「思人」之中不無含有「詩人」的意味。多愁善感的一顆心雖似詩人，但所思索的跟思想家頗有相似之處。只是稱他為思想家，所思的又太奇特，所說的又太詭辯，所以稱他為漂泊的思人。

有一天，他以冥思的樣子——不，其實是茫茫地在瞪着報表出神。

▲《民眾日報》連載中文版的＜道＞（從一九七九年七月七日起，共連載四十回）。

◀ 就讀日本大學時的周金波（一九二〇～一九九六）。

▶ 周金波（中）及友人合影（後來成為其日文作品＜尺的誕生＞的取材對象）。

◀ 晚年的周金波。

▶ 周金波於一九四一年七月與李寶玉女士結為連理。

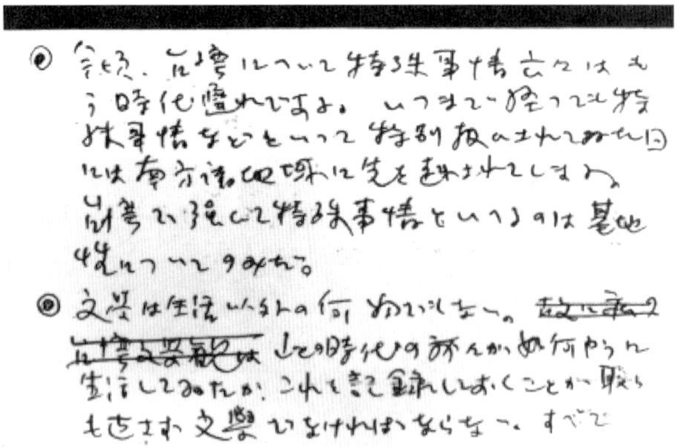

◎ 今日、台湾について特殊事情云々はもう時代遅れである。いつまでも台湾に特殊事情などといって特別扱ひされてゐた日には南方諸地域に先を越されてしまふ。台湾で強いて特殊事情といふのは甚だ[illegible]。

◎ 文学は生活以外の何物でもない。~~故に新しい台湾文学観は~~ 此の時代の我々が如何やうに生活してゐたか、これを記録しておくことが取りも直さず文學でなければならない。すべて

▼ 周金波參加第二屆「大東亞文學者大會」時的發言備忘字條。

水癌

周金波

彼は目を覺まして横になつたまゝ、新しい青疊の匂ひの中に遊びながら東京の留學時分を回顧するのだつた。幾年振りかで寛ぐ疊の上だつた。其處で送つた學生時代の懐しさが蘇つて來たあとからそれよりも大きい感慨がこみ上つて來るのだつた。

高い生活に一歩近づけたとも思ふ――。一つの義務を果したとも思ふ――それよりも何か得難い優越感となつて犇々と身に迫るのであつた。

疊の上で日本人らしい生活が始まるのだ！

それが彼を有頂天にし、彼に淡としてではあるが新しい希望を持たせるものでもあつたのだ。

支那事變を機に、拍車をかけられた皇民錬成運動は勿論、指導階級の立場にある彼たちの直ぐ足下から擴がつていつた。それは枯野原に點いた野火のやうな勢ひで迷信を燒き拂ひ、陋習を打ち壞していつた。

彼は患者の齒を治療する傍ら努めてその必然性を説くことを忘れなかつた。

當然、彼の身邊にもその野火は點火したかたちで生活に幾分の變化を與へたが、實際は彼自ら望んでゐた年來の宿望が達せられたといつた方が至當であつた。

忽ち、房間の寢臺は取りのけられて疊敷に改造され、そこで寢起きすることになつた。彼はもとより家族の者も最初のうちこそ窮屈な思ひをしたが馴れてしまへば案外樂に寛げる疊の上の生活を賞讃した。殊に子供たちはその上を跳ねまわつて誇らかに思つてゐるらしかつた。

彼は疊に手を觸つてみて、至極滿足であつた。

島民は教化し得るのだ。それも豫想以上に容易に速かに出來得るのだ――と彼の抱きつゞけてきた信念はこの頃頓に頭を擡げてきた力強い自信にぐん／＼押上げられていつた。

彼はしつくりと疊の上に落ちついてゐる調度を眺めまわしてからやつと我に返つて診察室から聞えてくる喧しい聲に聞き耳を立てた。實はその騷々しさに目を覺したのであつた。助手の遠慮勝ちな低聲に應酬してゐるカン高い女の聲だつた。

「嘘を言ひなさい。先生は晝眠をしてゐるんでせう。起してくれなければ他處へ行くばかりだからネ。何も此處だけが齒醫者ぢやないんだから。」

晝眠はした。患者だ！彼ははね起きて出ていつた。丁度、女は少女を促して歸りかけるところだつた。

一見して無教養な奢つた女であることが知れた。斯ういふ種類の女は格別に珍しくはない。といふのは此の地の庶民階級の各家庭を通じて一人や二人は必ず居るからだつた。

女は和洋漢折衷のやうないはゆる改良服を着、手首から金の小型腕時計をはみ出させてゐた。醫師を見ると急に威たけ高になつて、

「それみなさい。やはり居るぢやないか。嘘もやすみ／＼言はないと馘首が危いよ。ほんとに。」

▲ 周金波的處女作＜水癌＞（《文藝台灣》第二卷第一號，一九四一年三月）。

志願兵

周金波

高砂丸はじよじよに胴體を廻らしつゝあつた。出迎への人たちへお土産をどつさり積んできた、いかにも重々しい物腰だつた。故鄕に再會して或ひはふくよかな父母の愛瞻に期待し或ひはすばらしき南方のロマンスを空想した若者たちを載せて高砂丸はいまその若者たちを故鄕のふところへわたしてくれようとする。その瀟洒な高砂丸の姿態に見とれながら私は暫し感傷に耽つてゐたのだつた。

八年前まで私をそのやうにして運んでくれた船は吉野丸級であつたがそれでも學生時代の甘へ氣たつぷりな夢をかなり育ててくれたことを想ひだすのだ。錦を飾つて故鄕に歸つた、その最後の船はたしか朝日丸だと覺えてゐるが私は何故か出迎への人たちの熱狂を他人事のやうにうけながして暗い陰鬱な氣持で船を降りたのだつた。孤獨に、そして自由に暮してきた永年の東京生活に別れをつげた一沫の哀愁がどこかに潜んでゐるのかも知れなかつた。孤獨は淋しいものにせよ、自由は危いものにせよ私はそこに生き甲斐を感じてゐたのだつた。しかし現在はさういふ生活を考へるのさへ忘れてしまつてゐるのだ。錦を飾つた、といはれたとたんに私は赤煉瓦の床に根を下しはじめてゐたのだつた。職業と家庭生活の煩瑣は忽ちにして私を赤煉瓦の中に封じ込んでしまつたのだ。

もし、けふ、かうして波止場に義弟の明貴を迎へる用事でもなかつたなら私はこの樂しい回顧に當分の間惠まれることはないだらう。明貴は私と同じ航路をけふ歸つてきたのである。

あれこれと想ひだしてゐるうち私はつい上衣を脱いで肩にかけたくなるのだ。すると人の間を搔きわけてきた男が防暑圓帽をとつて叮寧に

「張明貴君をお迎へにいらしたのではないでせうか」

「よく御存じですね。あなたは高さんのやうに覺えてゐますが」

「はあ高進六です。どうぞよろしく。僕も張君を迎へにきたのです」

はじめ、私は不思議な氣がしてならなかつた。といふのは明貴の歸鄕を知つてゐるのは私一人の筈なのだ。大袈裟な出迎へは好まないから家の人たちには知らせてくれるなと明貴は斷つてきてゐた。しかし高進六も同じやうな手紙を貰つたといつて笑ふのだつた。

「――明貴と同窓だつたですか。ちつとも知らなかつた。僕もT中出ですからお互に先輩後輩ですな」

へんにうちとけた氣持で私は彼に隣りの席をすゝめた。好感の持てる青年だつた。

すると彼は困惑さうに、でもきつぱりと

「いゝえ同窓といつても公學校時代のです。僕は高等科しか出ておりません」

「さうでしたか、あなたの國語が餘りお上手なものだから僕はいままでさうだとばかり思つてゐましたよ」

これはお世辭ではなかつた。しまつた、とは私は思はなかつた。彼と顏見識りになつたのはまつたく彼の熟達した國語の操作に一種魅力を感じたからだつた。彼はまた親孝行者として街の評判になつてゐた。彼の禮儀正しさに接したひとなら誰しも彼を中等學校以上の出だと獨り決めするに違ひないのだ。

話してゐるうちに高砂丸は岸壁にすれすれに寄つてゐた。出迎への群衆は雪崩を打つて上り口を圍繞しはじめた。

「いつてみませうか」

私と話してゐても高進六はたえず船に氣をとられてゐた。し

▲ 周金波的話題作＜志願兵＞（《文藝台灣》第二卷第六號，一九四一年九月），內容觸及皇民化的認同問題。

▲王昶雄（左）（一九一六～二〇〇〇）與音樂家呂泉生合影。

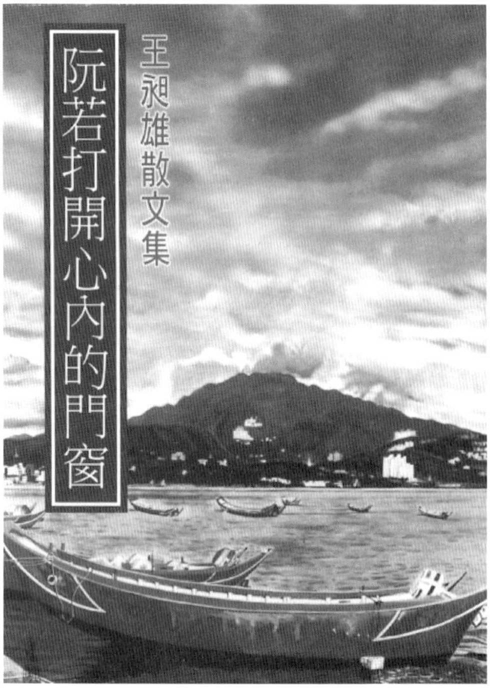

▲ 近幾年出版的王昶雄散文集《阮若打開心內的門窗》，由前衛出版社出版。

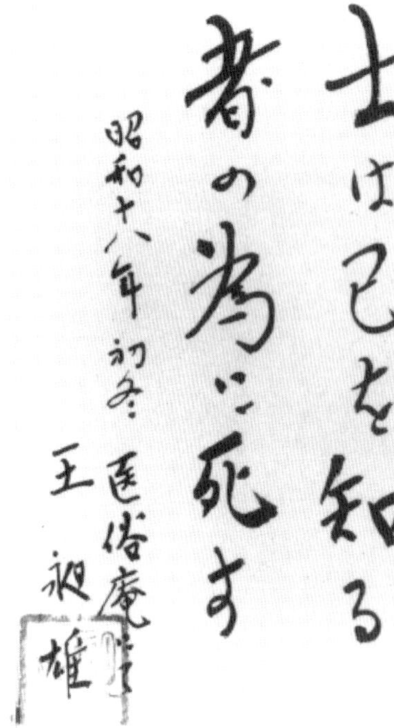

▲ 王昶雄的字。

▲ 創作＜奔流＞時期的王昶雄（中間坐者）。

奔流

王昶雄

第一章

私は十年間住み馴れた東京を後にしたのは、三年前の春であつた。今でも目を閉ぢると、當夜のことがまざまざと思ひ浮べられる。九時發の長蛇のやうな下關行夜行列車が東京驛頭を離れて、有樂町、新橋、品川、大森といふ風に、懐かしい灯が次々に見えなくなつて行つた時、さすがに熱いものが胸にこみ上げて來るのをどうすることも出來なかつた。感傷のいたずらと云ふよりは、自分は一旦郷里へ歸つたら、又いつの日に再びこの帝都の地が踏めることやら、私には堪らなく淋しかつた。これは淺ましい感傷ばかりではなかつた。私はS醫大の課程を卒へると、そこの附屬病院で臨床にたづさはる傍、解剖學教室の研究生として殘つた。しかしそれから東京の間で、一年經つか經たないうちに、郷里で内科を開業してゐた父の急逝に遭ひ、すぐさま歸郷せねばならなかつた。型がつくまで研究を續けて行かうといふ氣持も、内地の生活に對する愛着心も、結局は現實の前にひとたまりもなく摺伏してしまつたのである。父の後を繼いで、一生を田舍醫者として埋もれるのは、私にとつてかなりに堪え難いことには違ひなかつた。

何年振りかに見る郷里の風物を、ほんとうに心から美しいと思ひ、ホッとする氣持であつた。だがそれも永續きはしなかつた。地味な地方開業醫とて煩瑣な仕事ではなかつたが、それが妙に手につかず、ぼんやりとした日々が續いた。のつぴきならぬ退屈感をどう仕樣もなく、身も心も投げ出したい氣持であつた。内地に居た當時のあの溌剌を追ひながら、かゝる單調な生活に今後いかに刺戟が求められようか、などと云ふとりとめの無い思案が、いつも胸に甦るやうに湧き漂ひ、うなだれた自分の心を無限の遠さへつれて行くのであつた。故鄕はあつても心から慰め、語つてくれる人とてはなく、宙ぶらりんで居るこの惱さは、いつも心を憂鬱にした。いつそのこと何もかも振り棄てて、もう一度上京しようかとも思つたが、たゞ一人の老母の身の上を考へると、さうした決心もつかなかつた。

その頃であつた。伊東春生といふ人と知り合つたのは。詳しく書けば、私がまるで旅愁に似たあの狂暴な感傷に溺れてゐたとき、丁度私の激しい喝に一服の清涼劑を與へたのが、伊東春生であつた。それが謂はゞ私が伊東と接近した動機であり、加速度に意氣投合の度合を深めた素因ともなつたのであつた。いきさつはかうである。

十月も餘すところ幾ばくもないのに、殘暑なほ嚴しかつたが、それが夜になると、まるで嘘のやうに氣溫が下つて冷えた。これが爲めに感冒が流行つて、私は晝と夜の別なくせはしかつた。或る晩方であつた。患者を次々に診て行く中に、「御世話になります」といつて、威勢よく入つて來た者があつた。見ると三十四、五の體格のいゝ人である。眼は充血して居り、顏は火照つて赤かつた。浴衣を無造作にひつかけては居るが、どことなく威嚴的に凛々しい所があつた。それが伊東春生であつた。私はさつそく聽診器を胸に當て、咽喉內を診察して見たら、勿論ひどい風邪だつた。熱が三十八度五分もあつた。

「何しろ無理を押し過ぎた。痩せ我慢も病氣にはかなはんかなあ。」

と伊東は笑ひながら云つた。顏の大らかな感じの割に、笑ひの中には複雜な陰影や線が伏んでゐた。この人の意志の强さと、個性の尊嚴を主張してゐるやうな勝氣さを物語つてゐるやうに思はれた。職業はと訊いたら、この街はづれにある大東中學校の國文科教師だといふ。心なしか私の視線は、伊東の顏に注いだ。職業柄をいゝことに、まるで觀察でもするやうにしげしげと見つめたものである。内地人であらうこの伊東は、そのアクセントからは察することが出來ないが、その顏の輪廓や骨組や眼界からして、どことなく本島人に私には見えたからである。植民地生れの神經過敏的な鋭い靈感といはうか、私は內地に居たとき、内地人は無論のこと、それが半島人であらうが、中國人であらうが、一目すれば例外なしに見當がつくのである。そしてこの私の鋭い靈感が故障してゐない以上、この場合の私の目の付けどころに狂ひがない筈である。これが異常に私の好奇心を唆るのに充分であつた。一刻も早く伊東の正體をつきとめたいし、この人と心ゆくばかりに語つても見たい衝動に驅られるのである。そして伊東が、私の預感通りに本島人であつた方が、私の興味が稱はれ、希望が燃やさ

▲ 王昶雄的成名作＜奔流＞（《台灣文學》第三卷第三號，一九四三年七月），同樣涉及日治時期台灣人的認同問題。

◀ 創作＜淡水河の漣＞（淡水河的漣漪）時期的王昶雄。

3.台灣女性作家的出現及吳新榮的<亡妻記>

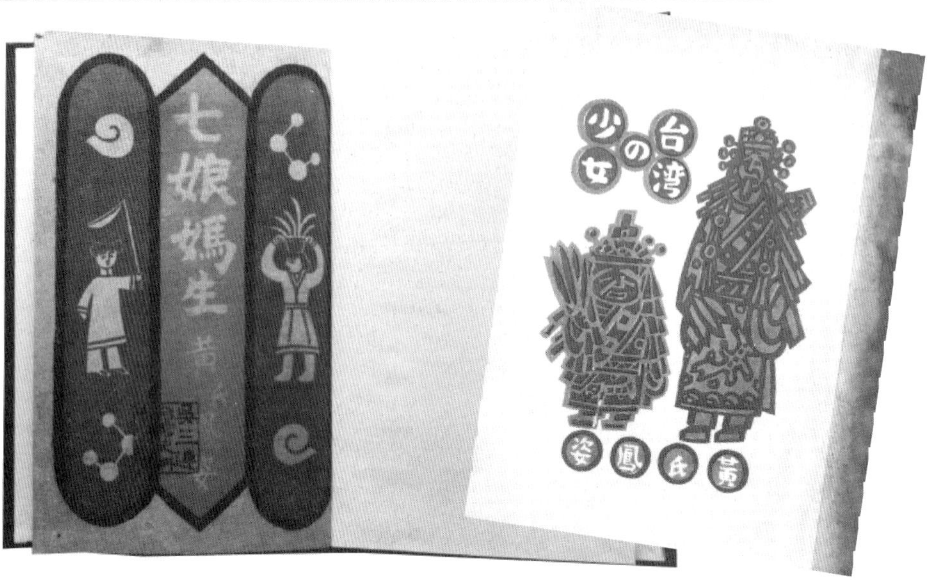

▲ 黃鳳姿（一九二八～）的作品《台湾の少女》（台灣少女）（一九四三年八月十日，東都書籍出版；之後又由東都書籍台北分店於一九四四年三月一日發行台灣版）；《七娘媽生》（一九四〇年十一月二十五日，東都書籍台北分店出版）。

花咲く季節

楊氏千鶴

「美しい方よ、あなたが私を愛して下さるよりも尚一層私があなたを愛してゐることを、一生涯、私が雄辯を振つて主張するのをどうか御許下さい。」

南國の太陽が、三月にしては強すぎる暑い陽ざしをなげかけてゐる青い校庭の芝生で、セロアの「結婚、友情、幸福」を讀む聲は講堂から流れるピアノの音ととけ合つて美しい旋律を狭い校舎一ぱいに湛はしてゐた。甘い姿とかすかに匂ふ芝草の香りに青春の花咲きを感ずるほど、私達はローマン・チックなむすめ達ではなかつたけれども、もう一しよにゐる日も殘り少いといふ卒業を間近かにひかへた淡い感傷か、いつもは、「スピード、スピード、あなたの御仕度はいつも牛みたいにのろいのね」とせき入つてそゝくさと歸る放課後の時間を四人、五人とそれぐ〜のグループで日頃丹精の花園をそゞろ歩いたり、芝生にねころんだりして、短かい學窓の日を惜しんでゐるのであつた。女學校を出る場合とちがつて、今度出たら皆それぐ〜運命の定められるまゝ、結婚や人生にぶつかつていかなくてはならないといふ心細さや、ものがなしさが、誰も口に出して言はないが皆のむねにうづくまつてゐた。

「○○さん、結婚をしたら、街で私たちに會つても知らない振りをするのぢやない？」

「△△さん、後一箇月したら醫學士夫人なのね」

話しかけられた方は少しはにかんでゐるが、話しかける方は眞顔で、しかも溜息まじりに言つてゐるのである。乙女の日への惜別と結婚といふはなやかなスタートをきらうとする胸おどるやうな希望とが、どのやうに此の人達の胸に交叉してゐるだらうか。私は、講義をぢつと動かないで聞いてゐる婚約者たちの心をいつもさういふ風に氣にし、のぞいて見たいと思ふのであつた。あんな神妙な顔をして聞いてゐるやうな恰好をしてゐるけれど、案外、うはの空かも知れない。しかしこれは私の立ち入つた推測だつたらしい。かの女たちは講義の後、いつも几帳面に筆記したノートを隣りの人と讀み合はしたりして、別にかはつた感情を表はさないでゐた。結婚て——世の中で行はれてゐる極く普通のことに過ぎない、そんなにしか思つてゐないのかも知れない。

三月のある日——、音樂の先生が来て

「今日からそろ〜〜卒業式の歌のけいこをしようと思ひますが、女學校でそれ〜〜一度うたつて來たのだから、先づ、皆でうたつて見ませう」

と言はれてピアノに向つたが、私たちは誰からともなく、お互に顔を見合してゐた。

朝夕なれにし、學びの窓

螢のともしび、つむ白雪

聲の餘韻にまじつて靜かなすゝりなきがきこえる。

「だれ？」

パタンとピアノの音をやめて先生が立ち上つた。私たちは一せいに聲を吞んだ。林さんだつたのだ。私たちのクラスの中で一番先きに結婚することになつてゐる林さん、顔にあてた白いハンケチのふるへを見ながら、何だか胸を打たれた感じ。自分の感情の表現をあまりしたがらないこの人が——

「卒業、それは今の皆さんにとつてたしかにかなしいことにちがひありません。でも、そんな氣持になつてゐられるあなた達は、人生の此の上もない幸福のさなかにゐるのです。乙女の日の感傷でありつたけ泣きなさい。泣ける涙は尊いのです。」先生もふだんは、やれ音階が悪いといつては叱り、態度が不眞面目

▲ 楊千鶴的處女作<花咲く季節>（花開時節）（《台灣文學》第二卷第三號，一九四二年七月十一日）。

▲ 楊千鶴（中）與友人合影，她們都是＜花咲く季節＞（花開時節）的取材對象。

◀▲近年由台灣南天書局出版的《楊千鶴作品集》。

▲ 一九三二年四月，吳新榮和妻子的訂婚照。

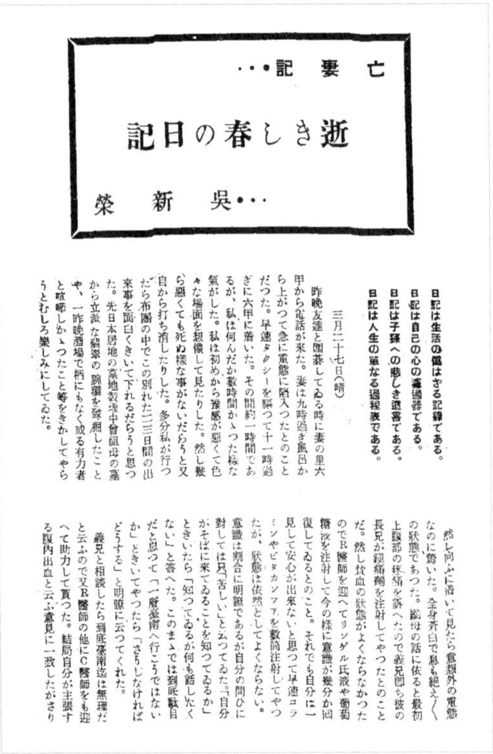

亡妻記・・・

逝きし春の日記

・・・吳新榮

日記は生活の僞はざる記錄である。
日記は自己の心の濾過器である。
日記は子孫への悲しき遺書である。
日記は人生の單なる過程表である。

三月二十七日（晴）

昨晩友達と圍碁してゐる時に妻の里六甲から電話が來た。妻は九時過ぎ風呂から上がつて急に重態に陷入つたとのことだつた。早速タクシーを驅つて十一時過ぎに六甲に着いた。その間約一時間であるが、私は何んだか數時間かゝつた樣な氣がした。私は初めから豫感が惡くて色々な場面を想像して見たりした。然し幾ら惡くても死ぬ樣な事がないだらうと又自から打ち消したりした。多分私が行つたら布團の中でこの別れた二三日間の出來事を面白くきいて下れるだらうと思つた。先日本居地の墓地整理中曾祖母の墓から立派な翡翠の腕環を發掘したことや、一昨晩酒場で柄にもなく或る有力者と喧嘩しかゝつたこと等をきかしてやらうとむしろ樂しみにしてゐた。

然し向ふに着いて見たら意想外の重態なのに驚いた。全身蒼白で息も絕えゞくの狀態であつた。繼母の話に依ると最初上腹部の疼痛を訴へたので義兄即ち彼の長兄が鎭痛劑を注射してやつたとのことだ。然し貧血の狀態がよくならなかつたのでR醫師を迎へてリンゲル氏液や葡萄糖液を注射して今の樣に意識が幾分か回復してゐるとのこと。それでも自分は一見して安心が出來ないと思つて早速コラミンやビタカンフアを數筒注射してやつたが、狀態は依然としてよくならない。意識は割合に明瞭であるが自分の問ひに對しては只「苦しい」と云つてゐた。「自分がそばに來てゐることを知つてゐるか」ときいたら「知つてゐるが何も話したくない」と答へた。このまゝでは到底駄目だと思つて「一層臺南へ行こうではないか」ときいてやつたら「さうしなければどうする」と明瞭に云つてくれた。

義兄と相談したら到底臺南迄は無理だと云ふので又R醫師の他にC醫師をも迎へて助力して貰つた。結局自分が主張する腹內出血と云ふ意見に一致したがさり

◀ 吳新榮的＜亡妻記＞（一九四二年七月，《台灣文學》第二卷第三號），深深刻劃出對妻子的思念，是當時相當受到矚目的文藝作品。

4.台灣決戰文學會議及《決戰台灣小說集》

▲ 一九四三年，日軍的戰況每況愈下，為了整合台灣與日本的作家，在十一月十三日，由台灣文學奉公會主辦、總督府情報課贊助，召開了「台灣決戰文學會議」，討論的議題為「確立本島文學決戰態勢、文學家如何從旁協助戰爭、理念與實踐的方法」。參與的成員有高橋比呂美、長崎浩、濱田隼雄、齊藤勇、矢野峰人、田淵武吉、林秋興、神川清、竹内浩、張文環、龍瑛宗、中村忠行、呂赫若、西川滿、村田義滿等（一九四三年十一月十三日，攝於台北的台灣神社）。

臺灣日日新報

斷乎決戰を勝拔かん
皇民文學確立へ
臺灣決戰文學會議開く

千萬人の聲を代辯し
滅敵精神を昂揚せよ

勝ち拔く文學
各代表熱烈な所信開陳

各代表の意見

十億一心聖戰完遂へ
團結慶祝大會

あがる戰果に應へよう
四億貯畜の攻略へ

◀《台灣日日新報》對「台灣決戰文學會議」的報導（一九四三年十一月十三日）。

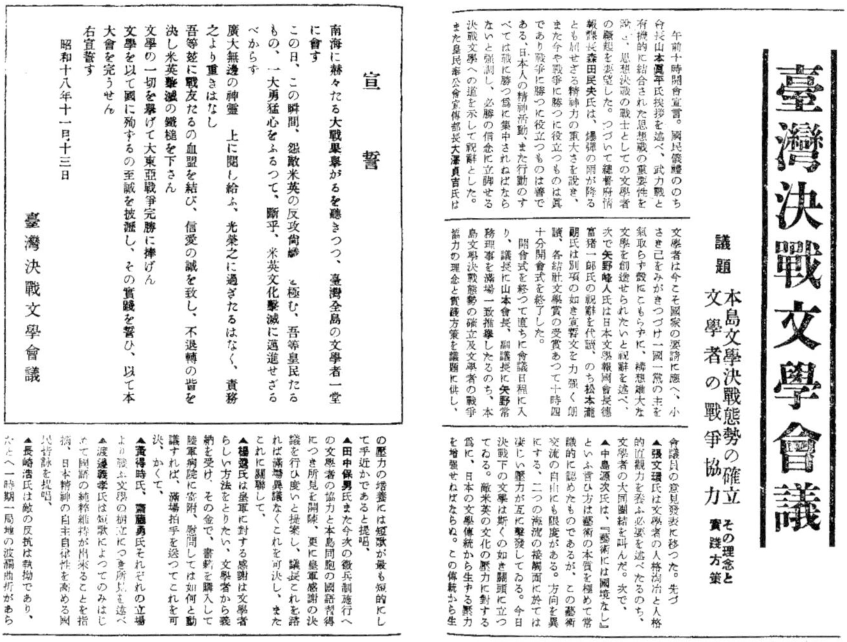

臺灣決戰文學會議

議題　本島文學決戰態勢の確立
　　　文學者の戰爭協力　その理念と實踐方策

午前十時開會宣言。國民儀禮ののち會長山本眞平氏挨拶を述べ、武力戰と有機的に結合された思想戰の重要性を說き、思想決戰の戰士としての文學者の蹶起を要望した。つづいて總督府情報課長森田民夫氏は、爆彈の雨が降るとも屈せざる精神力の重大さを說き、また今や戰爭に勝つに役立つものは眞であり戰爭に勝つに役立つものは善である、日本人の精神活動、また行動のすべては戰に勝つ爲に集中されねばならないと强調し、必勝の信念に立脚せる決戰文學への道を示して祝辭とした。また皇民奉公會宣傳部長大澤貞吉氏は文學者は今こそ國家の要請に應へ、小さき己をみがきつづけ一國一黨の主を氣取らず殼にこもらずに、構想雄大な文學を創造せられたいと祝辭を述べ、次で矢野峰人氏は日本文學報國會長德富猪一郎氏の祝辭を代讀、のち松本瀧朗氏は別項の如き宣誓文を力强く朗讀、各結社文學賞の受賞あつて十時四十分開會式を終了した。

開會式を終つて直ちに會議日程に入り、議長に山本會長、副議長に矢野常務理事を滿場一致推擧したるのち、本島文學決戰態勢の確立及文學者の戰爭協力の理念と實踐方策を議題に供し、會議員の意見發表に移つた。先づ

▲張文環氏は文學者の人格淘冶と人格的近親力を養ふ必要を述べたるのち、文學者の大同團結を叫んだ。次で、

▲中島源次氏は、『藝術には國境なし』といふ言ひ方は藝術の本質を極めて常識的に認めたものであるが、この藝術交流の自由にも限度がある。方向を異にする、二つの海流の接觸面に於ては凄じい壓力が互に擊發してゐる。今日決戰下の文學は斯くの如き關頭に立つてゐる。敵米英の文化の壓力に對する爲に、日本の文學傳統から生ずる壓力を增强せねばならぬ。この傳統から生の壓力の培養には短歌が最も端的にして手近かであると提唱、

▲田中保男氏また今次の徴兵制施行への文學者の協力と本島同胞の國語習得につき所見を開陳、更に皇軍感謝の決議を行ひ度いと提案し、議長これを諮れば滿場異議なくこれを可決し、またこれに關聯して、

▲楊雲萍氏は皇軍に對する感謝は文學者らしい方法をとりたい、文學者から義納を受け、その金で、書籍を購入して陸軍病院に寄附、慰問しては如何と動議すれば、滿場拍手を送つてこれを可決、かくて、

▲黃得時氏、齋藤勇氏それぞれの立場より戰ふ文學の樹立につき所見を述べ

▲渡邊義孝氏は短歌によつてのみはじめて國語の純粹維持が出來ることを指摘、日本精神の自主自律性を高める國民皆詠を提唱、

▲長崎浩氏は敵の反抗は執拗であり、たとへ一時期一局地の波瀾曲折があら

宣　誓

南海に赫々たる大戰果擧がるを聽きつつ、臺灣全島の文學者一堂に會す
この日、この瞬間、怨敵米英の反攻倘獗を極む、吾等皇民たるもの、一大勇猛心をふるつて、斷乎、米英文化擊滅に邁進せざるべからず
廣大無邊の神靈　上に閲し給ふ、光榮之に過ぎたるはなく、責務之より重きはなし
吾等茲に戰友たるの血盟を結び、信愛の誠を致し、不退轉の皆を決し米英擊滅の鐵槌を下さん
文學の一切を擧げて大東亞戰爭完勝に捧げん
文學を以て國に殉ずるの至誠を披瀝し、その實踐を誓ひ、以て本大會を完うせん
右宣誓す
昭和十八年十一月十三日
臺灣決戰文學會議

▲▼《文藝台灣》第七卷第二號（一九四四年一月）及《台灣文學》第四卷第一號（一九四三年十二月）報導「台灣決戰文學會議」的相關記載，這也是這兩本雜誌的最後一期。

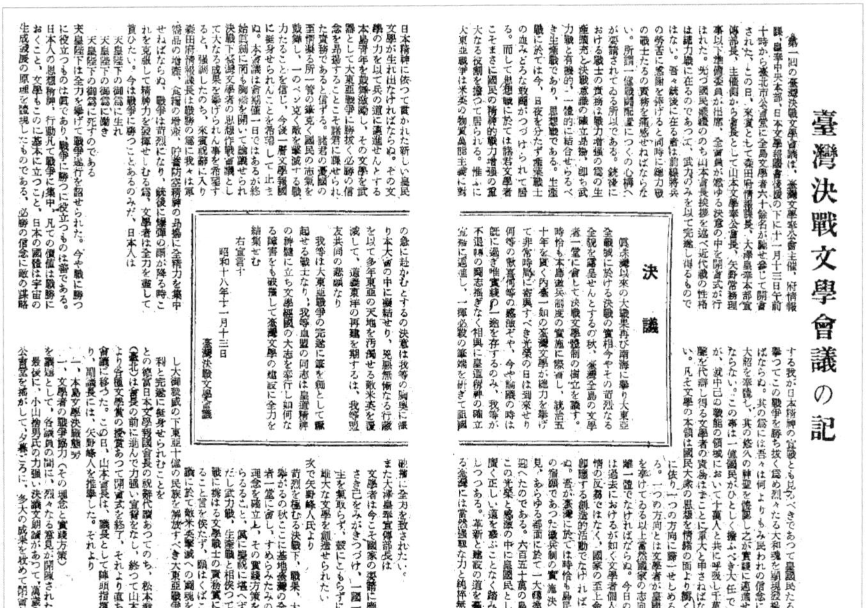

臺灣決戰文學會議の記

第一回の臺灣決戰文學會議は、臺灣文學奉公會主催、府情報課、皇奉中央本部、日本文學報國會後援の下に十一月十三日午前十時から臺北市公會堂に全島文學者六十餘名が馳せ參じて開會された。この日、來賓として森田府情報課長、大澤皇奉本部宣傳部長、主催側から會長として山本文學奉公會長、矢野常務理事以下準備委員が出席、全會員が燃ゆる決意の中を開會式が行はれた。先づ國民儀禮ののち山本會長挨拶を述べ近代戰の性格は總力戰に在るのであつて、武力のみを以て完遂し得るものではない。吾々銃後に在る者は前線將兵の勞苦に感謝を捧げると同時に總力戰の戰士たるの責務を痛感せねばならない。所謂一億戰鬪配置につくの心構へが要請されてゐる所以である。銃後における戰士の責務は戰力增强の爲の生産擴充と決戰意識の確立昂揚、即ち武力戰と有機的に一體的に結合せらるべき生産戰であり、思想戰である。生産戰に於ては今、日夜を分たず產業戰士の血みどろな敢鬪がつづけられて居る。而して思想戰に於ては諸君文學者こそまさに國民の精神的戰力增强の重大なる役割を擔つて居られる。惟ふに大東亞戰爭は米英の物質萬能主義に對する我が日本精神の宣戰とも見るべきであつて皇國民たる者は擧つてこの戰爭を勝ち拔く爲め烈々たる大和魂を顯現發揚せねばならぬ。其の爲には吾々は何よりもみ民われの信念に立ち大詔を奉戴し、其の悠久の神聖を確認し之が實踐に邁進せねばならない。この事は一億國民がひとしく擔ふべき大任であるが、就中己の職能の領域において十萬人と共に呼吸し千萬人の聲を代辯し得る文學者の責務はまことに重大と申さねばならない。凡そ文學の本領は國民大衆の思想を情緒の面より導くことに依り一つの方向に歸一せしめるにある。一つの方向とは文學者が皇國に生を享けてゐる以上當然國家の志向と不離一體でなければならぬ。今日の文學は過去におけるが如く文學者個人の感情の反芻ではなく、國家の至上命令に即應する創造的活動でなければならぬ。吾が臺灣に於ては時恰も島民多年の宿願であつた徴兵制の實施決定を見、あらゆる部面に於て一大轉換期を迎へたのである。六百五十萬の島民はこの光榮と感激の中に皇國民としての廣く正しい道を惑ふことなく踏み出だしつつある。革新と建設の道を驀進する臺灣には當然强靱な力と純粹無雜の日本精神に依つて貫かれた新しい皇民文學が生れ出なければならぬ。その文學の力を以て兵の道に邁進せんとする本島青年を鼓舞激勵し、その文學を武器として大東亞戰爭に勝拔く必勝の信念を昂揚することこそ諸君に課せられた責務であると信ずる。諸君の憂國の至情凝る所一管の筆克く國民の志氣を鼓舞し、一のペン克く敵を擊滅する戰力たることを信じ、今後一層文學報國に挺身せられんことを希望して止まぬ。本會議は會期僅一日ではあるが終始眞劍に而も胸襟を開いて論議せられ決戰下臺灣文學者の思想作戰會議として大なる成果を擧げられん事を希望すると、强調したのち、來賓祝辭に入り森田府情報課長は戰勝の爲に我々は軍需品の增産、食糧の增産、防諜防空精神の昂揚に全精力を集中せねばならぬ、戰爭は苛烈になり、銃後に爆彈の雨が降る時これを克服して精神力を發揮せしむる爲、文學者は全力を盡して貰ひたい。今は戰爭に勝つことあるのみだ、日本人は

天皇陛下の御爲に生れ
天皇陛下の御爲に働き
天皇陛下の御爲に死ずのである

天皇陛下は全力を擧げて戰爭遂行を詔せられた。今や戰に勝つに役立つものは眞であり、戰爭に勝つに役立つものは善である。日本人の思想精神、行動凡て戰爭に集中、凡ての價値は戰勝におくこと、文學もこのに基本に立つこと、日本の國體は宇宙の生成發展の原理を體現したものである、必勝の信念に敵の謀略破摧に全力を致されたい。

また大澤皇奉宣傳部長は文學者は今こそ國家の要請に應へ小さき己をみがきつづけ、一國一黨の士を氣取らず、殼にこもらずに構想雄大な文學を創造せられたい

次で矢野峰人氏より

苛烈を極むる決戰下、戰果、大いに擧がるの秋ここに基地臺灣の全文學者一堂に會し、すめらみたみの文學理念を確立し、その實踐方策を議せらるること、眞に慶祝に堪へず、けだし武力戰、生産戰と相俟つて思想戰に携はる文學戰士の責務實に大なること言を俟たず、願はくばこの會議に於て敵米英擊滅への鬪魂を燃やし大御稜威の下東亞十億の民族を解放すべき大東亞戰爭の勝利と完遂に挺身せられむことを

との祝辭代讀あつてのち、松本瀧朗氏(臺北)は會長の前に進んで力强い宣誓をなし、終つて山本會長より各種文學賞の授賞あつて開會式を終了、それより直ちに、會議に移つた。この日、山本會長は、議長として陣頭指揮をとり、副議長には、矢野峰人を推擧した。それより

一、本島文學決戰態勢
一、文學者の戰爭協力（その理念と實踐方策）

を議題として、各議員の間に、烈々たる意見が開陳された。

最後に、小山捨男氏の力强い決議文朗讀があつて、萬歲の聲、公會堂を揺がして、夕暮ごろに、多大の成果を收めて閉會した。

決　議

興亞建設以來の大戰果再び南海に擧り大東亞全戰域に於ける決戰の實相今やその苛烈なる全貌を露呈せんとするの秋、臺灣全島の文學者一堂に會して決戰文學體制の樹立を議す。時恰も本島徴兵制度の實施に際會し、統治五十年を貫く內臺一如の臺灣文學が總力を擧げて非常時局に寄與すべき光榮の日は到來せり何等の感奮何等の感激ぞや、今や論議の時は既に過ぎ唯實踐の一途を存するのみ、我等が不退轉の鬪志搖ぎなく相與に皇道精神の確立宣揚に邁進し、一揮必殺の筆端を研ぎて祖國の急に赴かむとするの決意は我等の胸奧に凝り本大會の中に凝結せり、兇惡無慚なる行蔵を以て多年東亞の天地を汚濁せる敵米英を擊滅して、道義東洋の再建を期するは、我等盟友共同の悲願なり

我等は大東亞戰爭の完遂に筆を劍として蹶起せる戰士なり、我等血盟の同志は皇道精神の神髓に立ち文學報國の大志を奉行し如何なる障害をも破摧して臺灣文學の建設に全力を結集せむ

右宣言す
昭和十八年十一月十三日
臺灣決戰文學會議

増産戰士の歌

徐淵琛

人間生活の出現とか或は非個性生活を送る人間の問題をひとつの狙ひとする文学活動にあつてはその作家の視野が広くあればあるほどよい、私小説が論評の的になつたのはその小説に社会性が欠けてゐることから始まつた様だ、作家は作家たる前に一社会人であり一市民であるからには作家の生活も「社会人」たるを免れない、そしてこの作家の経験する社会生活が豊富であれば豊富に、複雑なものであれば複雑にそれぐ作家の視野に映るであらう、この「心の視野」が広いといふことはそれだけ作品の内容を豊かに作家としての行動範囲を広くするものである、さういふ様な意味から今回の作家派遣は有難かつた。総督府情報課が計画を樹てて文学奉公会が協力して十三名の作家を選び更に派遣先も造船、金瓜石製工場、炭坑、鉱山、農民道場、公用地、発電所、木材山、油田地帯などと決めたのは最も愉快であつた、恐らく今回の派遣で始めて見聞するを得たところが多かつたと思ふ、作家は何れも現場に起居して感動の極みに達しそれぐその作品も新聞や雑誌に発表されてゐる感動の幾りどれをとり上げたらよいのか全く手のつけ様が[illegible]あつた様だ。始めて見るワイヤーロープ、クレーン、ケーブルカー、鑿岩車、ヘツドランプ、発破だとか、さては工場・鉱山の特殊用語を覚えるのにひと苦労したであらうと思ふ、見て感激したのはよいがさてその整理である、が兎も角派遣作家はそれぐ苦心作を発表した、情報課が特に「真なる報道記録的な作品でなく、純粋な文学作品を」要求したのはかうした感動、始めての経験といふことから一応の心の整理をせずして直にその見た場面の描写と感激のまま出しを危惧したためではあるまひか、これらの作家が派遣される前にも新聞記者といふ報道専門の方が行つて来てゐる、作家を派遣したのは普通の報道記事でもなく、文・芸・的に表現した様なものでもない、といふところに情報課の狙ひがあると解される、それだけに困難な仕事であつた、しかしこの感激の中に得た素材は一日にして文学とはならず十分に心の中で醗酵し熟して更に「作家の心」によつて濾過されたものが文学として残るであらう、一週間といふ現場での滞在期間の長短は問題にならない、この一週間に把握されたものが作家によつて十分に作品化されればよいのでは[illegible]

▲ 徐淵琛的<増產戰士 の 歌>（增產戰士之歌），刊登於一九四四年九月二十九日的《台灣新報》，也是戰爭下的產物。

▲《台灣文藝》草創期的成員，包括楊雲萍、西川滿、北原政吉、邱永漢、長崎浩、萬波亞衛、立石鐵臣等。

◀「台灣決戰文學會議」後，《文藝台灣》及《台灣文學》都告停刊，在主辦者的全盤掌控下，由台灣文學奉公會於一九四四年五月一日發行了《台灣文藝》，將台灣文學界置於一元化的框架下。

▼台灣總督府情報課以「作品需詳實描寫台島戰地風貌……」等為藉口，強逼作家到生產前線跟產業戰士們一同生活起居，然後將其體驗化為文字，集結成《決戰台灣小說集》乾、坤兩冊出版，是台灣在日本統治下最後發行的小說集。

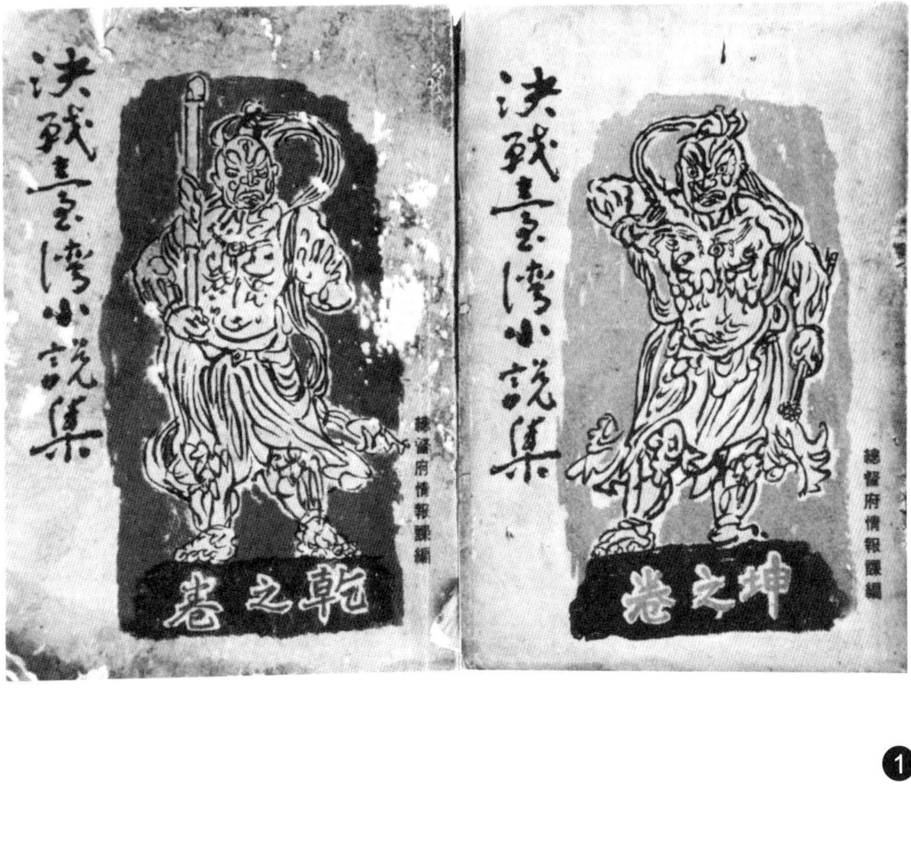

◀▲《新大衆》、《台灣公論》、《旬刊台新》都是當時的雜誌。其中《新大衆》是由《台灣藝術》更名而來。

第十二章

戰後初期的台灣文學

1.戰後台灣「中國化」的文化政策

「戰後初期」（一九四五～一九四九）對於台灣文學史而言，是一段極其特殊的時期，當時日本殖民政府才剛撤離，台灣進入了「後殖民時期」（post-colonial period），而國民黨政府尚未全面「轉進」台灣，使得日本殖民主義的後續影響，以及國民黨政府作爲「祖國」化身前來接收台灣所造成的騷動，成爲這個變動劇烈時代中的台灣作家無法迴避的書寫課題。

戰後以陳儀爲首的台灣省行政長官公署，爲了使台灣人早日去除日本殖民文化的影響，積極地推行國語運動，灌輸中國文、史、地教育，以及宣揚三民主義建設台灣的必要性。這個「去日本化」以達「中國化」的作法，在台灣形成所謂的「文化重建」（cultural reconstruction）運動，而主導此文化運動的是當時擔任台灣省編譯館館長的許壽裳，他大量引介、傳播魯迅思想，試圖在台灣掀起一個新的五四運動，以重建台灣文化。至於台灣知識份子的活動，基本上追求「中國化」便是他們自發性的文化重建方向，例如《民報》社論就表示：「光復了的台灣必須中國化，這個題目是明明白白沒有討論的餘地。」而「台灣文化協進會」的機關雜誌《台灣文化》，其創刊宗旨也在於協助政府宣揚三民主義，推行國語、國文。此外，先後出現的報刊、雜誌尚有《政經報》、《新生報》、《新新》、《人民導報》、《民報》、《台灣月刊》等等，據統計，至一九四六年夏天爲止，台灣已有八十種左右的報紙、雜誌。

2.《中華日報》日文版「文藝」欄與台灣新文學運動的延續

隨著文化重建的展開，台灣文學界也試圖重建因戰前「皇民化運動」而被中挫、扭曲的新文學運動，重新回歸文學本位；因此，台灣作家在逐漸放棄日文寫作的同時，也開始試圖學習以中文創作。戰後從一九四五年八月到一九四七年二月的一年半期間，固定刊載文學作品的版面並不多，只有《中華日報》日文版副刊

「文藝」，以及《台灣文化》、《政經報》等。其中以龍瑛宗主編的《中華日報》副刊「文藝」刊載的作品、文學論述較多，實際上扮演了延續昔日新文學運動的重要角色。另外，楊逵主編的《和平日報》副刊「新世紀」也是一塊重要的文學園地，許壽裳有關魯迅的論述，大都在此發表。戰後初期，台灣作家在語言／文字轉換的過程裡，起先以日文的作品居多，而偶有中文作品；一九四六年十月二十五日後，因報刊禁用日文，而完全看不到日文作品。這時，台灣不過才「光復」了一年，台灣戰前的日文作家在尚未習得新的文學語言之前，就先被語言給制約了。

在內容與主題上，戰後初期最早的一批作品，以反省日本殖民經驗的小說佔多數，如龍瑛宗的＜青天白日旗＞、呂赫若的＜月光光——光復以前＞等。此後，隨著台灣內部逐漸顯現的政治、經濟、社會問題，於是出現了批判新統治者的小說，這種轉變透露出台灣知識份子在膨脹的解放感與祖國熱之後，對「祖國」統治者所發出的質疑和批判，其中可以蘇新的＜農村自衛隊＞，與呂赫若的＜冬夜＞爲代表。

一九四七年發生的「二二八事件」，雖以取締私煙爲導火線，但實際上與戰後一年半期間所積累的政治、社會、經濟等問題有難分的關係；如同陳芳明所說：「人民對政治的畏懼，對現實的疏離，對歷史的逃避，都可以在一九四七年的流血經驗中找到原因。同樣的，台灣人民對國家的認同、主權的探索、文化的重建，也都是以二二八事件作爲主要的分水嶺。」

關於「二二八事件」後台灣文學界的發展，最大的變化有三：一是日治以來台灣本土作家的逐漸隱退；二爲主要的發表園地由外省的文學工作者主控；三是台灣新一代作家的短暫崛起。

歷經了時代變換的台灣作家，因語言問題與對時局絕望而退出文壇之後，有的像張文環一樣完全擱筆不寫，有的則轉往文獻整理或學術研究，如王詩琅、吳新榮、楊雲萍等。另有一些作家，則在走出文壇之後，以激烈的態度走入「革命」的行列，從作家變身爲左傾的「紅色青年」，企圖打破歷史反覆降臨給台灣人的噩運，其中以朱點人與呂赫若的例子最爲著名。

3.《新生報》的「橋」副刊與「台灣文學的重建」

二二八事件後，所謂的外省作家與文化工作者，在官方的扶持下，掌控了絕大多數的台灣媒體。這時由歌雷所主編的《台灣新生報》「橋」副刊，努力發起「台灣文學的重建」活動，希望能振興戰後低迷的文藝空氣，同時也鼓勵許多台灣作家創作，青年葉石濤的創作即是這段期間的代表。此外，「貧窮」是「橋」副刊上最常出現的主題，更明確地說，關於戰後初期民生凋敝的描寫，正說明台灣人民在戰後的確陷入極端窮困的狀態，而這些小說情節可說是共同構成了一幅「台灣貧民圖」的畫卷。

另一方面，這段期間還有一個值得關注的文學現象，就是楊逵所主編的《台灣文學》叢刊，以及受他影響的「銀鈴會」同仁的創作。楊逵在《台灣文學》上提出「認識台灣現實，反映台灣現實，表現台灣人民的生活感情與思想動向」的原則，顯示他一貫強烈的現實主義立場。而「銀鈴會」的年輕成員極多，以蕭翔文的小說創作較豐，他們可說是標準的「跨越語言的一代」。

至於「二二八事件」後，能以犀利的寫實之筆爲戰後台灣社會塑像、以台灣人立場暴露「劫收」政權的罪惡者，則當以吳濁流爲第一人，他的＜波茨坦科長＞就有著這樣的特殊時代意義。在＜波茨坦科長＞中，所呈現的是對祖國崇拜的幻滅，我們看到吳濁流試圖讓他的主角玉蘭「覺醒」，這種覺醒不啻是對祖國崇拜情緒的反動；而眞正的解殖民，正是要意識到崇拜情感的自我殖民性質，才能找到眞正自主的出路。

一九四九年，兩位當時文壇的重要人物——楊逵與歌雷，同因「四六事件」被捕，因而正式宣告戰後初期台灣文學的終結。隨即，國民黨政府於一九四九年五月二十日發布戒嚴令，十二月七日正式將中央撤遷來台，於是之後的整個五〇年代，台灣陷入全國性的「白色恐怖」之中，「反共」、「戰鬥」文學獨領文壇風騷，台灣文學至此步入另一個新的階段。（陳建忠撰文）

1.戰後台灣「中國化」的文化政策

◀主導戰後初期台灣「中國化」文化政策的許壽裳。（一九四六年攝於台北，時任台灣省編譯館館長）。

▶戰後初期，台灣國語運動的實際負責人魏建功，他於一九四七年擔任台灣省國語推行委員會主任委員。

▲台灣省國語推行委員會成員的合影。

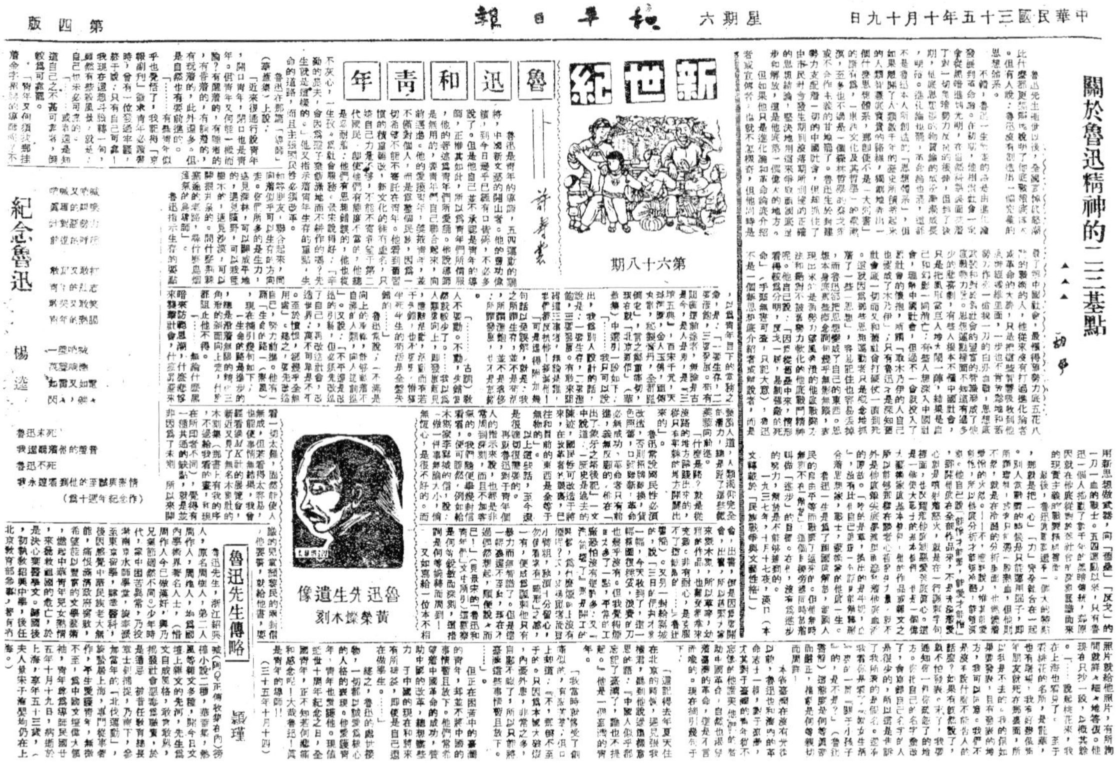

中華民國三十五年十月十九日 星期六 和平日報 第四版

新世紀 第六十八期

魯迅和青年 許壽裳

關於魯迅精神的二三基點

紀念魯迅 楊逵

魯迅先生傳略 顯瑾

魯迅先生遺像 黃榮燦木刻

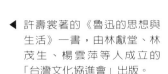

▲ 許壽裳在《和平日報》「新世紀」副刊上發表＜魯迅和青年＞一文。許壽裳在當時大量引介、傳播魯迅思想，以期在台灣掀起一個新的五四運動，影響台灣文化。

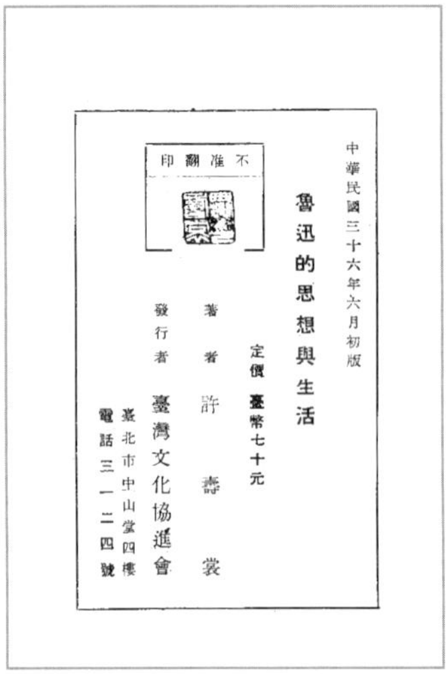

中華民國三十六年六月初版

魯迅的思想與生活

定價 臺幣七十元

著者 許壽裳

發行者 臺灣文化協進會 臺北市中山堂四樓 電話三一二四號

不准翻印

◀ 許壽裳著的《魯迅的思想與生活》一書，由林獻堂、林茂生、楊雲萍等人成立的「台灣文化協進會」出版。

2.《中華日報》日文版「文藝」欄與台灣新文學運動的延續

▲ 主編《中華日報》日文版副刊「文藝」欄時代的龍瑛宗。

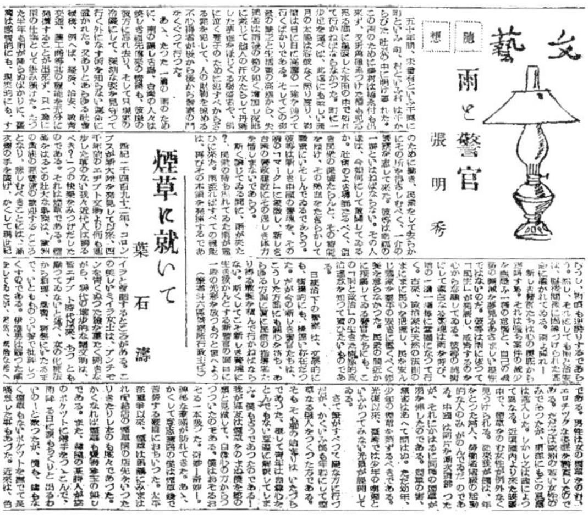

文藝

随想 雨と警官 張明秀

煙草に就いて 葉石濤

文藝

短篇 燃える女 龍瑛宗

▼ ▶ 龍瑛宗主編的《中華日報》日文版副刊「文藝」欄，在戰後扮演了延續昔日新文學運動的重要角色。

文藝

演劇評 壁 邱媽寅

荒波 陳捷威

人魚 吳振澄

夢と嘘 郭石榕

文藝

封建文化の打破 臺灣青年の進むべき道 王育德

▲ 戰後初期重要的文化雜誌。

月光光

小說

光復以前

呂赫若

— 30 —

農村自衛隊

丘平田

▶ 戰後初期反省日本殖民經驗與對「祖國」發出質疑的代表性作品（其中丘平田是蘇新的筆名）。

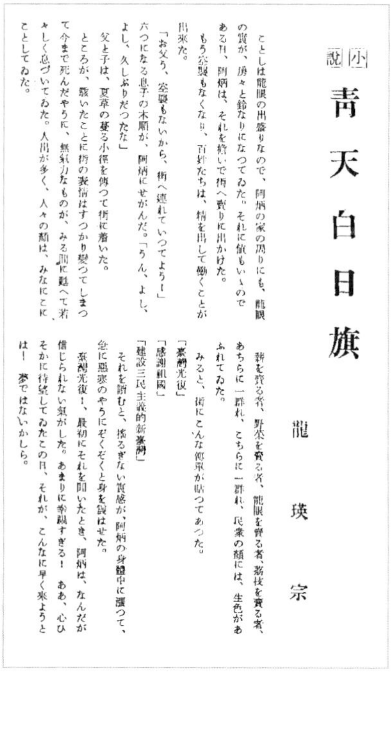
小說

青天白日旗

龍瑛宗

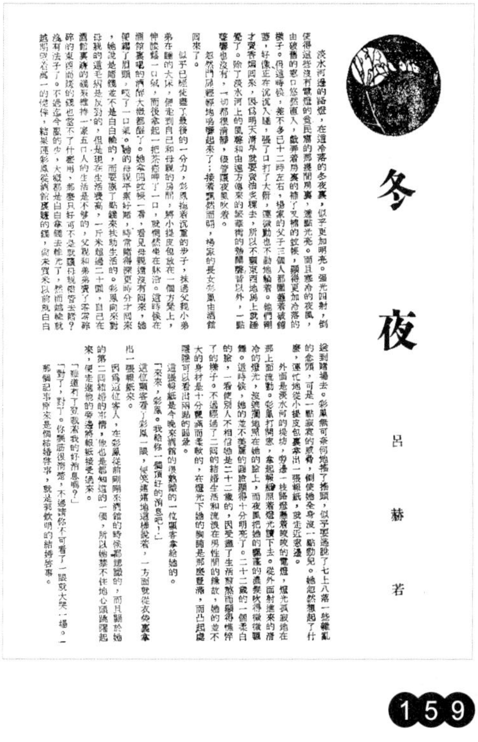
冬夜

呂赫若

3.《新生報》的「橋」副刊與「台灣文學的重建」

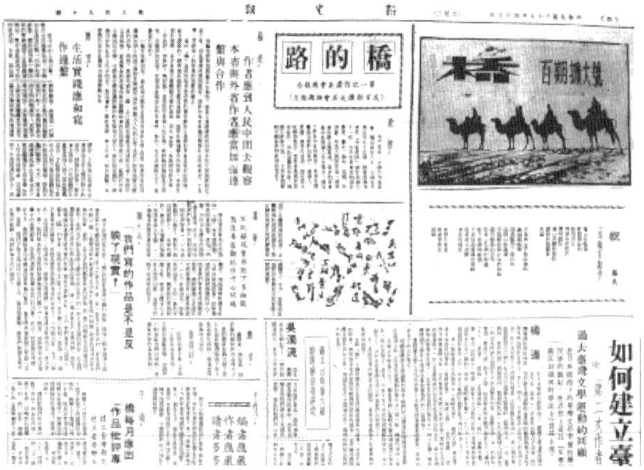
橋的路

如何建立臺

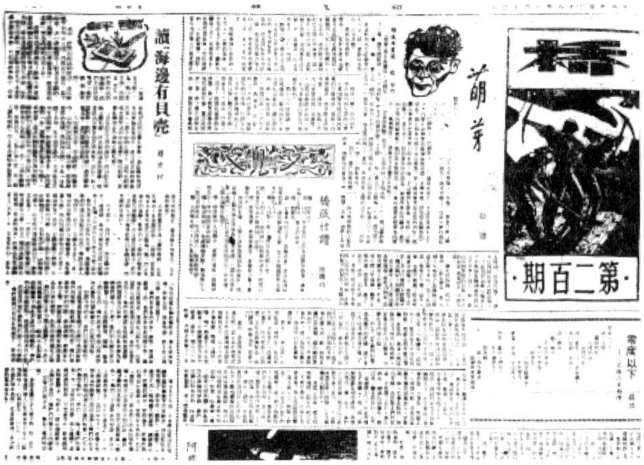
讀「海邊有貝殼」

萌芽

·第二百期·

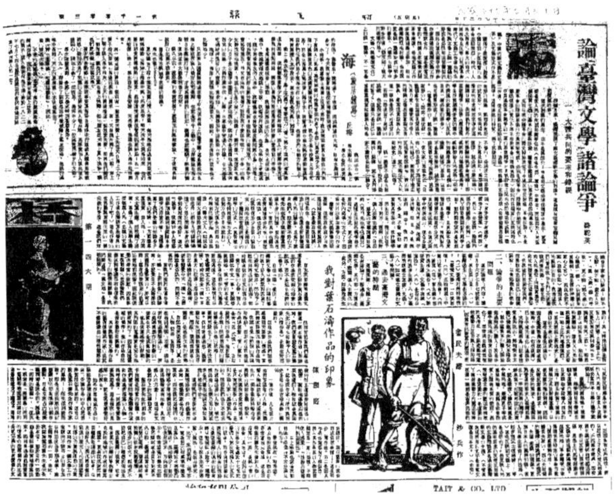
論「臺灣文學」諸論爭

我對葉石濤作品的印象

▲◀二二八事件後，外省籍作家與文化工作者，在官方的扶持下，掌控了絕大多數的台灣媒體，此時由歌雷主編的《台灣新生報》「橋」副刊（一九四七年八月一日創刊，一九四九年四月十九日廢刊），努力發起「台灣文學的重建」活動，希望能夠振興戰後低迷的文藝空氣，同時也鼓勵許多台灣作家創作，葉石濤的作品即是這段期間的代表作。

▲ 楊逵於戰後初期出版的創作及譯作集。

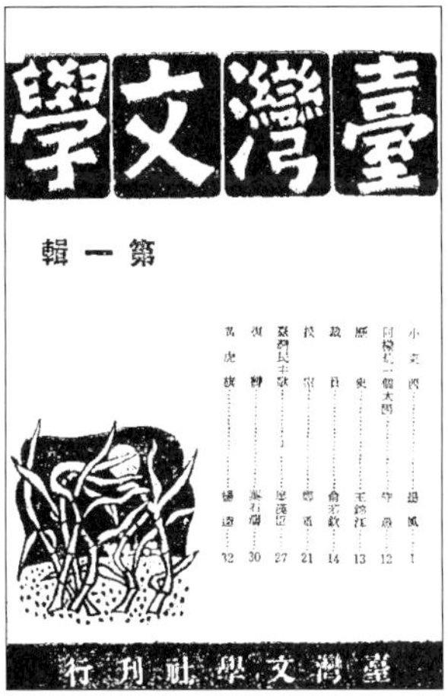

◀ 楊逵所主編的《台灣文學》叢刊，主張「認識台灣現實，反映台灣現實，表現台灣人民的生活感情與思想動向」，顯示他強烈的現實主義一貫立場。

◀ 二二八事件之後，能以犀利的寫實筆調為戰後台灣社會塑像、以台灣人立場暴露「劫收」政權的罪惡者，當時以吳濁流（一九〇〇～一九七六）為第一人。

▶ 吳濁流告發日本殖民統治與國民黨政府統治陰暗面的作品。

第十三章

國民黨政府遷台初期的台灣文壇

一九四〇年代後期，國民黨在中國的內戰中節節失利，到了一九四九年八月一日，蔣介石政府在台北草山（今陽明山）設立「總裁辦公室」，正式宣布把政府整個遷移到台灣。於是，從四〇年代末到五〇年代初，有大批大陸移民跟隨國民黨政權湧進台灣。

當時，由於台灣本地的知識份子剛脫離日本統治不久，語言轉換不易，難以流利地使用中文，再加上幾次政治風暴，使得五〇年代的台灣文壇，基本上是大陸來台作家的天下。而國民黨也有意在台灣文壇建立黨政一體的文化官僚體制，因此在一九五〇年先後成立由官方督促組織的兩大文藝機構：（一）「中華文藝獎金委員會」（以下簡稱「文獎會」）、（二）「中國文藝協會」（以下簡稱「文協」），試圖透過這些大規模的文藝獎項與組織，既動員作家也吸收文藝青年，達到栽培與掌控文人的雙重目的。

國民黨政府來台之後，承襲過去陳儀在台灣制訂的戒嚴法，於一九五〇年三月頒布「台灣省戒嚴期間新聞雜誌管制辦法」，其中第十一條第一項規定：「得停止集會結社及遊行請願，並取締言論、講學、新聞雜誌、圖書、告白、標語暨其他出版物之認為與軍事有妨礙者。」一九五三年修訂實施「台灣省戒嚴期間新聞雜誌圖書管制辦法」，根據此法，政府可查禁所有大陸左翼作家及作品，也包括翻譯作品。在這樣艱難與閉塞的社會環境下，可以想見文壇總體的創作與出版都難有輝煌的成績。

1.「中華文藝獎金委員會」（一九五〇年三月～一九五六年十二月）與「中國文藝協會」（一九五〇年五月～）

國民黨「文獎會」的獎勵辦法如下：（一）每年兩次到三次固定評選獎金，在徵求的各類作品中，選擇若干贈予較優獎金。（二）平常投稿，經錄取後付予稿費，並介紹到各報刊發表；「文獎會」自己創辦《文藝創作》以後，便集中在此發表。文獎會委員皆由當時政府高層官員組成，如為首的張道藩，既是中廣公司董事長、《中華日報》董事長，又是立法院長（一九五二年）。其他委員還有中國國民黨中宣部部長張其昀、台灣省教育廳廳長陳雪屏、教育部部長程天放、立法委員陳紀瀅等。「文獎會」的運作前後達七年，後因經費停止而結束。

「中國文藝協會」是台灣五〇年代成員最多、活動力最強，效果也最大的文藝組織。當初特別選在一九五〇年五月四日「文藝節」當天，由張道藩、陳紀瀅等人在台北發起成立，其成立宗旨如下：「本會以團結我國文藝界人士，研究文藝理論，從事文藝創作，展開文藝運動，發展文藝事業，實踐三民主義文化建設，完成反共抗俄復國建國任務，促進世界和平爲宗旨。」會員從成立之初的一百五十餘人，發展到五〇年代末的一千二百九十人，幾乎當時文壇上較爲活躍的作家都是這個組織的會員。

2.戰鬥文藝的展開

除了文藝政策及文獎會的積極獎勵之外，一九五一年國民黨更由國防部總政治部發動文藝界人士，號召「文藝到軍中去」。國防部總政治部也創辦自己的刊物——最早是一九五〇年六月的《軍中文摘》，一九五四年改名爲《軍中文藝》；一九五六又改名爲《革命文藝》，由身兼軍職的女作家王文漪擔任主編，並從這年起，每年舉辦「軍中文藝獎金」徵稿活動，以鼓勵現役軍人加入文藝創作。一九五五年，蔣介石公開以「戰鬥文藝」號召文藝工作者，更由陳紀瀅、王藍等文協核心成員發動「文藝清潔運動」，有組織地在文壇展開掃黑、掃黃運動。當時提倡「戰鬥文藝」的雜誌，還有發行量較大的《幼獅文藝》、《文壇》、《復興文藝》等，前者是「中國青年寫作協會」的機關刊物，而《文壇》的發行人穆中南，則與軍方關係良好，開辦「文壇函授學校」，學員遍布全台各個角落。此一時期，反共文學作品大量出現，小說如姜貴的《旋風》、潘人木的《漣漪表妹》、張愛玲的《秧歌》、王藍的《藍與黑》、陳紀瀅的《荻村傳》等。

3.女性作家群的崛起

在隨國民黨來台的大陸移民當中，女性文人也佔有相當的比例，她們憑藉著語言的優勢，在此一時期的文壇上相繼崛起，且以散文創作的質量最高。主編《聯合報》副刊的林海音、《自由中國》文藝欄的聶華苓、《中央日報》婦女版的武月卿等，都在本身創作之餘，利用主編刊物之便，聚集一群優秀的女性作者加入寫作的行列，如琦君、孟瑤、張秀亞、謝冰瑩、徐鍾珮、艾雯、蓉子、劉枋、郭良蕙、嚴友梅、鍾梅音等，都是當時活躍的女作家。這批中產階級出身的女性移民者，多半在大陸受過高等教育，受過中國五四運動的洗禮，文字優美、語言流暢，散文小說作品接二連三上市，很快就成爲市場寵兒。這一波風潮無形中開拓了威權體制下的女性書寫空間，文學史家邱貴芬便認爲她們已「大大開展了當時台灣女性文學的格局」。

4.《文友通訊》作家群

五〇年代末期，勤於學習中文的第一代本省籍作家，大多從接受編輯邀約翻譯日文作品，到逐漸以中文發表創作。這群成長於日治時代的本省籍作家包括具有大陸經驗的鍾理和、李榮春，任教於小學卻酷愛寫作的鍾肇政，以及施翠峰、文心、廖清秀、陳火泉、鄭煥等，他們被稱作「跨越語言的一代」，其中廖清秀的《恩仇血淚記》、鍾理和的長篇小說《笠山農場》，都得到國民黨「文獎會」頒發的高額獎金。

此外，這些作家也大多屬於《文友通訊》的作家群。一九五七年四月，小說家鍾肇政有感於少數台籍作家各自在寂寞的文壇裡摸索，缺乏鼓勵與慰藉，於是成立了一份油印的小型刊物，名爲《文友通訊》，由他自己刻印鋼板，並兼編輯與發行，目的是結合本省籍作家，互相聯絡切磋，讓大家在這個通訊上輪流閱讀作品，交換寫作心得。於是，就在鍾肇政的熱心撮合下，第一代本省籍作家逐漸在台灣文壇取得了一席之地。

1.「中華文藝獎金委員會」與「中國文藝協會」

◀當年主持「中華文藝獎金委員會」的張道藩，既是中廣公司董事長、《中華日報》董事長，也是立法院院長。

◀「中國文藝協會」的實際掌門人陳紀瀅。

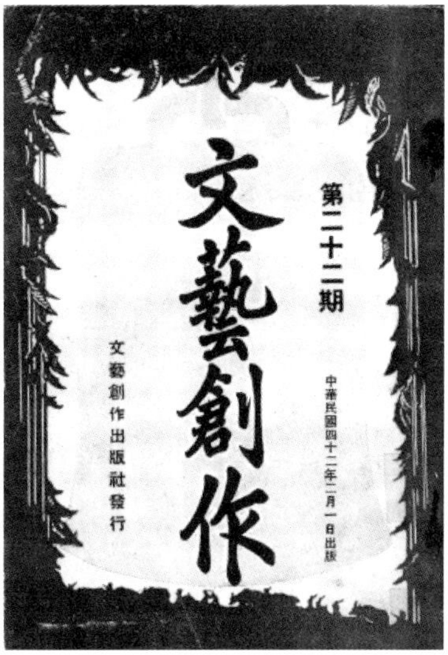

▲《文藝創作》是「文獎會」的機關誌。

2.戰鬥文藝的展開

▲身兼軍職的女作家王文漪，是當時《軍中文藝》的主編。

▲一九五一年，國民黨經由國防部總政治部發動文藝界人士，號召「文藝到軍中去」，而國防部總政治部也創辦了自己的刊物，最早是一九五〇年六月的《軍中文摘》，一九五四年改名為《軍中文藝》，一九五六年又改名為《革命文藝》。

◀《文壇》的創辦人兼主編穆中南，與軍方關係良好，開辦了「文壇函授學校」，學員曾遍布全台各個角落。

▲《文壇》是五〇年代提倡「戰鬥文藝」的雜誌之一，由於發行量與版面都較其他雜誌來得多，當時刊登了不少新人的作品，其中包括了本省籍作家。

◀王藍是文協的核心成員，作品《藍與黑》是轟動一時的反共文學作品。

▲《野風》雜誌以「創造新文藝，發掘新作家」為創刊宗旨，在當時文壇一片反共聲浪中，顯得特別突出。

◀姜貴的作品《旋風》也是當年著名的反共文學作品之一。

3.女性作家群的崛起

▲林海音是當時《聯合報》副刊主編。對本省籍作家的作品曾經給予不少的關注及支持。

◀張秀亞的散文集在當年擁有龐大的讀者群。

▲琦君的散文創作持續數十年，至今仍未曾間斷。

▲艾雯以《青春篇》成為當時的暢銷作家。

▲郭良蕙發表小說《心鎖》後，由於挑戰禁忌，爭議不斷，而被文協開除會籍。

4.《文友通訊》作家群

▲五〇年代末期，台籍戰後第一代作家逐漸崛起，以客家籍小說家鍾肇政為首。他於一九五七年四月，有感於少數台籍作家各自在寂寞的文壇裡摸索，缺乏鼓勵與慰藉，因此成立了一份油印的小型刊物，《文友通訊》。

▲《文友通訊》。

◀台籍作家廖清秀的《恩仇血淚記》獲一九五二年「文獎會」的長篇小說第三獎，是台灣戰後第一代作家最先獲得肯定的第一人。

◀具有中國經驗的農民作家鍾理和，作品《笠山農場》繼廖清秀的《恩仇血淚記》之後，於一九五六年獲得「文獎會」長篇小說第二獎。

▶《笠山農場》封面。

▲ 鍾理和全集（遠行出版社出版）。

第十四章

台灣現代主義文學的興起

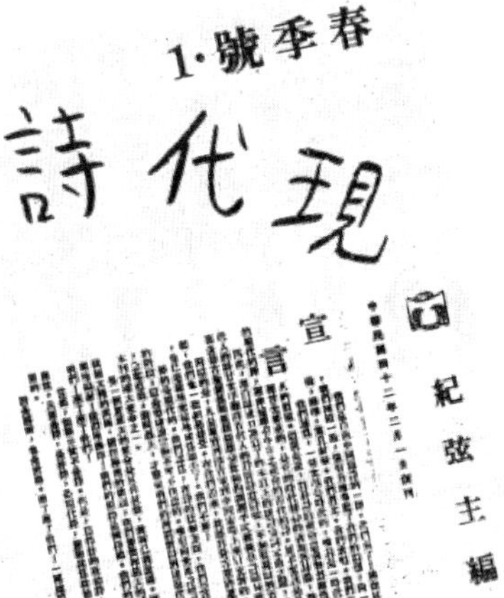

六〇年代現代主義文學思潮在台灣的起落，對於戰後文學的影響既深且遠。走過六〇年代、經過這場運動洗禮的作家，多半在文學技巧上有較高的自覺，作品的藝術成就很高，小說家如七等生、白先勇、王文興、王禎和、陳映眞、黃春明等，都是明顯的例子。文學史家對於現代主義的功過，一直都有兩極化的看法，但如果把「現代主義風潮」與「現代主義美學觀」分開來看，就比較能夠了解這場運動的來龍去脈。

現代主義在台灣文壇的風起雲湧，一般史書大都將其歸因於政治及社會的雙重因素：如世界性冷戰結構的形成、國民黨政府大量接受美援而累積的崇美心態，以及社會內部因思想箝制形成的政治疏離感、大批大陸移民有鄉歸不得的不適應與失落感，都使得作家紛紛轉向現代主義所提供的這一文字隱晦扭曲、探索內心世界的寫作手法。然而，就在現代派作品被批評爲「晦澀、與現實脫節、破壞漢語傳統」的同時，也有另一些評論家認爲它提供了一套「菁英式的美學觀念」，是一場「文化菁英份子的前衛藝術運動」。若從這個角度來看，他們不滿當時中產社會庸俗功利的文風，以及文學政治化、商品化的傾向，企圖在俗陋的文化生態環境裡有所作爲，因而引進英美現代主義的想法是十分明顯的。

1.紀弦創辦《現代詩》季刊，成立「現代派」

紀弦本名路逾，一九四八年來台，一九四九年進入台北成功中學任教，一九五三年開始利用課餘獨資創辦《現代詩》季刊，一人兼任主編與財務，寫稿加賣書。

紀弦在五〇年代到六〇年代的這十多年間，對台灣詩壇有兩大貢獻，第一是他創辦《現代詩》季刊，聚集了一群愛詩寫詩的年輕人；第二是他發起成立「現代派」。這一刊一派，不僅活躍於五〇年代，也開啓了戰後文壇詩社林立的契機——此一時期先後成立的「藍星詩社」（覃子豪、余光中等）、「創世紀詩社」（洛夫、張默、瘂弦等），以及於一九六四年成立的「笠詩社」（林亨泰、陳千武、趙天儀等），至今都仍生生不息地繼續出版詩刊。

一九五六年元月十六日下午一點，由紀弦發起的「現代派」在台北正式成立，加盟者除了紀弦之外，還有葉泥、鄭愁予、羅行、楊允達、林泠、季紅、林亨泰等八十三人；其後又有十九人加盟，合計一百零二人。現代派成立時，宣稱要「領導新詩的再革命，推動新詩的現代化」，並提出六大信條，充滿了紀弦式的浪漫與鋒頭十足的運動氣息。這六大信條是：（一）我們是有所揚棄並發揚光大地包容了自波特萊爾以降，一切新興詩派之精神與要素的現代派之一群。（二）我們認爲新詩乃是橫的移植，而非縱的繼承。這是一個總的看法，一個基本的出發點，無論是理論的建立或創作的實踐。（三）詩的新大陸之探險，詩的處女地之開拓。新的內容之表現，新的形式之創造，新的工具之發現，新的手法之發明。（四）知性之強調。（五）追求詩的純粹性。（六）愛國、反共，擁護自由與民主。

其中第二條「橫的移植」，後來在文壇引發了一系列筆戰。最先對此發難的，是與「現代派」詩社勢均力敵的「藍星」陣營。藍星詩社的主持人覃子豪，首先刊登了〈新詩向何處去？〉一文，拉開兩派論戰的序幕。以後便你來我往，針對新詩的內容與形式，要橫的移植還是縱的繼承等問題論戰不休，甚至持續到六○年代中後期，成爲「中西文化論戰」的一環。

這些論戰的擴大與加深，活絡了現代詩壇，在大量引進歐美新詩理論、翻譯外國詩作品以作爲各自筆戰資源的同時，三大詩社——「藍星」陣營的覃子豪、余光中、黃用，「創世紀」詩社的洛夫、張默、瘂弦，其實是聯手在教育著廣大的詩讀者，與現代派陣營的紀弦、林亨泰等詩人，共同推動著台灣現代詩的歷史巨輪滾滾向前。

2.《文學雜誌》的創辦

同樣在一九五六年，夏濟安所主辦的《文學雜誌》也於九月創刊。創刊號上即說明該刊提倡的是「樸實、理智、冷靜的作風」，「雖然身處動亂的時代，我們希望我們的文章並不動亂」。《文學雜誌》總共發行了四年共四十八期，於一九六○年八月停刊。主編夏濟安同時也是台灣大學外文系教授，而與他合作的吳魯芹、林以亮、梁實秋等，則時常在雜誌上介紹中西文學理論，加強文學批評的比重；除了介紹如卡繆、艾略特、喬艾思等現代派的作品與理論之外，夏濟安本人也以現代主義的方法論作爲實際批評的範例，如〈評彭歌的《落月》兼論現代小說〉，便是一篇著名的提倡現代小說的例子。

這份刊物具有開放的胸襟與眼光，不但打破學者作家的界限，將他們聚集在同一份刊物上，而且積極培育文學新手。主編者更標榜文學的純粹性，主張嚴肅的文學理念，反對國家機器將文學視爲宣傳工具；這種種作法，等於是開放了一個寬廣的空間讓作家們馳騁，他的學生如白先勇、陳若曦、歐陽子等人，都曾在此發表他們的早期作品，而林海音著名的小說《城南舊事》，也是首刊於此。經常在此刊物上寫稿的作家，除了台大人之外，還包括了梁實秋、陳之藩、周棄子、覃子豪、潘壘、余光中、彭歌、思果、侯健、夏承楹等，更有女作家如張愛玲、聶華苓、琦君、郭良蕙、於梨華等，幾乎囊括了五○年代文壇最活躍的作者群。

3.《文星》雜誌與文星叢刊

五○年代末，在台灣文壇上升起了一顆「文星」，或稱文星集團——從「文星書店」（一九五二年），而後「文星雜誌」（一九五七年創刊），到定期推出的「文星叢刊」（一九六三年）；對當時的台灣知識份子而言，「文星」可說是文化生活裡很重要的部分，很少人能不受到它的影響。

文星的主持人蕭孟能早年畢業於金陵大學，是新聞界聞人蕭同茲的公子。最早的「書店」原只是台北衡陽路口的一個小攤子，後來有了店面，便開始發售和影印外文圖書，也出版勵志類與兒童書。

就這樣經營五年後，才創辦《文星》雜誌，第一任主編是何凡、林海音夫婦，發刊詞即出自知名專欄作家何凡的手筆。《文星》採大十六開本，標榜是一份「生活的，文學的，藝術的」雜誌，內容其實是綜合性的，有漫畫選粹、體育新聞、社會評論、文學作品等。推出之後，市場反應平穩，而眞正使《文星》雜誌「名滿天下，謗亦隨之」，也提早壽終正寢的，則是台大歷史系研究生，當時主張「全盤西化」，後來接下主編棒子的李敖——一九六一年十一月一日，《文星》發表了李敖的〈老年人與棒子〉，正式拉開文化界「中西文化論戰」的序幕。

爲了配合雜誌的發行，文星於一九六三年推出了「文星叢刊」第一輯十種，引進歐美流行的四十開本口袋書，每本售價十四元台幣，大受讀者歡迎。截至一九六八年，文星於五年間出版約三百種書，創下台灣出版史的新紀錄。文星除了選書嚴格、寧缺勿濫之外，也打破台灣單行本只能出長篇小說的習慣，率先將短篇小說、新詩、散文等集結成書出版。

「文星叢刊」的第一批書包括有梁實秋的《秋室雜文》、余光中散文集《左手的繆思》、李敖的《傳統下的獨白》、林海音小說集《婚姻的故事》、聶華苓小說集《一朵小白花》，以及於梨華小說集《歸》。以上六位都是經常爲《文星》雜誌寫稿的作者，余光中更兼「文星詩頁」主編，負責文星的現代詩稿，而林海音則在五〇年代同時主編《聯合報》副刊，鼓勵過無數本省籍作家，聶華苓也同期主編《自由中國》文藝欄，兩人除了是當時文學場域上極有影響力的人物之外，她們的長篇小說，至今都仍是華文書市裡的文學名著。

4. 白先勇創辦《現代文學》雜誌

《現代文學》創刊於一九六〇年三月，彷彿是爲了接續《文學雜誌》而誕生，參與創辦的也正好是夏教授的一群台大外文系學生，白先勇、王文興、陳若曦、歐陽子都是這本雜誌的核心人物。發起人白先勇就說過，夏濟安是他們的文學導師，夏濟安所主編的《文學雜誌》即《現代文學》的先驅。

由劉紹銘執筆的創刊詞上說：《現代文學》創辦的動機，「一是我們對中國文學前途的關心，二是我們在這幾年來一直受著對文學熱愛的煎磨與驅促」。他們這群就讀於外文系的學生，更「打算分期有系統地翻譯介紹西方近代藝術學派和潮流、批評和思想，並盡可能選擇其代表作品」。的確，在停刊（一九七三年）之前共五十一期的《文學雜誌》上，總共刊登了七十餘位作者的兩百多篇作品，翻譯介紹了現代主義大師如卡夫卡、喬哀思、艾略特、湯瑪斯曼、勞倫斯、卡謬等人的名篇。

《現代文學》作者群除了當時在台大唸書的葉維廉、叢甦、劉紹銘、王禎和、杜國清、鄭恆雄、淡瑩、王文興、歐陽子、陳若曦、李歐梵之外，還有來投稿的陳映眞、李昂、七等生、黃春明、王拓、何欣、周夢蝶、余光中、鄭愁予等，幾乎網羅了六〇年代所有優秀的作家，並藉由他們的作品，綜合凝聚出戰後台灣文學的黃金時期。

1.紀弦創辦《現代詩》季刊，成立「現代派」

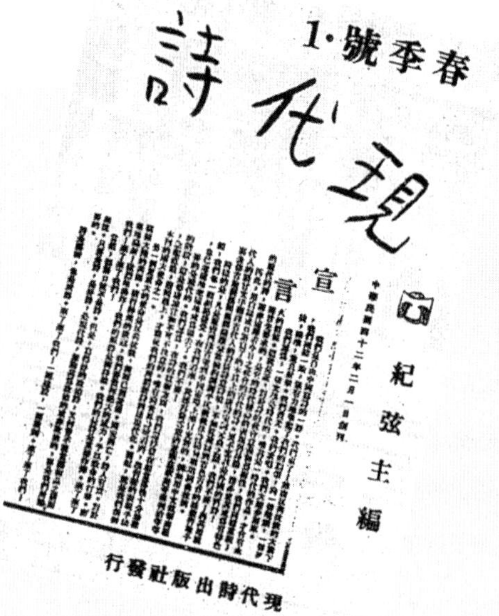

▲紀弦自畫像。紀弦於一九五三年開始利用課餘，獨資創辦《現代詩》季刊，並在一九五六年發起「現代派」。

▶《現代詩》季刊。

▲「藍星詩社」的領導者覃子豪。「藍星詩社」是當時的三大詩社之一，與「現代詩社」勢均力敵，甚至展開論戰。

▲《藍星詩選》是「藍星詩社」的代表刊物。

▲ 張默是當時「創世紀詩社」的主要人物之一。

▲ 瘂弦（左）、洛夫（右）與張默等人成立「創世紀詩社」，與「現代詩社」、「藍星詩社」並稱為當時的三大詩社。

▲ 瘂弦的詩集《瘂弦詩抄》。

2.《文學雜誌》的創辦

◀ 梁實秋（一九〇三～一九八七），是當時《文學雜誌》的主要作家之一。

▶ 一九五六年，夏濟安創辦《文學雜誌》，提倡「樸實、理智、冷靜的作風」，積極培育文學新手，主張嚴肅的文學理念，反對國家機器將文學視為宣傳工具。林海音最出名的代表作《城南舊事》就是首刊於此。

3.《文星》雜誌與文星叢刊

▲ 創辦《文星》雜誌的蕭孟能。

▶《文星》雜誌是五〇年代文化生活重要的一部分，很少人不受它影響。

▲《文星》雜誌第一任主編何凡與林海音夫婦。

▲ 主編「文星詩頁」的余光中，負責《文星》的現代詩稿。

4. 白先勇創辦《現代文學》雜誌

▲ 白先勇是《現代文學》的發起創辦人。此後幾十年在台灣文壇極受到矚目。

▲《現代文學》創刊於一九六〇年三月，彷彿是為了接續《文學雜誌》而誕生，參與創辦的核心人物白先勇等人，都是夏濟安在台大外文系的學生，作者群幾乎網羅了六〇年代所有優秀的作家，凝聚出戰後台灣文學的黃金時期。

第十五章

七〇年代

台灣鄉土文學論戰

發生於一九七七年到一九七八年的「台灣鄉土文學論戰」，導因於當時政治、經濟，以及文化各層面的變動。論戰雙方藉由不同的文學觀，討論台灣文學的發展動向，從批判和克服現代主義文學的反傳統與脫離台灣現實社會的缺失開始，進一步深入探討台灣社會整體的未來發展。

在文學方面，主張文學必須具備時代性、社會性的鄉土文學派，與主張爲文學而文學的文藝派，以及黨政色彩濃厚的反共文學派，對於文學發展走向各有不同的觀點。

在社會層面，六〇年代以降的「西化」風潮，以及鄉土作家們所強調的「植根鄉土」文學主張，也和國民政府一貫強調的反共戰鬥文藝方針產生了理念上的衝突。

七〇年代的鄉土文學論戰，基本上就是在這兩個層面的衝突下引發。

1.各擁媒體，壁壘分明

在論戰當中，媒體的掌控成爲一個重大關鍵，雙方各自擁有自己的發聲刊物，爲自己的理念進行辯護或維護。鄉土文學派的主要言論發表刊物有《夏潮》、《台灣文藝》、《中國論壇》、《中華雜誌》等。至於反對鄉土文學的反共作家以及強調西化的作家們，則掌握了《中央日報》、《聯合報》、《中華日報》、《中國時報》、《青年戰士報》、《中華文藝》、《青溪》、《幼獅文藝》等官民營刊物；值得注意的是，這其中還包括了各縣市救國團所發行的縣市青年期刊，每期一百多萬冊的發行量，在相當程度上影響了青年學子，並且成爲有效的發聲傳播工具。

2.《仙人掌》雜誌正式引爆鄉土文學論戰

實際上，對於鄉土作家們的文學社會意識的質疑，早在一九七七年二月何言於《聯合報》上所發表的〈啊！社會文學〉一文中即已提出，然而此文並未引起相關的討論。眞正引發文學論戰的導火線，是《仙人掌》雜誌於一九七七年四月所企劃的「鄉土與現實」專輯，其中刊登了王拓的〈是「現實主義」文學，不是鄉土文學〉、尉天驄的〈什麼人唱什麼歌〉，以及銀正雄的〈墳地裡哪來的鐘聲〉、朱西甯的〈回歸何處？如何回歸？〉等四篇對於鄉土文學的正反言論。

王拓是以七○年代初期覺醒的民族意識和社會意識為基礎，選取了現實主義的意涵來取代鄉土文學的名稱，想藉此超越鄉土文學的農業社會性質或地方主義的侷限，進一步與整體的社會改革結合；他認為這種植根於台灣社會所反映的現實、人民生活以及心靈想望的文學，不只是以鄉村背景來描寫鄉村人物的鄉村文學，同時也是以都市為背景，描寫都市人的都市文學，因此這樣的文學應該稱為「現實主義」文學，而不是「鄉土」文學。

尉天驄則是藉著越南民歌，提醒作家不要在自己的「純粹美感經驗」中去粉飾或合理化社會上的種種不義行為，要去體察社會低下階層人民的苦痛，進而為時代的苦難及民族的奮鬥作見證，要「為人生而藝術」，如此的作品才是眞正能夠感動人、啓迪讀者的向上意識。

他們二位從不同的觀點肯定了七○年代的鄉土文學思潮，也因此點燃了戰火，引發了往後的討論聲浪。

至於朱西甯與銀正雄二人，則是對於七○年代興起的鄉土浪潮抱持著否定及懷疑的態度。

朱西甯認為，即使所謂的鄉土文藝可以風行一時，然而最終恐怕將會流於地方主義，規模不大，終究難成氣候。他以中華民族文化作為審定標準，來看待鄉土文學，並認為回歸必須是建立於三民主義所繼承的中華文化道統上。

銀正雄則認定「鄉土文學」會淪為作家們表達仇恨、憎惡等意識的發洩工具，是一種變質的，並且走了偏差方向的文學。

3.肯定「鄉土文學」派的持續發聲

同年五月，葉石濤在《夏潮》中發表了〈台灣鄉土文學史導論〉，從台灣社會歷史發展的角度切入，對台灣鄉土文學作了正名。他認為，台灣的鄉土文學就是以台灣意識為前提的文學，是台灣人民長期受到殖民統治的共同經驗，也就是被壓迫與反壓迫的經驗；強調台灣鄉土文學應該承繼日治時代台灣人民的反壓迫意識，這才是七○年代鄉土文學的眞諦。

到了六月，陳映眞則在《台灣文藝》上發表了〈鄉土文學的盲點〉，將台灣與中國置放在同一個「反帝、反封建」的系譜中，以中國人的民族意識來看台灣意識。他認爲，台灣鄉土文學在全中國近代「反帝、反封建」的文學中，將可成爲其中光輝的、不可切割的一環。緊接著，又在同年七月一日的《仙人掌》上發表了〈文學來自社會反映社會〉一文，延續之前的立論，認爲七〇年代的鄉土文學，主要是幫助台灣在社會、經濟、文化上抵抗西化影響與支配，具有反對西方和東方經濟帝國主義和文化帝國主義的意義，所延續的正是中國追求國家獨立的反帝民族精神。

八月，尉天驄在《國魂》上發表了〈文學爲人生服務〉，提出了文學爲人生服務的主張，從民族的立場肯定了鄉土文學。

原則上，葉石濤、王拓、尉天驄、陳映眞等人，對於鄉土文學所代表的意義與精神，多持正面的肯定態度。而另一派持反對主張的，則對於鄉土文學有迥異的見解。

4.反對「鄉土文學」派的回擊

同年八月，彭歌和余光中接連在《聯合報》副刊上發表〈不談人性，何有文學〉、〈狼來了〉兩篇文章，明白點名批判王拓、尉天驄以及陳映眞的主張，並指稱他們所倡導的是「工農兵文學」。這一立論提出之後，更引起了政府的關切。

彭歌以《中央日報》的主筆身分，首先對鄉土文學發難，實際上也融合了官方的文藝反共政策立場。在此之前，彭歌已於七月二十七日的《聯合報》上發表〈對偏向的警覺〉，將鄉土文學的社會意識視爲「挖牆腳」。另外在八月五日的《聯合報》上，又撰寫了〈統戰的主與從〉，認爲鄉土文學的傾向是爲了分化社會內部的團結，之後才在〈不談人性，何有文學〉一文中大肆抨擊王拓等三人。

余光中接續彭歌而起，在八月二十日刊登的〈狼來了〉一文中，直接言明這些鄉土作家們所提倡的就是「工農兵文學」。

此後，於一九七七年八月二十九日至三十日所召開的全國第二次文藝大會上，便出現了大量批判鄉土文學、現實主義文學的文章。由於此次文藝大會有不少負責文宣政策的人士參加，因此也被視為是文藝政策與文學路線的檢討會議，其中支持官方文藝政策的作家包括了尹雪曼、朱西甯、趙滋藩、董保中等人，在會中對鄉土文學進行了一次總攻擊。

5.「鄉土文學」論戰的結束與影響

陳映眞接著於同年十月在《中華雜誌》發表〈建立民族文學的風格〉一文，肯定鄉土文學作家們為追求民族獨立自由所作的努力，並嚴厲聲明他們所主張的絕不是工農兵文學。王拓也於八月在《夏潮》上發表〈鄉土文學與現實主義〉，又於同年九月於《聯合報》上發表〈擁抱健康的大地〉，聲明他所謂的「正確地反映社會矛盾」，是基於對這塊土地人民的關懷。尉天驄則於同年的十一月於《中華雜誌》上發表〈欲開壅閉達人情，先向詩歌求諷刺！〉一文，對彭歌的「人性論」提出批判。

除了這兩派的爭辯之外，胡秋原、徐復觀、侯立朝、陳鼓應等人，也基於民族文化的立場，為文支持鄉土文學以及批判這些反鄉土的洋化派。此外，也有持中立立場的學者，如何欣、齊益壽等人，從比較客觀的角度來評價鄉土文學。最後為鄉土文學論戰劃下句點的是於一九七八年一月十八、十九兩日在台北召開的「國軍文藝大會」，會中楚崧秋、王昇代表官方發言，希望文學界每個人都能平心靜氣、求眞求實地為發揚中華民族文藝奮勇前進，基本上肯定鄉土文學的民族之愛，但呼籲作家們千萬不要被共產黨利用，顯露了濃厚的官方政策。

就意識層面而言，鄉土文學論戰使作家清楚地體認到文學與政治勢力間的糾葛。七〇年代鄉土文學運動的倡導者，不論是站在台灣本土，或是民族主義的立場，其最終目的都不外乎是要達到改革台灣經濟、文化的依附性，因而將文學納入整體社會改造運動的一環，而這與當權者的文藝政策卻是背道而馳的。因此，鄉土文學論戰可以視為官方文學與民間文學兩條路線的釐清，台灣作家也因此意識到掌握文化主導權的重要性，尤其是當「本土派」於八〇年代提出建立自主性的台灣文化、文學時，更可以窺察出「反支配」論述的成形。

其次再就文學與社會的面向考察，經過鄉土文學論戰的「再確認」

過程之後，七〇年代文學運動所提出的文學必須植根於社會生活，進而與民族命運及社會發展結合的立論，已成爲作家們的共識。七〇年代的小說之所以能呈顯出多樣風貌，也是基於這層認知而來。在社會的變動衝擊下，知識份子打破了長久以來台灣社會的政治禁錮，並正視社會問題，努力接近群眾，企圖超越知識份子空談理論的缺失，進一步擴大社會反省運動的格局；而這樣的創作實踐，也爲八〇年代的小說題材多元化奠定了基礎，如報導文學、女性文學、環保文學、都市小說、政治小說等議題的挖掘。

此外，在文學回歸與尋根的浪潮下，也開啓了台灣文學整理、研究的風氣，如張良澤主編的《鍾理和全集》、《吳濁流作品集》、《王詩琅全集》，李南衡主編的《日據下台灣新文學》，葉石濤、鍾肇政等主編的《光復前台灣文學全集》等，都是有意識地整理一九二三年以來台灣新文學運動的成果，讓戰後出生的一代可以溯源尋根，繼承本土文學的傳統。

總而言之，七〇年代的鄉土文學運動，修正了文學偏離社會的問題，論戰的引發，則進一步確認了鄉土文學的發展路線，對於台灣文學發展有著路線釐清的作用。

1.各擁媒體，壁壘分明

A.鄉土文學派的發聲刊物

◀《夏潮》雜誌，由鄭泰安、蘇慶黎等人於一九七六年二月二十八日創刊。後由蘇慶黎擔任總編輯，以「反帝、反封建、反資本主義」為主軸。因《夏潮》作者如陳映真、黃春明、王拓等人的小說強調本土的、現實主義思想，被《聯合報》、《幼獅文藝》等媒體批為「工農兵文學」，而引發「鄉土文學論戰」。

▲一九六四年四月，吳濁流創辦了《台灣文藝》雜誌，承繼日治時代新文學運動的基本精神，主張反映人生，特別注重鄉土色彩，較偏向於寫實主義現實文學。作家群涵蓋了日治時代老作家，以及戰後第一、第二代台籍作家。

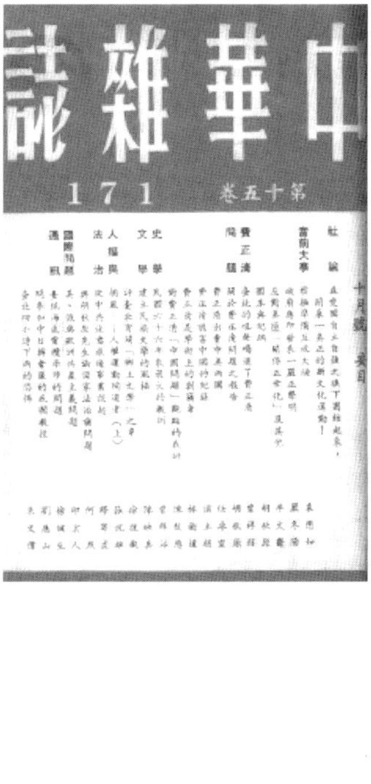

◀《中華雜誌》。主張復興中華文化的胡秋原，為了取得論戰的「戰場」，在一九六三年八月創刊。

B.反鄉土文學派的發聲刊物

▲《青溪》月刊，由廖祖述於一九六七年創刊，主要針對後備軍人發行，是一份帶有軍中色彩的刊物。

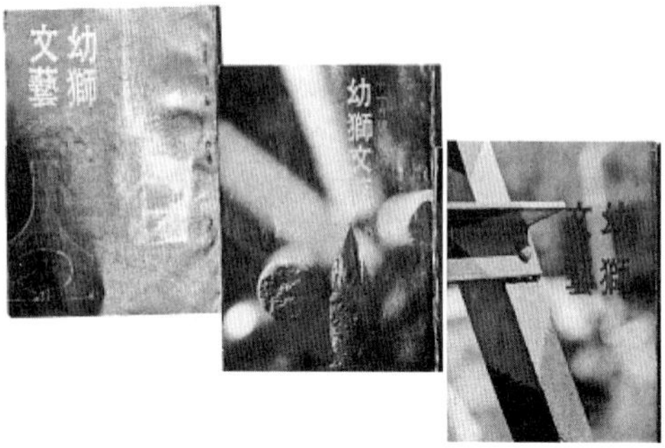

▲《幼獅文藝》，一九五四年三月創刊，是屬於「中國青年寫作協會」的機關刊物，至今仍然繼續發行。

▲七○年代，中國青年反共救國團在各縣市均發行縣市青年期刊，全盛時期每期均發行一百多萬冊，主要發行對象為高中生及初中高年級學生。

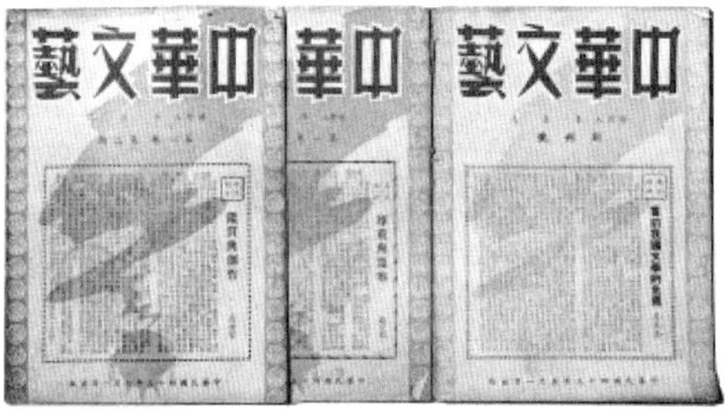

▲《中華文藝》，由尹雪曼於一九七一年三月創刊，是一本由國軍退除役官兵輔導委員會支持的雜誌。

2.《仙人掌》雜誌正式引爆鄉土文學論戰

▲《仙人掌》雜誌於一九七七年四月所企劃的「鄉土與現實」專輯，後來引發了一場激烈的論戰。

▲ 王拓在《仙人掌》「鄉土與現實」專輯中，發表<是「現實主義」文學，不是鄉土文學>，是當時鄉土文學派的重要論點。

▲ 尉天驄在《仙人掌》「鄉土與現實」專輯中，發表<什麼人唱什麼歌>，也是鄉土文學派的代表性論點。

▲ 朱西甯在《仙人掌》「鄉土與現實」專輯中，發表<回歸何處？如何回歸？>，表達對鄉土文學派論點的不贊同。

3.肯定「鄉土文學」派的持續發聲

▼▶《夏潮》雜誌，一九七七年五月號的封面與目次。

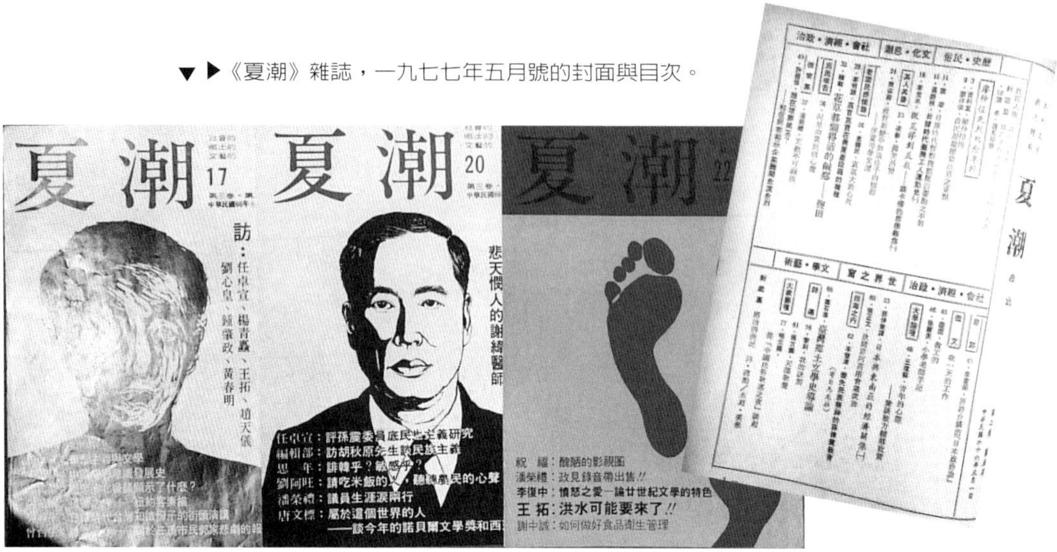

▲ 一九七七年五月，葉石濤在《夏潮》發表＜台灣鄉土文學史導論＞，從台灣社會歷史發展的角度切入，賦予「台灣文學」清楚準確的定義。

▲ 一九七七年六月，陳映真在《台灣文藝》上發表了＜鄉土文學的盲點＞，以其分析能力，站在第三世界的、較國際性的立場來肯定鄉土文學。

4.反對「鄉土文學」派的回擊

▲ 一九七七年八月十九日，彭歌在《聯合報》副刊上發表＜不談人性，何有文學＞一文；二十日，余光中則發表＜狼來了＞一文，直接點名批判鄉土文學派。

5.「鄉土文學」論戰的結束與影響

◀《當代文學問題總批判》，彭歌等著，收錄76篇反對鄉土文學的評論。

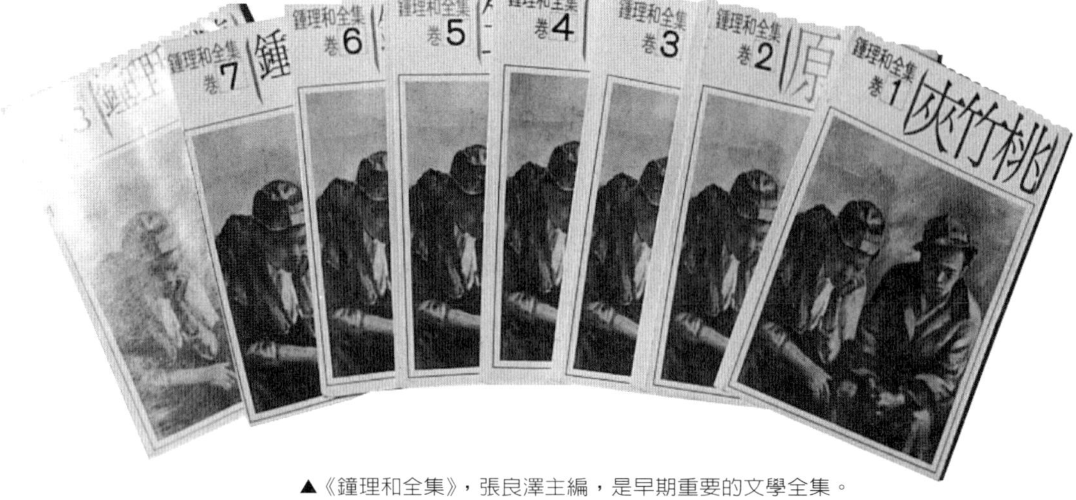

▲《鍾理和全集》，張良澤主編，是早期重要的文學全集。

▲《吳濁流作品集》，張良澤主編，一些具鄉土意識的書刊逐開始漸見蓬勃。

▲《日據下台灣新文學》，由李南衡主編，內容詳盡，對日後台灣文學的研究帶動了影響。

▲《王詩琅全集》，張良澤主編，包含了台灣民間故事、傳說與人物評論等。

◀《光復前台灣新文學全集》，包括由葉石濤、鍾肇政主編的小說八卷，以及由陳千武、羊子喬主編的新詩四卷。是一九八二年出版的大部頭文集。

第十六章

台灣本土文學的覺醒

一九八〇年二月，因美麗島事件被捕的省議員林義雄家中發生祖孫三人被殺，另一名子女重傷的滅門血案，讓整個社會陷入低迷的氣氛；而接下來的軍法大審，所有被告則都侃侃而談，藉答辯申述自己的思想和抱負。許多作家日後表示，這一連串事件讓他們的文學觀獲得了極大啓迪；原本具有鎮壓反對勢力目的的大逮捕事件和軍法審判，反而激發了加速政治本土化的民主改革運動。美麗島事件入獄者家屬及辯護律師團之後相繼投入選舉，以致促成第一個本土新生政黨——民主進步黨成立、解嚴、國會全面改選、總統直選，可以說都是延續此事件所點燃的改革動力。政治民主化的動力來自於本土化的自主意識，文學發展的動力也同樣來自於本土化的自主意識。

1. 鍾理和紀念館設立與鹽分地帶文藝營創立

由文學界人士發起，期望藉由民間力量成立的第一座作家紀念館——鍾理和紀念館，在美麗島事件的餘波盪漾中，於一九八〇年八月四日舉行破土典禮。這座紀念館是爲了紀念鍾理和對本土文學創作的貢獻，發揚他熱愛文學的精神，因此由與他同時代的文友鍾肇政、葉石濤等人發起建館啓事，再由鍾理和的遺族捐出美濃尖山故居旁的土地作爲建地建館。由於它是台灣文學界的首創之舉，讓文藝界同感興奮；然而因爲時機適值美麗島事件後不久，所以也引起官方情治單位的關注。籌建人員表示，這座紀念館除了紀念鍾理和之外，也希望能成爲台灣作家的文學資料館，收藏台灣作家、文學資料。

由《自立晚報》主辦的「鹽分地帶文藝營」，也於一九八〇年八月如期在南鯤鯓舉行。這個具有宣揚本土文學理念的文學營隊，自前一年創辦以來，即因延續了日治時代的「佳里文風」，成爲喜愛本土文學的重要窗口；適逢八〇年代初多風多雨的政治氛圍，營隊活動也深受當局關注。

2.《文學界》創刊

以葉石濤爲首的南台灣文藝界人

士，於一九八二年一月十五日創辦了《文學界》雜誌。以往，由吳濁流於一九六四年創辦的《台灣文藝》，一向是台灣作家重要的精神依託，因此當它傳出可能停刊的消息之後，南台灣的文學界人士便以延續台灣文學香火爲動機，創辦了《文學界》雜誌。

《文學界》高舉台灣文學本土化的旗幟，並展開作家研究、史料挖掘、推展創作、推動文學史抒寫等文學發展工作，與仍繼續運作的《台灣文藝》及《笠》詩刊，並爲八〇年代推動本土文學的三大主力。

《文學界》的創刊，爲南台灣注入了一股文藝新氣息，是文學進入南台灣的前鋒，對於台灣文學生態的調整，具有指標性作用。稍後，執政黨的文工會也創辦了評論雜誌《文訊》（一九八三年七月），《聯合報》系則創辦了《聯合文學》（一九八四年十一月），因此更形凸顯了《文學界》的南方色彩。

3.台灣筆會成立

一九八七年二月十五日，標榜「作家超越一切黨派和政治權力」的「台灣筆會」成立；在此之前，則已有「中華民國筆會」成立在先。「台灣筆會」在成立宣言中強調「作家應當是一個精神的政府；作家應當是社會的良心、時代的證人，也應當是心靈的守護神、希望的領航員」，成立時即擁有一百六十名會員，卻拒絕向實施戒嚴中的政府註冊，強烈的抗議色彩，隱含著和當局對話的意義，因爲台灣筆會即是在官方一再利用戒嚴法的新聞管制辦法查禁書刊、雜誌，剝奪言論、創作自由的背景下成立。

4.解嚴

「台灣地區」於一九八七年七月十五日零時起正式解嚴，長達三十八年多的戒嚴統治，終於在民眾接連的抗議聲中落幕。針對民進黨於前一年強行成立，解嚴令解決了取締非法政治組織的頭痛問題，但隨即頒布的「國安法」，仍然對人民言論、思想、著作的自由限制重重，「報禁」遲至一九八八年元月才開放，但刑法第一百條，仍嚴重威脅人民的言論思想自由。

文學創作方面，的確因解嚴後的報紙增張及新報紙的創刊，增加了不少發表園地，但創作心靈的解嚴，卻還有一段漫長的路要走。解嚴後創辦的《自立早報》及《首都早報》副刊，在台灣文學的推動上都有卓越貢獻。

1. 鍾理和紀念館設立與鹽分地帶文藝營創立

▲ 一九八〇年八月四日，鍾理和紀念館舉行破土典禮，由於是台灣文學界的首創之舉，讓文學界同感興奮，除了紀念鍾理和之外，也希望能成為台灣作家的文學資料館，收藏台灣作家以及台灣文學資料。

▶ 一九八三年八月七日，鍾肇政主持鍾理和紀念館的落成典禮。當時的文建會主委陳奇祿、鍾理和遺孀鍾平妹及作家楊逵等皆親臨觀禮。

▲ 由《自立晚報》主辦的「鹽分地帶文藝營」，延續了日治時代的「佳里文風」，成為本土文學的重要窗口。後由吳三連台灣史料基金會接辦。

▲ 台南北門地區文風鼎盛，詩人及詩社發跡於南鯤鯓附近，因該區土地含鹽成份高分，故稱「鹽分地帶」。日治時期，鹽分地帶即已有「青風會」，突顯帶著濃烈鹽分氣息的「鹽分地帶」文學。

2.《文學界》創刊

▲ 葉石濤、鄭炯明、曾貴海、林瑞明、彭瑞金、陳坤崙等南台灣文藝界人士，於一九八二年一月十五日創辦了《文學界》雜誌。與《台灣文藝》與《笠》詩刊，成為八〇年代推動本土文學的三大主力。

▲《文學界》的精神領袖葉石濤。

▲ 林瑞明。

▲ 彭瑞金。

▲ 鄭炯明。

▲ 曾貴海。

這些活躍於台灣南部的作家群及評論家，是影響台灣文學的重要力量。

▲一九八二年二月七日，《文學界》的創刊出版紀念照。

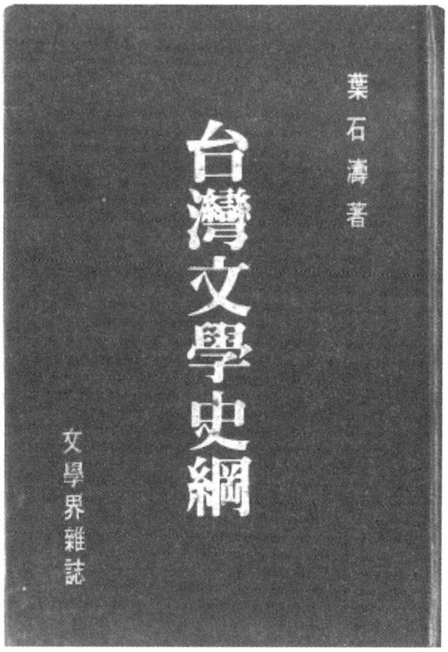

▶一九八四年由文學界雜誌出版，葉石濤所著的《台灣文學史大綱》，是台灣第一部完整介紹台灣文學史的專書；一九八七年與林瑞明的<台灣文學史年表>合刊，改名為《台灣文學史綱》。

◀ 一九六四年六月，一群重視台灣現實狀況的現代詩人白萩、陳千武、林亨泰等，創刊了《笠》詩刊，前後網羅了台灣中堅及年輕一代的詩人，與《台灣文藝》同為以本土為重，具有自主性的文學刊物。

▲ 林亨泰

▲ 陳千武

▲ 一九七三年十月二十五日，《笠》詩刊在豐原舉行第五十八期編輯會議。

▲ 白萩

◀ 一九七五年，《笠》詩刊成員在《自立晚報》社聚會。

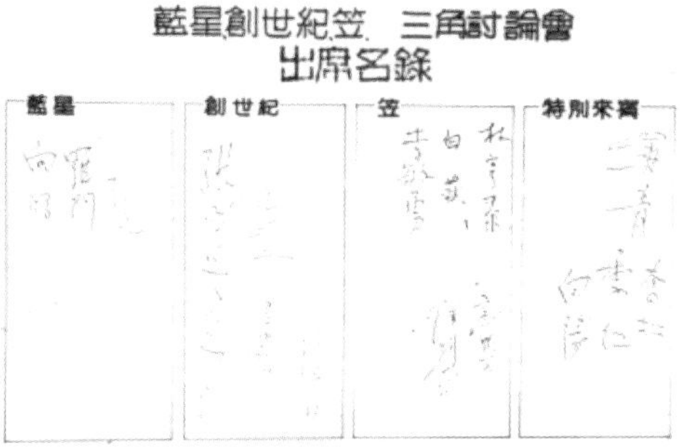

▲ ◀ 一九八三年，《自立晚報》副刊與《笠》詩刊共同主辦了藍星詩社、創世紀詩社與笠詩社的「三角討論會」，以「試探現代詩史軌跡・點描集團運動輪廓」為主題。

▲ 二〇〇一年，笠詩社在台中召開社務委員與編輯聯席會議之後合影。

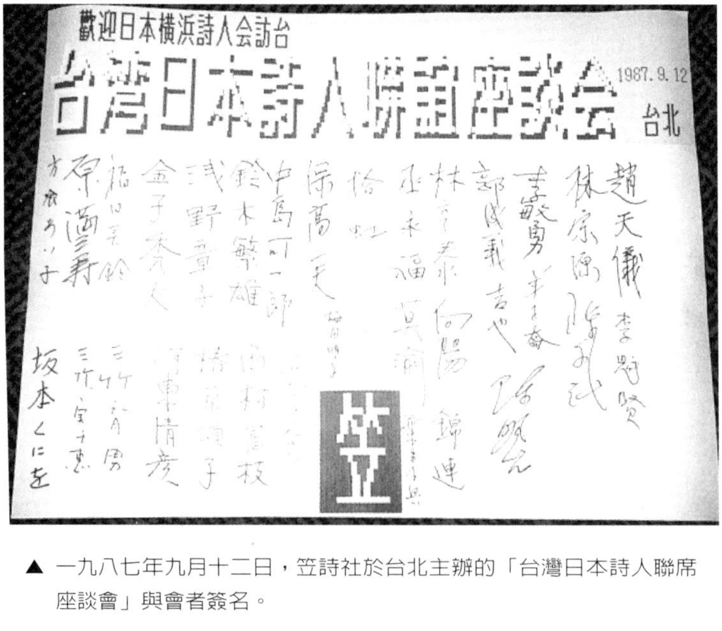

▲ 一九八七年九月十二日，笠詩社於台北主辦的「台灣日本詩人聯席座談會」與會者簽名。

▲ 國民黨文工會於一九八三年七月創辦評論雜誌《文訊》，直到今天仍繼續刊行，是台灣出刊最久的一份文學資訊雜誌。

▲ 聯合報系於一九八四年十一月創辦《聯合文學》，廣泛網羅各方文學作家的作品。

3.台灣筆會成立

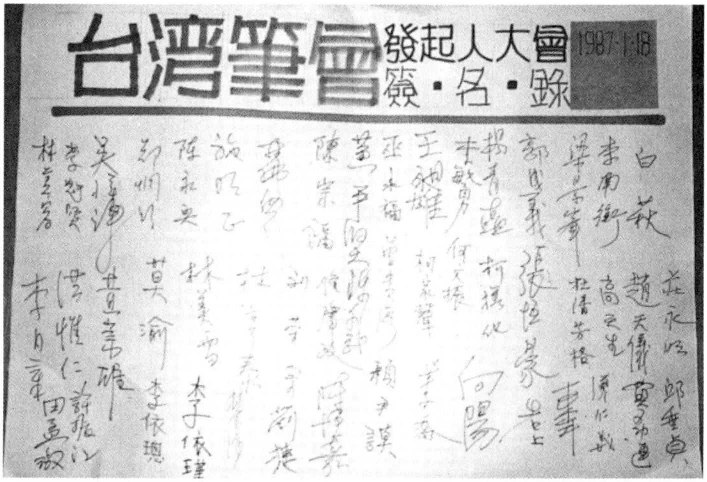

◀ 一九八七年一月十八日，台灣筆會成立前舉行發起人大會，所有發起人的簽名錄。

▲ 一九八九年，台灣筆會舉行年會。

▶ 一九九四年，台灣筆會主辦以「文學與政治」為探討主題的台灣作家會議，由主辦人作家李敏勇(右二)主持。

◀ 二〇〇二年，台灣筆會新舊任會長李喬(右)與曾貴海(左)交接典禮。

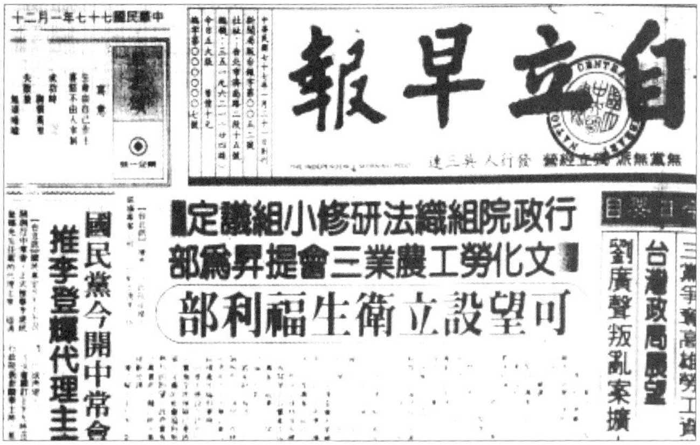

▲▶ 一九八七年七月十五日，台灣正式解除戒嚴，一九八八年元月開放報禁，之後創辦的《自立早報》與《首都早報》副刊，在台灣文學的推動上都有卓越貢獻。

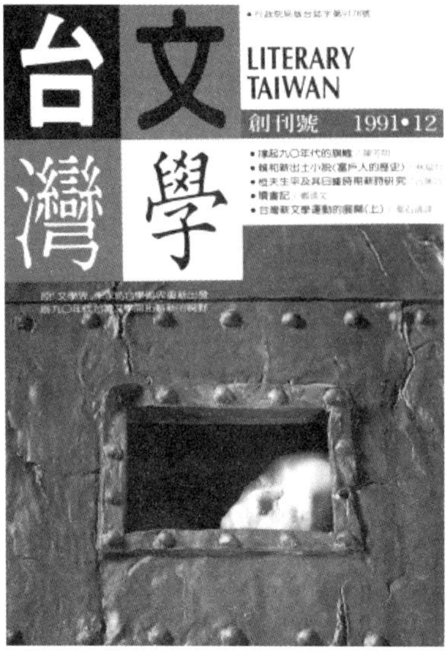

▲一九九一年十二月，為了接續《文學界》的職志，台灣南部的文學界人士創刊了《文學台灣》，由鄭烱明擔任發行人，曾貴海為社長，彭瑞金主編。

▼一九八五年，《文學台灣》創刊前編輯委員包括鄭清文、施淑、陳芳明、李魁賢、吳潛誠、張恆豪、楊照等人合影。

▲一九九一年，《文學台灣》創刊紀念。

▲一九九六年十月二十日，在《文學台灣》創刊五週年的同時，成立了「文學台灣基金會」，致力於文學活動的推展。

第十七章

台灣文學的甦醒與台灣文學館設立

一九九〇年代，強人政治結束，政治民主化的過程也在不斷的陣痛之後逐漸邁步向前；而影響文學活動和文學創作的言論自由保障，也隨著政治民主化、自由化的腳步，漸趨多元、活潑，無論是詩、小說，乃至報導文學的創作，皆普遍將觸角伸向五〇年代的白色恐怖以及二二八事件。台灣文學研究的風氣也漸漸開啓，八〇年代本土化的成果逐漸呈顯出來。於是，爲落實本土化運動的成果，台灣文學作品的教育定位、台灣文學研究的學術化、台灣文學的社會定位、台灣文學系的設立等議題廣受討論，呈現出一片復甦的文學氣氛。

1. 賴和及其同時代作家
——日據時期台灣文學國際學術會議

一九九四年十一月二十五日到二十七日，在清華大學召開一場「賴和及其同時代作家——日據時期台灣文學國際學術會議」，計有國內外學者三十九篇論文發表。這場被形容爲空前盛大的文學學術研討會，主要是由國立清華大學主辦，是一場以純粹台灣文學爲討論對象的學術會議。會議結束後，日本方面的台灣文學學者下村作次郎、中島利郎、藤井省三、黃英哲等聯合編選了於會議中發表的日本、美國、台灣三國學者的二十篇論文，以《甦醒的台灣文學》爲書名，在日本出版日文版的會議論文集。

2. 台灣文學系、所的設立

九〇年代，隨著政治的民主化，大學、技術學院的設立也漸趨鬆綁；然而，數十所大學都設有中國文學系及世界各國的文學系所，唯獨沒有一所大學設立「台灣文學系」，因此，台灣文學界遂發起近三十個民間文藝團體，呼籲教育部正視此一不正常的教育現象。經過朝野多次折衝，教育部終於准許原私立淡水工商管理學院（後改名眞理大學）籌備成立「台灣文學系」，並於一九九七年九月第一次招生，號稱「台灣四百年來第一系」。之後，教育部再於三年後核准國立成功大學設立「台灣文學研究所」，於二〇〇〇年九月成立，進一步培養台灣文學的研究人才。

3. 原住民書寫文學時代的到來

在台灣文學史裡，曾經出現過不少由非原住民作家書寫的原住民歷史、神話、生活題材的作品，構成早期的台灣原住民文學。六〇年代雖也出現過原住民作者，可惜只是單獨個案，直到八〇年代，布農族醫學生田雅各的小說，和盲詩人莫那能的詩出現，才開啓原住民書寫文學的史頁。進入九〇年代以後，以佔台灣總人口比例不及百分之一・五的台灣原住民來說，其作家人口之比例，可以說是火力全開，計有泰雅族的瓦歷斯・諾幹、娃利斯・羅干、游霸士・撓給赫，布農族的霍斯陸曼・伐伐、伊斯瑪哈單・卜袞，達悟族的夏曼・藍波安、夏本奇伯愛雅，魯凱族的奧威尼・卡露斯盎，排灣族的利格拉樂・阿𡠄，鄒族的巴蘇亞・博伊哲努，卑南族的孫大川，構成一個極爲龐大的原住民寫作群，作品涵蓋有小說、詩、報導文學等創作，或神話、傳說、歌謠的整理。無論哪一種文類，原住民書寫文學都能結合自己的文化、歷史和生活，將神話、傳說、民情風俗、語言以及現實生活的課題，巧妙地融入文學創作，成爲九〇年代台灣文學中最具創意、最具啓示性的文學新生力量。

4.台灣文學館成立

同樣也是台灣文學本土化運動的一環，台灣文學界要求由國家設立「台灣文學館」，之後行政院會終於同意於一九九七年八月，成立「國立文化資產保存研究中心籌備處」，負責籌備「文化資產保存研究中心」及「台灣文學館」。館舍設在台南市舊市府原址，經整修擴建後，預定於二〇〇三年春天完工，秋天開館。未來，「台灣文學館」將負起台灣文學資料蒐集、典藏、展覽、推廣、研究等重要任務。籌備期間，已進行多項台灣文學史料、作家作品集整理、展覽、研究、數位化等工作，已完成者有《楊逵全集》的出版，《龍瑛宗全集》、《呂赫若日記》的編輯，並有多項研究、出版、展示計劃正在進行中。

1. 賴和及其同時代作家——日據時期台灣文學國際學術會議……

◀ 一九九四年十一月二十五日到二十七日，在清華大學召開一場「賴和及其同時代作家——日據時期台灣文學國際學術會議」。

▶ 與會的前輩作家合影，包括葉石濤、巫永福、林亨泰、王昶雄等人。

2. 台灣文學系、所的設立

▲　在關心台灣文學及文化人士的長期努力下，一九九七年九月，真理大學台灣文學系正式招生，是第一個台灣文學系，舉辦多次台灣文學學術研討會，此為一九九八年舉辦「福爾摩沙的瑰寶———葉石濤文學會議」之後，葉石濤（右二）、鍾肇政（左二）、巫永福（左一）與作家許台英夫婦（左三、四）、台灣文學學者許俊雅（右一）等合影。

▲台灣文學作家及評論家們合影於真理大學麻豆校區台灣文學資料館的辦公室內。

◀二〇〇〇年九月，國立成功大學設立台灣文學研究所，進一步培養台灣文學的研究人才。

3. 原住民書寫文學時代的到來

一九九○年代以後，原住民作家輩出，構成一個原住民寫作群，作品涵蓋小說、詩、報導文學等創作，或神話、傳說、歌謠的整理，這些原住民作家來自不同的族群——

▲ 泰雅族的瓦歷斯．諾幹。

▲ 布農族的霍斯陸曼．伐伐。

▲ 達悟族的夏曼．藍波安。

▲ 排灣族的利格拉樂．阿𡠄。

▲ 鄒族的巴蘇亞．博伊哲努。

▲ 卑南族的孫大川。

4.台灣文學館設立

▲ 一九九七年八月，政府成立「國立文化資產保存研究中心籌備處」，負責籌備「台灣文化資產保存中心」與「台灣文學館」，館舍設在台南市舊市府原址，是古蹟再生的良好範例。負責起台灣文學資料蒐集、典藏、展覽、推廣、研究等重要任務。

台灣文學百年發展史大事年表

年　代	事　件
一八九五年	◆ 四月十七日，清廷與日本在馬關「春帆樓」簽訂「馬關條約」，將台灣割讓給日本。 ◆ 五月二十五日，台灣官紳成立台灣民主國，建元永清，繼續抗日。 ◆ 六月十七日，日軍於台北舉行「始政」儀式　。 ◆ 十月，台灣民主國崩潰瓦解。
一八九六年	◆ 六月十七日，《台灣新報》創刊於台北。 ◆ 十月一日，《台灣新報》改爲日刊。
一八九七年	◆ 清代原有的傳統詩社，如台南的「浪吟社」、新竹的「竹梅吟社」，在日人與台人的共同努力下重新組織。
一八九八年	◆ 五月一日，《台灣日日新報》創刊，章太炎（炳麟）來台主編「漢文欄」。 ◆ 六月，兒玉源太郎總督在台北舉辦第一次饗老典，宴請八十歲以上的長者，以詩文慶賀他們的長壽。 ◆ 十一月，日人倡設「玉山吟社」。
一八九九年	◆ 四月九日，在彰化舉辦第二次饗老典。 ◆ 六月，兒玉源太郎總督召集島內詩人墨客，在別邸「南菜園」開吟詩大會，並於翌年刊行《南菜園唱和集》（岈山衣洲編）。 ◆ 十一月，在台南舉辦第三次饗老典。 ◆ 總督府將第二次和第三次饗老典的致辭、謝辭，以及因應「慶饗老典徵詩文」而寫的作品編輯成《慶饗老典錄》。
一九〇〇年	◆ 三月十五日，兒玉源太郎總督邀請全台近一百五十位進士、舉人、秀才在淡水舉行「揚文會」，實際與會者爲七十二位。 ◆ 四月八日，日文台灣民報社成立。 ◆ 十二月三日，在鳳山舉辦第四次饗老典。
一九〇一年	◆ 四月十八日，《台灣新聞》創刊於台中。
一九〇二年	◆ 林痴仙與林幼春於台中霧峰成立「櫟社」。
一九〇三年	◆ 《南溟文學》創刊於台南。

一九〇六年	◆ 後藤新平民政長官刊印《鳥松閣唱和集》（尾崎秀眞編）。 ◆ 台灣南部文人創立「南社」。
一九〇九年	◆ 一月，東洋協會台灣支部創刊《台灣時報》。 ◆ 台灣北部文人創立「瀛社」。
一九一〇年	◆ 十一月，台灣雜誌社創刊《台灣》。
一九一一年	◆ 三月三日，梁啓超從日本來台，前往霧峰拜訪林獻堂，並經常與櫟社詩人一起吟詩作對。
一九一四年	◆ 十二月五日，新台灣社創刊《新台灣》。
一九一六年	◆ 十月一日，《東台灣新報》於花蓮創刊。
一九一八年	◆ 十月十九日，台中櫟社社員蔡惠如、林幼春首倡設立台灣文社，並於台中召開成立大會，以期普及漢文。
一九一九年	◆ 一月，《台灣文藝叢誌》出版。 ◆ 七月，台灣總督府發行《台灣時報》。
一九二〇年	◆ 七月，以留學東京的台灣學生爲主體的《台灣青年》創刊。 ◆ 十一月，連雅堂於台南出版《台灣通史》上、中冊。 ◆ 十二月，林獻堂、蔡惠如等籌設台灣議會。
一九二一年	◆ 四月，連雅堂出版《台灣通史》下冊。 ◆ 第八任總督田健治郎邀請九十餘位漢詩人，在官邸吟詩作對，並將當天所作的詩詞收錄在同年十一月發行的《大雅唱和集》（鷹取田一郎編）中。 ◆ 十月十七日，台灣文化協會成立。
一九二二年	◆ 一月二十日，《台灣青年》第四卷第一號刊載陳瑞明＜日用文鼓吹論＞一文，掀起台灣白話文運動的序幕。 ◆ 一月二十八日，范本梁等三十二位留學北京的台灣學生於北京正式成立「北京台灣青年會」，與台灣文化協會遙相呼應。 ◆ 四月十日，《台灣青年》改名爲《台灣》。
一九二三年	◆ 四月十五日，《台灣民報》創刊，自詡爲「台灣人唯一的言論機關」。原本爲雙週刊，同年十月改爲十日刊，隔年六月又改爲週刊。 ◆ 四月，台灣白話文研究會成立。 ◆ 十月十二日，留學上海的台灣學生張我軍等人成立「上海台灣青年會」。

	◆ 十二月十六日，賴和因「治警事件」被捕入獄。
一九二四年	◆ 第九任總督內田嘉吉舉辦全島詩人大會，並發行詩集《新年言志》。 ◆ 二月十五日，連雅堂創刊《台灣詩薈》。 ◆ 十一月二十一日，一郎（張我軍）在《台灣民報》上發表＜糟糕的台灣文學界＞，引發「新舊文學論爭」。
一九二五年	◆ 楊雲萍、江夢筆創刊白話文文藝雜誌《人人》，是台灣最初的白話文文學雜誌。
一九二六年	◆ 一月一日，懶雲（賴和）在《台灣民報》上發表＜鬬鬧熱＞，完全用西方文學的手法反映台灣民眾的現實生活。 ◆ 賴和主編《台灣民報》「文藝欄」。 ◆ 十二月，張深切在廣東組織「廣東台灣革命青年團」。
一九二七年	◆ 一月二日，蔡培火提倡羅馬字。 ◆ 一月三日，台灣文化協會分裂。 ◆ 三月，蘇維霖、洪炎秋、宋文瑞、張我軍、吳敦禮等於北京創刊《少年台灣》。 ◆ 四月一日，台灣廣東台灣青年團成立，創刊《台灣先鋒》。 ◆ 八月一日，《台灣民報》開始在台灣本島發行。 ◆ 第十一任總督上山滿之進舉辦全島詩人大會，並發行詩集《東閣倡和集》。
一九二八年	◆ 五月七日，《台灣大眾時報》創刊，由王敏川主編。 ◆ 六月，平田藤吉郎主編《南方文學》。
一九二九年	◆ 三月，蔡培火於台南武廟成立羅馬式白話字研究會。
一九三〇年	◆ 二月八日，全台漢詩人在台中公會堂舉行聯吟大會。 ◆ 《台灣民報》改名爲《台灣新民報》。 ◆ 八月二日，《台灣新民報》從第三百三十四號開始增闢「曙光欄」，徵集新詩，由賴和主編。 ◆ 八月十六日，黃石輝在《伍人報》上連載＜怎麼不提倡鄉土文學＞，引發「鄉土文學論爭」。
一九三一年	◆ 六月三十一日，別所孝二、井手勳、藤原十三郎等二十九人與王詩琅、張維賢等十人合組「台灣文藝作家協會」。 ◆ 七月七日，郭秋生開始在《台灣新聞》連載＜建設台灣白話文一提案＞，掀起「台灣白話文論爭」。

	◆ 八月，台灣文藝作家協會機關誌《台灣文學》創刊，由別所孝二主編，總共只發行了六號。
一九三二年	◆ 一月一日，黃春成主編的《南音》創刊，開闢「台灣話文討論欄」，引起賴明弘、黃春成、黃石輝、莊遂性等人的筆戰。 ◆ 三月二十日，留日學生吳坤煌、張文環、蘇維熊、王白淵等人在東京組織「台灣藝術研究會」。 ◆ 四月十五日，《台灣新民報》從週刊改爲日報。 ◆ 八月十三日，東京台灣藝術研究會發行機關誌《台灣文藝》，由吳坤煌主編，總共發行兩期。
一九三三年	◆ 七月十五日，東京台灣藝術研究會創刊《フォルモサ》（福爾摩沙），由蘇維熊主編。 ◆ 十月二十五日，郭秋生、廖漢臣、黃得時、陳君玉、林克夫等人在台北組成「台灣文藝協會」，推郭秋生爲幹事長。
一九三四年	◆ 五月六日，「台灣文藝聯盟」在台中成立，並舉辦第一屆台灣全島文藝大會，是台灣最早具有全島性規模的文學團體。 ◆ 七月十五日，何春喜（貂山子）於《台灣新民報》上再次提倡鄉土文學，主張用「標音符號」（羅馬字及漢字偏旁）建設台灣話文，再度引起論爭。 ◆ 十月，楊逵的＜新聞配達夫＞（即＜送報伕＞）被《文學評論》雜誌第一卷第八號評選爲第二名（第一名從缺），成爲首部被刊登在日本文藝雜誌的台灣作家作品。 ◆ 十一月五日，台灣文藝聯盟創刊《台灣文藝》，共發行了十六號。
一九三五年	◆ 一月，張文環的＜父の顏＞（父親的顏面）入選《中央公論》小說徵文第四名。 ◆ 一月，呂赫若的＜牛車＞刊載於《文學評論》第二卷第一號。 ◆ 二月五日，台灣文藝聯盟與台灣藝術研究會合作，在東京成立「台灣文藝聯盟東京支部」。 ◆ 三月，楊華＜薄命＞刊載於《台灣文藝》第二卷第三號。 ◆ 八月十一日，台灣文藝聯盟於台中召開第二屆台灣文藝大會。楊逵與張星健因選稿意見不合，退出文藝聯盟。 ◆ 十二月二十八日，楊逵於台中創辦《台灣新文學》雜誌。

一九三六年	◆ 四月四日，台灣文藝聯盟鹽分地帶同仁於佳里召開「台灣新文學檢討座談會」。 ◆ 五月二十三日，台灣文藝聯盟台北支部成立。
一九三七年	◆ 四月一日，台灣的報紙、雜誌全面廢止漢文欄。 ◆ 四月，龍瑛宗的處女作＜パパイヤのある街＞（植有木瓜樹的小鎮）被《改造》雜誌第十九卷第四號評選為佳作。 ◆ 日本《大阪朝日新聞》「台灣版」增設「南島文藝欄」。 ◆ 九月二十九日，風月俱樂部發行《風月報》，成為日本政府禁用漢文之後的唯一漢文雜誌。
一九三九年	◆ 八月，陳虛谷、賴和、守愚、蘅秋等人成立「應社」。 ◆ 九月，在台日人作家成立「台灣詩人協會」，並發行詩誌《華麗島》。 ◆ 十二月，「台灣詩人協會」擴充改組為「台灣文藝家協會」，並發行《文藝台灣》。
一九四一年	◆ 五月二十七日，張文環等人創刊《台灣文學》。 ◆ 八月，太平洋戰爭爆發，台灣進入暫時警戒狀態。 ◆ 《風月報》改名為《南方》。
一九四二年	◆ 十月，第一屆大東亞文學者大會在東京召開，由西川滿、濱田隼雄、張文環、龍瑛宗代表台灣參加。 ◆ 十二月，大東亞文學者大會在台灣召開「大東亞文藝講演會」，由台灣文藝家協會主辦。
一九四三年	◆ 二月十一日，張文環＜夜猿＞、西川滿＜赤崁記＞、濱田隼雄＜南方移民村＞獲皇民奉公會文學獎。 ◆ 二月，張文環獲台灣總督頒授台灣文化獎。 ◆ 二月，第二屆大東亞文學者大會在東京召開，由齊藤勇、長崎浩、楊雲萍、周金波代表台灣參加。 ◆ 七月一日，陳火泉的＜道＞發表於《文藝台灣》第六卷第三號。 ◆ 七月三十一日，王昶雄的＜奔流＞發表於《台灣文學》第三卷第三號。 ◆ 十一月十三日，台灣文學奉公會在總督府情報課的贊助下，召開「台灣決戰文學會議」。 ◆ 十二月，呂赫若、周金波獲第一屆台灣文學獎。

一九四四年	◆ 三月十七日，呂赫若小說集《清秋》出版。 ◆ 五月，台灣文學奉公會創刊《台灣文藝》。 ◆ 十二月三十日，《決戰台灣小說集》乾冊出版。
一九四五年	◆ 一月十六日，《決戰台灣小說集》坤冊出版，是台灣在日本統治下發行的最後一本小說集。 ◆ 八月，太平洋戰爭結束。 ◆ 十月十日，《民報》創刊。 ◆ 十月二十五日，《台灣新生報》、《政經報》創刊。 ◆ 十月二十五日，台灣行政長官公署正式成立，由陳儀擔任首任行政長官。 ◆ 十一月二十日，《新新》創刊。
一九四六年	◆ 二月二十日，《中華日報》發刊。 ◆ 三月十五日，龍瑛宗擔任《中華日報》「日文版文藝欄」主編。 ◆ 九月十五日，《台灣文化》創刊，由楊雲萍主編。
一九四七年	◆ 二月，發生二二八事件。 ◆ 八月一日，《新生報》「橋」副刊創刊，由歌雷（史習枚）主編。 ◆ 十月十日，《自立晚報》創刊。 ◆ 十月二十五日，《公論報》、《更生日報》創刊。
一九四八年	◆ 八月十日，楊逵主編的《台灣文學》叢刊創刊。 ◆ 十月，《新生報》「橋」副刊提倡「現實主義的大眾文學」。 ◆ 十二月二十五日，《國語日報》創刊。
一九四九年	◆ 三月十二日，《中央日報》正式在台北發行。 ◆ 四月十二日，《新生報》「橋」副刊停刊。 ◆ 五月二十日，警備總司令部發布戒嚴令。 ◆ 十月，《新生報》副刊展開「戰鬥文藝」的討論。 ◆ 十一月二十日，《自由中國》創刊。 ◆ 十二月七日，國民黨政府正式將中央撤遷來台。
一九五〇年	◆ 三月，頒布「台灣省戒嚴期間新聞雜誌管制辦法」。 ◆ 四月，「中華文藝獎金委員會」成立。 ◆ 五月，「中國文藝協會」成立。 ◆ 五月，《中國時報》創刊。

	◆ 六月，國防部總政治部創辦《軍中文摘》雜誌。 ◆ 八月十日，新聞刊物禁止日文版。 ◆ 十二月十五日，《民眾日報》創刊。 ◆ 十二月，中國文藝協會以「文藝到軍中去」的口號推展軍中寫作，培養軍中作家。
一九五一年	◆ 五月四日，中華文藝獎金委員會創刊《文藝創作》半月刊。 ◆ 十二月，《台灣風物》創刊。
一九五二年	◆ 文星書店創立。 ◆ 六月一日，《文壇》月刊創刊。 ◆ 十月十日，《青年戰士報》創刊。 ◆ 十月三十一日，中國青年反共救國團正式成立。 ◆ 十二月一日，《台北文物》創刊。 ◆ 十一月十二日，廖清秀《恩仇血淚記》獲中華文藝獎金委員會長篇小說第三獎。
一九五三年	◆ 二月一日，紀弦成立現代詩社，創辦《現代詩》季刊。
一九五四年	◆ 二月二十五日，《皇冠》創刊。 ◆ 三月，覃子豪、余光中等成立「藍星詩社」，發行不定期刊《藍星》。 ◆ 三月九日，《幼獅文藝》創刊。 ◆ 五月，《中華文藝》月刊創刊。 ◆ 八月，中國文藝協會「文化清潔運動促進會」成立，推行文化清潔運動。 ◆ 十月十日，洛夫、張默、瘂弦成立「創世紀詩社」，創刊《創世紀》。
一九五五年	◆ 蔣介石總統公開以「戰鬥文藝」號召文藝工作者。
一九五六年	◆ 一月十五日，紀弦發起的「現代派」在台北成立。 ◆ 四月十五日，鍾理和《笠山農場》獲中華文藝獎金委員會長篇小說第二獎。 ◆ 九月二十日，夏濟安創辦《文學雜誌》。
一九五七年	◆ 四月，鍾肇政以油印方式編印《文友通訊》，以結合本省籍作家。 ◆ 六月二十日，《聯合版》改名爲《聯合報》。 ◆ 六月，中華民國筆會在台北復會。（一九三〇年成立於上海） ◆ 八月二十日，《藍星詩選》創刊，十月二十五日停刊。 ◆ 十一月五日，《文星》雜誌創刊。

一九五八年	◆ 五月四日，胡適在中國文藝協會演講，主張「人的文學」、「自由的文學」，以及恢復五四文學革命的精神。
一九六〇年	◆ 三月五日，白先勇等創辦《現代文學》雜誌。
一九六一年	◆ 六月十五日，《藍星》季刊創刊。 ◆ 十一月一日，《文星》雜誌刊載了李敖的＜老年人與棒子＞一文，正式拉開文化界「中西文化論戰」的序幕。
一九六二年	◆ 四月一日，《仙人掌》雜誌創刊。
一九六三年	◆ 八月，《中華雜誌》創刊。 ◆ 九月二十五日，「文星叢刊」出版。
一九六四年	◆ 三月六日，林亨泰等成立「笠詩社」。 ◆ 四月一日，吳濁流創辦《台灣文藝》，成爲台灣作家的重要精神支柱。 ◆ 五月一日，《台灣日報》創刊。 ◆ 六月十五日，《笠》詩刊創刊。
一九六五年	◆ 四月，成立「台灣文學獎」。
一九六六年	◆ 四月十日，第一屆台灣文學獎頒獎，七等生、鍾鐵民、鍾肇政、張彥勳、廖清秀獲佳作獎。 ◆ 六月十日，成立「中山文藝獎」。 ◆ 六月十日，《書目季刊》創刊。 ◆ 十月十日，《文學季刊》創刊。
一九六七年	◆ 一月一日，《純文學》雜誌創刊。 ◆ 四月十六日，第二屆台灣文學獎頒獎。 ◆ 四月十六日，《經濟日報》創刊。 ◆ 七月，中華文化復興運動推行委員會成立。 ◆ 七月，《清溪》月刊創刊。
一九六八年	◆ 四月十四日，第三屆台灣文學獎頒獎。 ◆ 五月四日，中國文藝協會頒發第九屆文藝獎章。
一九六九年	◆ 四月二十日，第四屆台灣文學獎頒獎，鄭清文以＜門＞獲獎。 ◆ 七月七日，《文藝月刊》創刊。 ◆ 七月二十日，「吳濁流文學獎基金會」成立。 ◆ 七月二十日，第一屆「笠詩獎」頒給周夢蝶（創作）、李英豪（評論）、陳千武（翻譯）。

一九七〇年	◆ 一月，第一屆吳濁流文學獎頒獎。
一九七一年	◆ 三月，《中華文藝》創刊。 ◆ 三月二十八日，《台灣時報》創刊。 ◆ 七月，「吳濁流新詩獎」成立。
一九七二年	◆ 六月一日，《中外文學》創刊。 ◆ 九月一日，《書評書目》創刊。
一九七三年	◆ 十月，楊逵重回文壇，掀起重視日治時代台灣文學的風氣。
一九七四年	◆ 《中外文學》第三卷第一期推出「現代詩專號」。 ◆ 十月二十五日，《大學雜誌》舉辦日治時代台灣新文學與抗日運動座談會。
一九七五年	◆ 一月二十七日，「國家文藝獎」成立。 ◆ 五月，《文學評論》創刊。
一九七六年	◆ 二月，《夏潮》創刊。 ◆ 九月，「聯合報文學獎」成立。
一九七七年	◆ 二月，《台灣文藝》革新一號發行，推出「鍾理和專輯」。 ◆ 八月，《仙人掌》雜誌企劃「鄉土與現實」專輯，引發「台灣鄉土文學論戰」。
一九七八年	◆ 一月三十日，「財團法人吳三連先生文藝獎基金會」成立。 ◆ 十月，「中國時報文學獎」成立。
一九七九年	◆ 八月，《美麗島》雜誌創刊，十一月奉令停刊，共發行四期。 ◆ 八月四日，《自立晚報》開始主辦「鹽分地帶文藝營」，延續早期由吳新榮所帶起的佳里文風，宣揚本土文學理念。 ◆ 十二月，高雄美麗島事件發生。
一九八〇年	◆ 三月十九日，葉石濤獲頒第一屆「巫永福評論獎」。 ◆ 八月四日，「鍾理和紀念館」破土開工。
一九八一年	◆ 十二月十七日，亞洲華文作家會談在台北揭幕。
一九八二年	◆ 一月十五日，《文學界》雜誌創刊。 ◆ 六月二十九日，王詩琅獲國家文藝獎。 ◆ 十月三十日，旅居海外學人與作家組成的「台灣文學研究會」在洛杉磯成立。 ◆ 十二月二十一日，「北美洲台灣人文藝協會」在洛杉磯成立。

一九八三年	◆ 三月，「自立晚報百萬元小說」徵獎。 ◆ 六月，《台灣詩季刊》創刊。 ◆ 七月，國民黨文工會創辦評論雜誌《文訊》。 ◆ 八月七日，鍾理和紀念館正式成立。
一九八四年	◆ 十一月，《聯合文學》創刊。
一九八五年	◆ 十一月，《文學家》、《人間》創刊。
一九八七年	◆ 二月，「台灣筆會」成立。 ◆ 七月十五日，台灣解除戒嚴。
一九八八年	◆ 一月，解除報禁。
一九九一年	◆ 十二月，《文學台灣》創刊。
一九九四年	◆ 十一月二十五日，「賴和及其同時代作家——日據時期台灣文學國際學術會議」在清華大學召開。會議中發表的論文，後來以《甦醒的台灣文學》爲書名在日本出版。
一九九七年	◆ 八月，國立文化資產保存研究中心籌備處成立，負責籌備「國立文化資產保存中心」、「國立台灣文學館」。 ◆ 九月，私立眞理大學台灣文學系正式招生，台灣文學研究正式進入學院體制。
二〇〇〇年	◆ 九月，國立成功大學台灣文學研究所成立，台灣文學研究有了更進一步的發展。
二〇〇三年	◆ 十月，國立台灣文學館正式開館，成爲台灣文學研究、典藏、展覽的重鎮。

作者介紹（依所編寫章節順序排列）

施懿琳

台灣彰化縣鹿港人，國立台灣師範大學博士，現任成功大學中文系教授。研究方向以台灣古典文學為主，著有《從沈光文到賴和》、《跨語、漂泊、釘根》等書，目前擔任《全台詩》計畫主持人。

中島利郎

一九四七年生，日本・關西大學大學院博士課程修畢，現任岐阜聖德學園大學外語學部教授，專攻中國近代文學、台灣文學，著有《晚清小說研叢》（日本：汲古書院，一九九七年）等書。

下村作次郎

一九四九年生，日本・關西大學大學院博士課程修畢，現任日本・天理大學國際文化學部教授，專攻中國現代文學、台灣文學、台灣原住民文學，著有《從文學讀台灣》（日本：田畑書店，一九九四年；中文版，台北：前衛出版社，一九九七年）等書。

黃英哲

一九五六年生於台灣台北，日本・立命館大學文學博士，現任日本・愛知大學現代中國學部副教授，專攻台灣近現代歷史、文學，著有《台灣文化再構築的光與影：1945-1947》（日本：創土社，一九九九年）等書。

應鳳凰

台灣台北市人，國立台灣師範大學英語系學士，美國舊金山州立大學比較文學系碩士，美國德州大學奧斯汀校區東亞系博士，現任國立成功大學台灣文學研究所助理教授，專精於五〇年代台灣文學、台灣文學史料學、西方文藝理論的研究。

黃武忠

台灣台南縣將軍鄉人，現任行政院文化建設委員會第二處處長，著有《日據時期台灣新文學作家小傳》等書，曾獲教育部青年著作獎、中國青年寫作協會青年文學獎、台灣省中興文藝獎小說獎、聯合報散文獎、台灣省新聞處散文創作獎、台南縣南瀛文學貢獻獎、行政院新聞局金鼎獎。

彭瑞金

台灣新竹縣人，一九四七年生，高雄師範大學國文系畢業，現任靜宜大學台文系助理教授，著有《台灣新文學運動四十年》（自立晚報、春暉出版）、《葉石濤評傳》（春暉出版）等書，曾獲巫永福文學評論獎、西子灣評論獎、賴和文學獎等。

國家圖書館出版品預行編目資料

台灣文學百年顯影／施懿琳等著.---第一版.
----台北市； 玉山社，2003〔民92〕
面； 公分.---（影像·台灣；43）

ISBN 986-7819-35-7（平裝）

1.台灣文學—歷史

820.9 92016837

影像·台灣43

台灣文學百年顯影

作者 ● 施懿琳、中島利郎、下村作次郎、黃英哲、應鳳凰、黃武忠、彭瑞金
發行人 ● 魏淑貞
出版者 ●玉山社出版事業股份有限公司
台北市100仁愛路二段10-2號1樓
電話 ●（02）23951966
傳眞 ●（02）23951955
電子郵件地址 ● tipi395@ms19.hinet.net
玉山社網址 ● http：//www.tipi.com.tw
郵撥 ● 18599799
總經銷 ● 吳氏圖書有限公司
台北縣235中和市中正路788-1號5樓
電話 ●（02）32340036（代表號）

主編 ● 游紫玲
編輯 ● 蔡明雲 張立雯
版面設計 ● 何惠華
法律顧問 ● 魏千峰
印刷 ● 松霖彩色印刷有限公司

定價：新台幣480元
第一版一刷：2003年10月